LA ENCRUCIJADA

LA ENCRUCIJADA

ALEXANDRA DIAZ

A Paula Wiseman Book

Simon & Schuster Books for Young Readers

NEW YORK LONDON TORONTO SYDNEY NEW DELHI

SIMON & SCHUSTER BOOKS FOR YOUNG READERS
Un producto de Simon & Schuster Children's Division
1230 Avenida de las Américas, Nueva York, Nueva York 10020
Este libro es una obra de ficción. Cualquier referencia a eventos históricos, personas reales o lugares reales están usados en una manera ficticia. Otros nombres, protagonistas, lugares y eventos son productos de la imaginación de la autora, y cualquier semejanza con eventos actuales, lugares o personas, vivas o muertas, es una coincidencia.

Traducido por Alexandra Diaz y Lillian Corvison

Publicado originalmente en inglés en 2018 con el título *The Crossroads* por Simon & Schuster Children's Division.

Para información sobre descuentos especiales para comprar en volumen, por favor contacte a Simon & Schuster ventas especiales al 1-866-506-1949 o business@simonandschuster.com.
La oficina de conferenciantes de Simon & Schuster puede llevar autores a vuestro evento en vivo. Para más información o para reservar un evento, contacte la oficina de conferenciantes de Simon & Schuster al 1-866-258-3049 o visite nuestro sitio web, www.simonspeakers.com.
Diseño de tapa por Krista Vossen
Diseño del interior del libro por Hilary Zarycky
El texto para este libro fue compuesto en Bembo.
Hecho en los Estados Unidos
1118 FFG
Primera edición
2 4 6 8 10 9 7 5 3 1
CIP data for this book is available from the Library of Congress.
ISBN 978-1-5344-2989-5 (hc)
ISBN 978-1-5344-2990-1 (pbk)
ISBN 978-1-5344-2991-8 (eBook)

Para los refugiados e inmigrantes que contribuyen a crear un mundo mejor.

LA ENCRUCIJADA

CAPÍTULO UNO

—¿Estás seguro de que tengo que ir? Solamente quedan seis semanas y tres días de clases en la escuela. —Jaime torció con sus manos las correas de su nueva mochila—. Te puedo ayudar con el trabajo. Sé que lo puedo hacer.

Parecía que el edificio de color marrón había descendido del cielo a un campo de cactus y de arbustos que los locales llamaban árboles. El cristal de las ventanas brillaba y las paredes de ladrillos y estuco sin grafiti hacían que el edificio luciera fuera de lugar. Todo parecía nuevo. Pero para Jaime Rivera, que estaba acostumbrado a los bloques astillados y las ventanas de tablillas que había que abrir y cerrar con las manos, el edificio de la escuela le parecía de otro mundo.

Tomás puso el brazo sobre los hombros de Jaime mientras

continuaba conduciendo en la carretera de dos carriles hacia el edificio solitario en el medio del desierto. Al lado de Jaime, su prima hermana Ángela movió su mochila nueva sobre sus piernas para aguantar la mano de Jaime.

—Yo también estoy asustada —dijo lo suficientemente alto para que Jaime la escuchara.

Habían hablado sobre este tema durante toda la semana. Tomás y Ángela, y mamá y papá desde Guatemala. Hasta la abuela expresó su opinión. Todos estaban de acuerdo. «Los niños necesitan ir a la escuela y ellos debían de estar agradecidos por la oportunidad que tienen». No era que Jaime no quisiera ir a la escuela. Era que él consideraba que era mejor comenzar en agosto y no a mediados de abril.

Hoy hacía una semana que estaban viviendo con su hermano Tomás y que habían llegado al sur de Nuevo México. Hacía solamente una semana que él y Ángela habían cruzado la frontera para entrar en los Estados Unidos.

Tomás estacionó la camioneta en un parqueo grande que estaba al lado de la puerta de cristal de entrada. A estas personas del norte les gustaba mucho el cristal.

—Bueno. Mientras más rápido hagamos esto mejor. Así verán que todo va a salir bien.

Jaime no lo quiso creer. Miró a Ángela de reojo y salió por la puerta del chofer que Tomás mantenía abierta para él. Se escuchó un segundo portazo cuando Ángela salió por la otra puerta. Con quince años ella iba a ir a una escuela diferente que estaba a diez minutos de ahí, en el medio del pueblo. Ellos habían pasado delante de esta ayer cuando habían ido al supermercado. Esa escuela por lo menos tenía personalidad, con pintura vieja y agujeros en la cerca. No era como esta prisión con la cerca de púas para mantener a los niños atrapados, como si hubiera algún lugar a donde ir desde allí.

Caminaron juntos, con Jaime agarrado a la mano de Ángela otra vez y Tomás al frente. Después de atravesar la puerta de entrada de cristal llegaron a otras puertas de cristal que estaban cerradas. Había que tocar el timbre o tener un pase especial para pasar a través de esas puertas. Definitivamente esto era una prisión.

Ya todos los papeles habían sido llenados y no había nada que pudiera impedir lo inevitable. Hasta la señorita con el pelo teñido de color granate que lo iba a llevar a su celda estaba presente.

Ella entró por las puertas de cristal vestida con unos vaqueros desgarrados y por lo menos tres blusas una encima de la otra, que la hacían parecer como una roquera.

—*Hi, I'm Ms. McAllister. Do you speak English?*

Jaime entendió lo suficiente y sacudió la cabeza, no.

Esta «Miz Macálista» no perdió ni un momento y comenzó a hablar en un español bueno aunque era una gringa.

—No te preocupes. El maestro de español está enfermo

hoy, así que yo te voy a ayudar. Despídete de tu papá y. . .

—Hermano —corrigió Tomás y continuó hablando en inglés mientras extendía la mano—. *I'm his brother, Tom.*

A su lado Ángela miró a Jaime de reojo. A Tomás le gustaba lucirse de que él hablaba un inglés casi perfecto, pero no se habían acostumbrado a que él fuera «Tom».

—Mucho gusto —Miz Macálista le estrechó la mano y continuó hablando en español—. Vamos a llevarlo a su salón de clase. Lo puede recoger a las tres de la tarde afuera de las puertas de cristal. Los alumnos de sexto grado no necesitan estar acompañados por una maestra.

Ángela abrazó a Jaime lo mejor que pudo, pues él tenía la mochila en la espalda. Él notó que los huesos de la espalda de Ángela sobresalían más de lo normal, más que antes.

—Vas a estar bien —ella susurró en su oído con un suspiro para evitar las lágrimas—. Me gustaría que estuvieras con nosotros cuando me dejen en la escuela.

Jaime puso presión con las manos en la columna de ella.

—Estaré ahí para recogerte.

Tomás también lo abrazó y salió junto con Ángela a través de la puerta de cristal.

Miz Macálista esperó hasta que la camioneta se fuera antes de ponerle la mano en el hombro.

—Ven. Mrs. Threadworth debe de estar preguntándose dónde estás.

Ella usó una tarjeta plástica que colgaba de su cuello para abrir la puerta de cristal que estaba cerrada y caminaron por el vasto corredor.

—Lo siento; nuestro distrito escolar no tiene mucho dinero —la maestra continuaba hablando en español—. El año escolar está muy avanzado para ponerte en una clase especial para que aprendas inglés, pero espero que no se te haga muy difícil.

Nada de lo que Jaime vio le indicó que era un distrito escolar pobre: tenían plomería y electricidad. Al contrario, era uno de los edificios en mejores condiciones en que él había estado. Adentro lucía tan nuevo como afuera. Los pisos brillaban y te resbalarías si estuvieras solamente con medias. Las paredes no estaban ni descascaradas ni sucias. Al lado de cada salón había un tablero de noticias con proyectos de la clase: mapas con todos los estados del Norte, y ensayos en inglés con una escritura excelente. Los de kínder tenían las letras en mayúscula y minúscula. Cuando Miz Macálista se detuvo estaban frente a una puerta con fotografías de proyectos de ciencia. Jaime tragó en seco. Él nunca había sido bueno en ciencia.

Miz Macálista tocó en la puerta y entró antes de que le contestaran.

Cuatro filas con seis escritorios en cada una estaban apiñadas en el salón de clase. Todos los escritorios menos uno estaban ocupados. Veintitrés pares de ojos lo miraron fijamente como si fuera un extraterrestre. Se pasó la mano por su nuevo corte rapado y sintió las agujas puntiagudas de los pelos, pues se había puesto demasiado fijador en el cabello.

—*Come in.* —La maestra hizo un gesto con la mano para que entrara. Tenía una voz profunda, y solamente con esas palabras Jaime comprendió que esta era una maestra con quien no se podía disgustar.

—*What is your name*? —preguntó.

Algunos de los veintitrés pares de ojos parpadearon y continuaron mirándolo fijamente. ¿Cuál era la salida? ¿Doblando dos veces a la derecha y una a la izquierda estaría frente de la puerta de cristal? No estaba seguro, como, tampoco estaba seguro de si la puerta de cristal estaba cerrada por dentro.

—Él no habla inglés —contestó Miz Macálista en inglés y, hablándole a Jaime en español, dijo— Mrs. Threadworth te preguntó cuál es tu nombre.

Magnífico. Ahora cuarenta y seis ojos iban a pensar que él era estúpido además de extraterrestre.

—Jaime Rivera.

Su maestra continuó en inglés.

—*Where are you from*?

Jaime se meció de un lado a otro. Si decía la verdad de donde venía podrían darse cuenta de que no tenía papeles. Pero si mentía no los iba a poder convencer de que sabía suficiente inglés para ser de aquí. En la escuela anterior había aprendido un poco de inglés, pero él no era como Tomás y Ángela. Los idiomas se le hacían difíciles.

Él entendía más de lo que podía hablar y había entendido lo que Misus le había preguntado, como también había entendido la primera pregunta que le había hecho. Se forzó a contestar para probarles que él no era estúpido.

—Guatemala.

—*And how old are you*?

Sintió más pánico que antes. Él había entendido la pregunta pero no estaba seguro de la respuesta.

—Telv —dijo, intentado decir «doce» en inglés.

Como lo esperaba, todas las veintitrés bocas estallaron en carcajadas. Jaime sintió que la cara le quemaba y se preguntó si había dicho una mala palabra.

La maestra dijo algo que hizo que todos se callaran. Dirigiéndose hacia Jaime dijo otra cosa, señalando hacia el escritorio que estaba vacío en la esquina al lado de la ventana. Él comprendió y se escurrió hacia ahí. Desde el frente de la clase Miz Macálista, su aliada que hablaba español, dijo adiós y se fue.

La maestra continuó hablando y escribiendo en la pizarra. Él no sabía qué asignatura ella estaba enseñando. Ya nadie lo miraba fijamente, pero los niños no tenían ningún libro abierto que le pudiera indicar qué estaban estudiando.

Jaime miró desde el reloj (eran solamente las 8:52)

hacia la ventana. Enseguida se dio cuenta de que el cristal estaba fijo y no se podía abrir. En su país las ventanas de tablillas estaban siempre abiertas durante el día para dejar que entrara la luz y hubiera brisa. Él deseaba sentir la brisa.

En la cornisa de la ventana había un insecto oscuro con seis patas y unas antenas. Si él se atreviera podría sacar su cuaderno y dibujar el insecto. Decidió en vez trazarlo con su dedo en el escritorio. No, no tenía seis patas, solamente cinco. Una de ellas se debía de haber partido.

Estaba añadiendo hojas invisibles a su dibujo cuando la maestra dejó caer un libro en su escritorio que aplastó al insecto imaginario.

La maestra dijo algo como «Lee esto» y regresó con el resto de la clase. Cuando Jaime levantó el libro solo vio un escritorio viejo de metal. No había ningún dibujo del insecto y éste tampoco estaba afuera.

El libro era uno de esos para bebés con fotografías y la palabra escrita debajo. Pero leer en inglés no era lo mismo que leer en español. Ya él sabía que *horse* se pronunciaba «jors» y que *bird* era más como «berd». Él continuó de las 9:14 hasta las 9:39, hasta que surgió el desastre. Tenía que orinar urgentemente.

—¿Misus? —dijo mientras levantaba la mano.

—*Yes, Jaime*?

Lo intentó en inglés.

—*I go bat rum*?

Ella señaló hacia la pizarra y dijo algo que él no entendió pero que sonaba como «sin aut». Esto no tenía sentido. Quizás ella no había entendido.

9:51.

—¿Misus? *I go toilet*?

Esta vez lo que ella contestó sonaba como «sain aut» pero no entendió lo que significaba. Se cruzó las piernas. 9:56. Había que ser más franco.

—¡Misus, pipí!

Las veintitrés bocas se rieron y los veintitrés pares de ojos lo miraban de reojo y se volvían a reír.

—*Please sign out.* —Y volvió a señalar a la pizarra.

10:02.

Apretó las piernas con más fuerza. Él entendía *please* y también *out* que significaba afuera. Pero no entendía la palabra «*sign*», y qué ella señalaba en la pizarra era un misterio. Quizás la letrina estaba detrás de la pizarra. Pero él recordaba haber pasado los baños cuando se dirigían hacia la clase.

10:09. No podía aguantar más.

—¡Misus! —Corrió hacia la puerta sin esperar respuesta. Pero al levantarse se relajaron sus músculos y antes de llegar a la puerta sintió que algo tibio le corría por las piernas.

CAPÍTULO DOS

Pasó un buen rato antes de que se oyera la voz de Miz Macálista en el baño de los varones.

—¿Jaime? ¿Estás aquí?

Jaime no contestó. Sus pantalones todavía estaban mojados y continuaba escuchando la risa de sus compañeros en su cabeza.

Después de unos segundos ella se fue sin chequear las casillas del baño. Jaime se aseguró de que su puerta tenía pestillo.

Los muchachos entraban y salían continuamente, a veces hablando entre ellos mismos y otras veces olvidándose de halar el inodoro o de lavarse las manos. Algunos estaban hablando en español, pero nadie se dio cuenta de que Jaime estaba encerrado en la casilla de la esquina.

Uno de los muchachos entró varias veces, pero solo para comer chocolate. Sin haberlo visto, Jaime sabía que era el mismo muchacho. El crujir de la envoltura y el olor a chocolate lo identificaban cada vez que venía. «Choco-chico», el apodo que le dio Jaime, acababa de salir por tercera vez cuando Jaime estaba listo para escaparse. Pero un grupo de muchachos dando fuertes pisotones y hablando en voz alta pasaron por delante del baño y no se atrevió a salir.

—¿Jaime? —Miz Macálista había regresado. Jaime la ignoró. Ella lo llamó otra vez y dijo algo en inglés antes de que sus zapatos rechinaran dentro del baño. Él levantó del suelo sus tenis para que ella no lo pudiera ver por la apertura que había debajo de la puerta. Los zapatos color rosa con lunares de leopardo de ella se pararon frente a la puerta de la casilla.

—Jaime, yo sé que estás ahí.

Él permaneció callado e inmóvil. En cualquier momento ella iba a forzar el cerrojo o a mirar por debajo de la puerta.

Pero no lo hizo. Juzgando por sus zapatos ella estaba recostada en la pared frente a las casillas con los tobillos cruzados.

—Por favor sal de ahí. Es hora del almuerzo. ¿No tienes hambre?

Sí, tenía hambre. En el salón de clase estaba su mochila nueva con su lonchera de Teenage Mutant Ninja Turtles que tenía un bocadito de jamón y aguacate, un plátano, una bolsa de papitas fritas con sal y vinagre y un cartón de leche. El día anterior habían ido a un supermercado que vendía todo lo que uno se podía imaginar y Tomás había dejado que él y Ángela escogieran lo que les gustaba. Su estómago hizo ruidos al pensar en esto. Y él que quería estar en silencio. Pero ni aún así se decidió a salir. Él sabía lo que era pasar hambre. Hubo días en que había estado a punto de morirse de hambre. Pasar la hora del almuerzo sin comer no era nada. Aunque su estómago hiciera ruidos él no iba a salir.

Miz Macálista debió de haber pensado lo mismo y suspiró.

—Yo no te puedo forzar a salir. He hablado con tu maestra. Esta escuela tiene una regla que no permite que se acose a nadie. Así que nadie te puede decir nada.

Jaime resopló. Él sabía como eran los muchachos y estaba seguro de que se burlarían de él aunque él no entendería nada de lo que le dijeran.

Miz esperó. Quizás ella entendió por qué Jaime había resoplado y después de unos minutos suspiró de nuevo.

—No me puedo quedar. Esto es... —ella hizo una pausa tratando de acordarse de la palabra en español—.... No está permitido que yo esté aquí en el baño de los varones. Si tú quieres pasar un rato conmigo, mi salón está a la izquierda a la salida de los baños. Sigues a la izquierda por el pasillo hasta el final. Escucharás la música.

¿Música? ¿Es que Miz Macálista enseñaba música? ¿Quizás los muchachos tocaban los chinchines hechos con las calabazas secas que él había visto a lo largo de la carretera del rancho? ¿O es que solamente cantaban? Estaba a punto de preguntar cuando entró Choco-chico. Las envolturas en su bolsillo hacían mucho más ruido esta vez. Miz Macálista se excusó para evitar envolverse en problemas.

Jaime esperó a que saliera Choco-chico antes de desenrollar papel de inodoro para ver qué esculturas podía hacer con el papel. Aparentemente muchas cosas. Haciendo pequeñas bolas y serpientes y pasándose la lengua por los labios para hacer que el papel se pegara pudo armar un zoológico de animales marchando por el suelo antes de que se acabara el papel higiénico y sonara el timbre.

Este era el momento. Recogió sus dos animales favoritos, un caballo y un dragón, y dejó su santuario, camuflado entre el grupo de estudiantes sin que nadie se diera cuenta. Todos hablaban y se apuraban para salir a través de las puertas de cristal que afortunadamente no estaban cerradas por dentro. Entre el grupo de padres que estaban esperando vio a Tomás.

Jaime corrió hacia su hermano mayor y casi lo tumbó cuando saltó sobre él.

—Yo también me alegro de verte. ¿Dónde tenés la mochila?

Jaime miró sus tenis rallados y se encogió de hombros.

—No sé.

No era completamente una mentira, pues él no se acordaba donde estaba su salón.

—¿La perdiste?

Jaime se volvió a encoger de hombros.

Tomás suspiró y sacó su teléfono para chequear la hora.

—Vamos a buscarla antes de recoger a Ángela. No te puedo comprar otra nueva.

Jaime dio un paso atrás para ver cómo estaban sus pantalones. Eran de color azul oscuro y no podía notar ninguna mancha. Tomás tenía la mano en su hombro y lo empujaba para que caminara hacia adelante. Después de todos estos años trabajando como vaquero y moviendo rebaños de animales Tomás no estaba dispuesto a dejar que un muchacho de doce años se fuera por el camino equivocado.

La maestra aún estaba en el salón calificando papeles y la mochila de Jaime estaba tirada en su escritorio. Jaime clavó sus talones listo para echarse a correr pero Tomás lo empujó para que entrara.

—Hola. Yo soy Tom Rivera, el hermano de Jaime —Tomás le dijo a la maestra en inglés.

Mientras hablaban, ambos continuaban mirando hacia donde él estaba. No necesitaba entender lo que estaban hablando para saber que hablaban sobre él. Al terminar de hablar se dieron la mano y Tomás le hizo un gesto con la cabeza indicándole que se iban. No hubo necesidad de decírselo a Jaime dos veces. Con la mochila ajustada a su espalda y las dos criaturas que hizo con papel higiénico en la mano Jaime salió huyendo delante de Tomás.

Estaban casi junto a la camioneta cuando Tomás habló.

—La próxima vez que necesites ir al baño escribes tu nombre en la esquina derecha de la pizarra y estás excusado.

¿Realmente era tan sencillo? ¡Entonces por qué no se lo dijo así! ¿Por qué tenía que usar palabras difíciles de entender cómo «*sign out*»? ¿Por qué había sido tan difícil indicarle que se acercara a la pizarra, que escribiera su nombre y señalara hacia la puerta? Él era listo y se hubiera dado cuenta de lo que tenía que hacer. Sin embargo ella prácticamente lo ignoró, señalando vagamente hacia la pizarra. ¿No estaban los maestros supuestos a poder explicar las cosas para que los alumnos entendieran?

De mal humor se comió su bocadito mientras se dirigían a buscar a Ángela. El aguacate se había puesto oscuro pero aún así sabía bien. Quizás un poco de limón sería bueno la próxima vez que...

—¡Eh! ¿Qué querés decir con «la próxima vez»? ¿Tengo que volver? —preguntó Jaime respirando con dificultad.

—Mañana. La educación es importante —dijo Tomás.

—Vos no termin... —Jaime empezó.

—Sí terminé la escuela —le aseguró Tomás—. Cuando llegué aquí estudié y saqué mi certificado.

—Pero en nuestro país muchos muchachos de mi edad no van a la escuela —Jaime le recordó. Cuánto no daría él por poder volver donde todo le era familiar.

—No van porque no hay transporte gratis para llevarlos a la escuela. Los uniformes, libros y materiales escolares cuestan mucho y además los padres necesitan que los muchachos trabajen. En este país los muchachos tienen que ir a la escuela por ley.

—Bueno, pues quizás yo no quiero estar en este país.

La camioneta dio una sacudida y golpeó hacia el lado cuando Tomás apretó súbitamente el freno de emergencia. La camioneta quedó inclinada peligrosamente hacia una zanja que había hacia la derecha.

Tomás se desabrochó el cinturón de seguridad para virarse y miró ferozmente a Jaime. La fuerza de gravedad y la sorpresa habían empujado a Jaime hacia la puerta del pasajero. Él no recordaba haber visto nunca a su hermano tan furioso ni tan asustado.

—No se te ocurra volver a bromear sobre esto.

—Yo. . .

—Los pandilleros mataron a Miguel, nuestro primo hermano, y querían que vos tomarás su lugar y que Ángela fuera su. . .

Jaime trató de no escuchar las palabras que decía Tomás. Él bien sabía lo que le hubiera sucedido. El tener que ser un traficante de drogas le revolvía el estómago, pero hubiera sido un millón de veces peor para Ángela.

—Yo no quiero unirme a los Alfas. —Jaime se defendió mientras Tomás hablaba sobre todo lo que sus padres habían tenido que hacer para que ellos estuvieran aquí a salvo—. Pero yo tampoco quiero estar aquí.

—Pues quizás tus deseos se hagan realidad. No sabés lo que están diciendo en las noticias. Todos los días hay comentarios sobre los inmigrantes y quién tiene derecho o no a quedarse en este país. Hablan sobre construir una muralla enorme y deportarnos a todos.

—Pero vos tenés papeles y permiso de trabajo —Jaime frunció el ceño. Él y Ángela no los tenían. . .

—¿Creés que eso va a hacer alguna diferencia? Los oficiales te llevan preso y más tarde tienen que responder los abogados. Si es que podés pagar a un abogado, y nosotros no podemos. ¿Dónde nos deja esto? De regreso en Guatemala. Yo sin poder conseguir un trabajo con el cual pueda sobrevivir y vos y Ángela enfrentados con la situación de la cual habían salido huyendo. Qué maravilla.

Sin mirar a su hermano Jaime se pasó la mano por el pelo que había quedado perfectamente fijado en la mañana. Afuera de la ventanilla de la camioneta la escasa vegetación parecía burlarse de él.

—Yo sé que es duro escuchar la verdad, pero estás aquí para quedarte. Así que mañana vas de vuelta a la escuela.—Tomás no dejó espacio para discusión mientras quitaba de golpe el freno de emergencia y regresaba con la camioneta a la carretera.

Se dirigieron al frente de la escuela de Ángela y, al igual que Jaime, ella también vino corriendo hacia ellos. Pero ella tenía su mochila y una sonrisa enorme en el rostro.

—¿Adivinen lo que me pasó? —Ángela brincó dentro de la camioneta, aplastando a Jaime, que no se había movido a tiempo—. Saben que yo siempre quise actuar en más obras teatrales aparte de la de la natividad. Van a hacer unal obra llamada *The Sound of Music,* que es *La novicia rebelde,* y mi maestro de drama dice que mi inglés es lo suficientemente bueno para poder actuar en ella. Voy a ser una de las damas del grupo, como una monja o una de las que están en la fiesta, pero voy a estar en muchas escenas y quizás diga algunas líneas. Los ensayos son los lunes, miércoles y viernes, así que estoy perdiendo el ensayo de hoy.

—Tu escuela está a hora y media ida y vuelta. —Tomás sacudió la cabeza—. Yo no puedo tomarme tanto tiempo libre del trabajo para ir a recogerte tres veces a la semana después de los ensayos. Lo estoy haciendo solamente hoy porque es el primer día. A partir de mañana ustedes dos van a ir en el ómnibus escolar.

Jaime sintió que la sangre se le iba de la cara al escuchar a Tomás mencionar el ómnibus. Magnífico. Iba a haber más muchachos burlándose de él.

Pero Ángela o no había escuchado los cuentos horribles de los ómnibuses escolares o se hizo como que no lo oyó e ignoró la mención del ómnibus.

—Estoy segura de que puedo encontrar a alguien que me pueda llevar al rancho después de los ensayos. Ya uno de los muchachos se ofreció a llevarme el miércoles. Solo necesito que firmes el permiso. ¿Está bien?

—¿Hay que pagar algo para participar en la obra? —preguntó Tomás.

—Vamos a hacer actividades para recaudar fondos para cubrir los gastos.

—Pues, sí. Si podés encontrar quien te lleve de regreso y si vos querés participar. —Tomás se encogió de hombros como si no fuera su decisión a tomar. Tía, la mamá de Ángela, hubiera hecho muchas más preguntas y hubiera ido a la escuela para conocer personalmente al maestro de drama y a la persona que la iba a llevar de regreso al rancho. También hubiera hecho a Ángela prometer que iba a seguir sacando buenas notas antes de dejarla participar en la obra. La mamá de Jaime hubiera hecho lo mismo.

—Sí, realmente quiero participar. —Ella trató de abrazar a Tomás por encima de Jaime, aplastando a Jaime y sus dos animales de papel.

—Déjanos saber cuando son las funciones y ahí estaremos —dijo Tomás mientras quitaba una mano del timón, pasándola sobre Jaime y dándole una palmadita en la rodilla a Ángela—. Si lo van a filmar estáte segura de ponernos en la lista para recibir un DVD para mandárselo a tus padres.

Jaime estaba a punto de decirle a Tomás que la familia de Ángela había vendido el televisor para ayudar con el pago del pasaje cuando Ángela se abalanzó otra vez para tratar de abrazar a Tomás.

Al volver a su lado del asiento ella engurruñó la nariz.

—¿Porque huele a pipí aquí?

De la carretera principal doblaron en un camino de tierra, cruzaron tres guardaganados y siguieron veinte minutos más. Todo el terreno alrededor de ellos pertenecía a Mister George, desde la carretera hasta la montaña a lo lejos que había sido un volcán y más allá. Jaime no había visto la propiedad completa, pero Tomás le había dicho que se tardaba varias horas en recorrer la propiedad de un extremo al otro en la camioneta.

Todo este terreno para unos cuantos miles de ganado y unos pocos humanos. Era como vivir en una película del Oeste y en cualquier momento el Zorro o Pancho Villa se iban a aparecer a caballo.

Bajando por una pequeña loma una racha de viento creó una nube grande de polvo que bloqueaba completamente de vista la casa grande. Jaime no había conocido a este Mister George, quien estaba de viaje con su esposa, pues habían ido a conocer a su nuevo nieto. De acuerdo con lo que Tomás decía, Mister George era un hombre estricto pero justo. Él dejaba que Tomás manejara su camioneta vieja y viviera sin pagar alquiler en uno de los remolques cerca de la casa grande. Además le pagaba a Tomás un sueldo justo. A cambio esperaba dedicación y mucho trabajo.

Manejaron hacia su remolque mientras otra nube de polvo se levantaba hacia el oeste. Con los ojos entrecerrados por el sol, Jaime observó el ganado que se acercaba. Detrás de ellos un vaquero solitario montaba su caballo *appaloosa* gris y cuatro perros ayudaban a llevar el rebaño a un corral grande. Bueno, tres perros ayudaban con el ganado mientras que la cuarta creaba su propia nube de polvo al precipitarse hacia la camioneta.

—¡Vida! —Jaime saludó a su perra de raza mezclada de color blanco y marrón con solamente una oreja. Ella devolvió el saludo con muchos besos, como si no hubiera sabido si los iba a volver a ver. Jaime sabía cómo ella se sentía. Después de que el novio de Ángela la encontró media ahogada y despedazada como resultado de las peleas de perros en México, Ángela la había literalmente cosido y devuelto a la vida. El novio de Ángela ya no estaba y Vida era el recuerdo que les quedaba de los amigos que habían conocido durante el viaje. Había sido difícil dejarla esa mañana, pero don Vicente, el vaquero, había prometido que la cuidaría y parecía que lo había hecho.

Quinto, el peón del rancho, cerró el corral cuando don

Vicente se aseguró de que la última vaca había entrado. Don Vicente habló brevemente con el peón antes de virar el anca de su *appaloosa* y trotar hacia Jaime y su familia, que estaban frente a su remolque. De acuerdo a Tomás, don Vicente llevaba trabajando en el rancho desde antes de Jesús y lo conocía mejor que nadie. La esposa de don Vicente, doña Cici, había sido la niñera de Mister George, el dueño, cuando era pequeño y ya Mister George tenía nietos.

—Viene tormenta —dijo don Vicente casi sin mover los labios. Era un hombre del desierto de Chihuahua, México, con la cara curtida y oscurecida por el sol. Jaime se preguntaba si la cara, que se le había endurecido como el cuero viejo, se podía rajar si hacía muchas expresiones. Si el viejo vaquero tuviera el tiempo de posar para un retrato (por supuesto montado en su caballo) a Jaime le hubiera gustado dibujar su cara con carbón (aunque él no tenía ninguno) y captar su profundidad en la página.

—¿Esta noche? —Tomás miró hacia el cielo azul, pero no había ninguna nube.

Don Vicente se acomodó el viejo sombrero de paja y gruñó su respuesta.

Tomás miró hacia las vacas de color marrón con caras blancas que estaban en el corral. La mayoría estaba esperando a que les dieran de comer mientras que algunas chequeaban su refugio de tres lados.

—¿Están todas?

—Las últimas que quedan por parir.

Tomás lanzó un juramento y se dirigió hacia el corral. Don Vicente lo observó por un segundo pero no apuró su caballo para seguirlo.

—¿Por qué está Tomás molesto? ¿No es bueno que lleguen los terneros? —Ángela preguntó.

Don Vicente tomó su tiempo en lo que se viró hacia ellos.

—Apuesto a que vamos a tener por lo menos cuatro vacas pariendo esta noche en el medio de la tormenta. Siempre escogen el tiempo más malo para parir. Es supervivencia. Hay menos animales de presa cuando hay mal tiempo.

—¿Está seguro de que va a haber mal tiempo? —Jaime miró otra vez al cielo. Aún no se había acostumbrado a lo azul que era el cielo aquí. No había contaminación ni humo. Era como si alguien hubiera derramado la pintura azul y se le hubiera olvidado limpiarla.

—Creo que tendremos como un pie de nieve.

—¿Nieve? ¿En abril? —tanto Ángela como Jaime chillaron—. ¿De verdad que sí?

—El tiempo en Nuevo México siempre hace lo que le da la gana —dijo Don Vicente con un gruñido—. Tomás y yo estaremos toda la noche asistiendo a las vacas que estén pariendo en medio de la temperatura helada. El año pasado perdimos tres terneros y una vaca durante una tormenta en la primavera. El señor George se disgustaría mucho si esto volviese a ocurrir.

Esta vez don Vicente tocó a su caballo y lo movió hacia el establo al lado del corral. Por encima de su hombro gritó:

—Esa perra de ustedes es muy lista. Aprende rápidamente.

Jaime sonrió mientras rascaba la única oreja de Vida y ésta lo besó. Al fin había buenas noticias este día. ¡Nieve!

CAPÍTULO TRES

La luz deslumbradora del sol reflejándose en la nieve despertó a Jaime. Desde la cama que compartía con Tomás apretó su nariz contra la ventana sin poder creer lo que veía. Él podía ver hasta el fin del mundo que todo estaba blanco y mágico contra el intenso color azul del cielo.

Su aliento creó niebla en la ventana que le impedía ver. ¿Qué estaba haciendo él mirando a través de la ventana cuando podía verlo realmente?

Se puso los zapatos —no había tiempo para ponerse medias— y caminó en puntillas hacia el otro extremo del remolque, donde Ángela dormía, lo cual durante el día se convertía en una mesa con cojines. Vida saltó de la cama de Ángela y saludó a Jaime moviendo el rabo.

—¿Qué está pasando? —Ángela preguntó media dormida.

—Nieve o algo parecido.

Ángela se viró hacia su ventana y corrió la cortina. Con una sacudida se alejó de la luz deslumbradora, pero con cada parpadeo sus ojos se agrandaban por un segundo más. Un instante después tenía los zapatos puestos y, agarrando la colcha de su cama, irrumpió fuera del remolque detrás de Jaime.

La nieve enterró a Vida completamente y la perra tenía que saltar de un lugar a otro. Con el sol haciendo que cada copo resplandeciera y brillara, el panorama era aún más místico de lo que habían percibido desde la ventana.

—¡Qué increíble! —dijo Ángela mientras los dos estaban ahí parados fascinados.

—Sí.

—A Miguel le hubiera encantado.

Ambos miraron hacia el cielo. Jaime nunca iba a perdonar a los Alfas lo que le habían hecho a Miguel. Si no fuera por ellos Jaime aún tendría a su mejor amigo. Si no fuera por ellos Jaime estaría en su casa junto a su familia.

—Yo me sentí igual que ustedes la primera vez que vi la nieve. —Tomás vino por detrás de ellos y les puso el brazo sobre los hombros. Sus mejillas estaban ásperas con la barba incipiente y tenía los ojos rojos por no haber dormido, pero aún así estaba relajado y contento.

—¿Es siempre así de mágico? —Jaime preguntó.

—Sí, hasta que se derrite y se mezcla con la tierra y el estiércol, y entonces es un asco.

Jaime no podía quitar sus ojos del espectáculo, pues temía que si lo hacía volvería a convertirse en tierra marrón.

—¿Cuánto tiempo dura?

—Unos cuantos días, quizás menos.

—¿Podemos jugar en ella?

—Como quieran. Yo me voy a acostar.

—¿Y la escuela? —Ángela preguntó. Jaime la miró furioso. ¿Por qué tenía que arruinar un gran día mencionando esa palabra detestada?

—Cancelada —Tomás bostezó—. No hay suficientes camiones para limpiar las carreteras a tiempo.

—¡Así se hace! —Jaime saltó en el aire y vitoreó. No había duda. La nieve era lo mejor del mundo.

Excepto que Tomás lo estaba mirando fijamente como si hubiera dicho una mala palabra.

—¿Qué hacen con los tenis puestos? ¿Y sin abrigos? ¿Están locos? Entren enseguida antes de que abuela encuentre la manera de teletransportarse y me regañe por haber dejado que se enfermen.

Adentro, Tomás le tiró a cada uno una toalla e hizo que se quitaran las piyamas empapadas. Buscando debajo de su cama sacó un par de pantalones impermeables, varios gorros y bufandas que Jaime estaba seguro que abuela había tejido antes de que la artritis se lo impidiera, cuatro guantes sin pareja, y algunos suéteres gruesos. Le dijo a Jaime que usara sus botas de trabajar, las que se acababa de quitar, y a Ángela le dio sus botas de goma que le llegaban hasta las rodillas y que él usaba para limpiar los establos.

—Con unas medias gruesas les deberían de quedar bien.

Jaime no sabía cómo se sentía Ángela, pero cuando terminó de vestirse se sentía como un coco gigante que caminaba como un pato. Aún así no dejó de sonreír cuando Tomás les tomó fotos en la nieve con su teléfono para imprimirlas y mandárselas a la familia.

—Bueno, ustedes diviértanse, pero a mí no me despierten a menos que el mundo se esté quemando. —Tomás les dijo adiós con la mano desde la puerta del remolque.

—Espera —Jaime dijo mirando hacia el corral, donde ya la tierra estaba marrón con el fango y el estiércol—. ¿Como están las vacas?

Tomás sonrió mientras se restregaba los ojos.

—Tenemos cuatro terneros recién nacidos y las madres están todas bien. Los llevo a verlos cuando me despierte.

Con los guantes disparejos recogieron un poco de nieve y la probaron. Jaime solo podía describirla como agua fría y ligera, pero aún así muy gratificante. La nieve no se mantenía bien en forma de bola, pero esto no impidió que se la tiraran uno al otro y a Vida. La perra trataba de morder la nieve, pero se sorprendía al ver que se desintegraba. Jaime atacó a Ángela en la parte de atrás de la cabeza con una explosión de nieve que hizo que su pelo negro luciera como si tuviese una barbaridad de caspa. Ella se desquitó echándole nieve dentro de la camisa. El frío le quemó la piel e hizo que se retorciera, pero aún así no pararon la pelea.

Desde la casa grande doña Cici les hizo señas para que se acercaran. Era una de las casas más grandes que Jaime había visto. Estaba hecha de troncos gruesos y tenía tres chimeneas y suficiente espacio para acomodar a toda la familia de Jaime y Ángela en Guatemala, incluyendo a todos los primos. Solo Mister George y su esposa vivían en la parte principal, excepto cuando los hijos y los nietos venían de visita. Aún con ellos de viaje, doña Cici seguía con su trabajo limpiando la casa y cocinando.

—Me imaginé que debían de estar hambrientos y las sopapillas saben mejor calientes. —Les dio unos cuadrados de pan inflados chorreando mantequilla de miel.

—¿Necesitamos entrar para comerlas? —Jaime preguntó sintiendo que su estómago lo tenía a él indeciso. Las sopapillas olían a gloria y ellos no habían desayunado. Pero por otro lado sabía que la nieve no iba a durar eternamente.

Doña Cici, una mujer bajita y rechoncha con el pelo corto y teñido de negro y la cara arrugada, les dio a cada uno una sopapilla extra y una galleta crujiente de perro para Vida.

—Los guantes se pueden lavar. Vuelvan si quieren más.

Ella retrocedió hacia la cocina muy bien equipada, que según Tomás era lo suficientemente grande para cocinar para quince peones hambrientos del rancho.

Habían terminado de comerse las sopapillas cuando don Vicente salió del anexo que le habían añadido a la casa grande. Era donde él y doña Cici vivían. Él no podía haber dormido más de una hora después de haberse pasado toda la noche despierto con las vacas pariendo, pero no parecía nada cansado. Sin embargo, los ronquidos de Tomás se podían oír desde el remolque a cien metros de ahí.

—Tengo una idea —dijo el viejo ranchero.

Lo siguieron hacia el granero, donde él ensilló a su caballo Pimiento y le sujetó un arnés. Entonces amarró un pedazo de cuero viejo al arnés para que el caballo pudiera arrastrarlo detrás de él en la nieve. La emoción corría por sus venas mientras Jaime creía saber lo que iba a pasar después.

Don Vicente agarró el pico de la montura y meció su pierna sobre la espalda del caballo sin usar los estribos.

—Súbanse al cuero.

Jaime y Ángela se apiñaron y se agarraron de los bordes mientras don Vicente señaló a Pimiento que caminara.

—¡Ándale más! —gritó Ángela.

—Aguántense. —Don Vicente puso a Pimiento al trote. El cuero se deslizaba sobre la nieve oscilando de un lado a otro con Vida siguiendo su rastro. Don Vicente los paseó por el camino de tierra hacia la carretera, la única sección del rancho que estaba garantizada de estar libre de cactus y otros obstáculos, pero no libre de baches. Un surco tomó a Jaime de sorpresa y lo lanzó rodando sobre la nieve fresca.

—¡Espérenme! —corrió con las botas que le quedaban grandes y se lanzó de cabeza en el trineo que se movía.

—¡Oye! —Ángela chilló cuando el impacto de Jaime hizo que el cuero se fuera de lado y la nieve le salpicara la cara.

—¿Ya se cansaron? —Don Vicente preguntó sobre su hombro mientras Pimiento continuaba trotando sobre la nieve.

—¡No! —gritaron ambos. Don Vicente gruñó, o quizás era así como él se reía.

De regreso en el granero ellos ayudaron a don Vicente a quitarle el cuero y el arnés a Pimiento. Don Vicente no podía haber estado más de un minuto desmontado del caballo cuando volvió a montarse y se inclinó sobre el caballo para limpiar la nieve de encima de las cabezas de Jaime y de Ángela.

—Debo de chequear a los recién nacidos y después al resto del rebaño. Cuando se cansen de estar en la nieve, Cici les va a hacer chocolate caliente con cajeta. Vale la pena enfriarse con tal de tomar un poco.

Observaron como don Vicente zigzagueaba sobre la nieve como si supiera donde estaban los cactus. Jaime esperó hasta que él no los pudiera oír para volverse hacia su prima.

—¿Qué es cajeta?

Ángela señaló con la cabeza hacia la casa grande donde el humo salía de una de las chimeneas.

—¿Lo averiguamos?

—Tenemos que hacer un muñeco de nieve primero —insistió Jaime—. Es como un requisito con la nieve.

—¿Pero cómo se hacen? —preguntó Ángela.

No tenía la menor idea. Se puso de rodillas y comenzó a amontonar una pila de nieve. Amontonó más y más nieve hasta que el montículo era enorme pero no tenía la forma de nada ni se parecía a nada. Lucía más como un plastón de nieve. Cuando trató de ponerle dos piedras por ojos se cayeron dentro. Aún así logró ponerle un palito en el lado y puso su sombrero sobre la pila de nieve.

—¡Mira, soy yo con una brocha de pintar! —Estaba parado con su abultada ropa al lado del plastón de nieve para que Ángela viera como se parecían.

—Espera, voy a buscar el teléfono de Tomás para tomar una foto.

—No lo despiertes.

Jaime encontró otro palito y trató de sostenerlo de la misma forma que el plastón de nieve lo tenía y después como una brocha de pintar. Trató de esculpir una cara con el palito en el plastón de nieve pero esto hizo que la cara se le cayera. Literalmente.

Usó el palito entonces para dibujar en la nieve. Los pies de ellos habían comprimido tanto a la nieve alrededor del remolque que se había convertido en una tabla de dibujar perfecta. Miró alrededor para inspirarse. Las vacas eran lo obvio, pero estaban muy lejos para poder ver los detalles. Además, la última vez que dibujó una vaca se había quedado dormido en el tren y le habían robado su mochila y la de Ángela. Se enfocó entonces en dibujar la casa grande, los otros remolques, el granero y el corral y, por supuesto, la montaña volcánica en la distancia. El abultado guante no le permitía tener mucha precisión, así que se lo quitó con los dientes y agarró otra vez el palito. Muchísimo mejor. Cuando dibujó el humo saliendo de una de las chimeneas de la casa grande, las ranuras de la chimenea que había dibujado se desplomaron, pero con su mano enguantada las alisó y las volvió a grabar. Ahora sí estaba perfecto.

Pero no estaba todo perfecto. Sus orejas se estaban congelando y una mano estaba entumecida cuando se viró hacia el remolque preguntándose por qué Ángela se demoraba tanto.

Subió por los escalones de metal cubiertos de nieve sujetando la baranda para no resbalarse. Aún así eso no impidió que saliera volando de espaldas cuando la puerta del remolque se abrió de repente. Cayó encima del plastón de nieve que no estaba tan blando como lucía.

—Papá acaba de llamar —dijo Ángela. Su cara morena estaba más blanca que la nieve—. Los Alfas atacaron a abuela.

CAPÍTULO CUATRO

—¿Está. . .? —Jaime se congeló y no tenía nada que ver con la temperatura. No. Ellos no podían. Ellos no se atreverían. No con la abuela.

Ángela no miró a Jaime a los ojos. Sin embargo, parpadeó rápidamente como si el polvo de ayer del desierto le hubiera entrado en los ojos.

—Está malamente viva.

Jaime dejó escapar el aliento que estaba aguantando.

—¿Q-qué pasó?

—Entra —dijo Tomás detrás de Ángela.

Una fuerza automática movió sus piernas por segunda vez por las escaleras de metal mientras se imaginaba a abuela: el pelo gris en un moño apretado para que ningún mechón cayera en la comida. Engurruñaba los ojos mientras los regañaba a Miguel y a él por robarse pedazos de comida cuando pensaban que ella no estaba mirando, pero entonces sus ojos se suavizaban mientras les pasaba unos pedacitos sueltos de tortilla chorreando miel, jugo de lima y sal.

Dentro del remolque había un charco de nieve derretida donde Ángela se había quitado las botas. Jaime estaba parado en el mismo lugar aún pensando en su abuela. El pelo de Tomás estaba parado y tenía la mirada vaga de alguien que se acababa de despertar y no estaba listo para lidiar con el mundo. Ángela estaba sentada en la cama que todavía no había convertido en mesa apretando sus rodillas contra el pecho.

—La han lastimado mucho.

Jaime salió de su estupor.

—¿Pero por qué? Abuela está vieja e indefen...

Pero se detuvo. No quería pensar en ella de esa manera. Como ella se había vuelto en estos últimos años con abuelo muerto y la artritis consumiéndola. La recordó cuando él tenía cinco años y unos niños que se convertírían en Alfas en el futuro lo estaban molestando porque él estaba dibujando con el color rosado (en realidad él coloreaba con todos los crayones, pues no quería que ningún color se sintiera mal porque no lo estaba usando). Abuela agarró a cada uno de los acosadores por una oreja, arrastrándolos hasta el fregadero y echándoles un chorro de jabón azul en sus bocas para limpiarles las malas palabras. Entonces, bajo su mirada feroz y chorreando y escupiendo espuma de jabón, se disculparon. Después de esto se corrió la voz de que no te podías meter con la abuela de Jaime y Ángela. El que unos maleantes hubieran quebrado su poder hizo que Jaime sintiera que se le partía el corazón. ¿Cómo se atrevieron?

—¿Por qué los Alfas la atacaron? —Jaime preguntó.

—Nosotros —Ángela murmuró.

—¿Nosotros? —Jaime se agarró con una mano a la puerta de aluminio. El remolque nunca le había parecido tan pequeño, aunque era más o menos del mismo tamaño de su casa en Guatemala—. ¿Pero por qué? Nosotros nos hemos ido.

Ellos habían dejado a su familia en Guatemala, casi se murieron cruzando México y habían venido a vivir aquí para evitar que los Alfas los atacaran. ¿Y para qué si se habían desquitado con abuela?

—Espero que les haya dicho donde se los podían meter —maldijo Tomás mientras se servía tres cucharadas de café en polvo en una taza con agua, colocándola dentro del microondas y cerrando la puerta de un golpe—. A la manera católica de abuela.

Ángela abrazó más fuerte sus piernas.

—Papá confirmó que ella no dijo nada de donde estábamos nosotros. Ustedes saben que ella no lo diría.

No, ella no lo diría. Cuando Jaime no dejó que ella matara a una de las gallinas de ellos porque era «muy bonita para morir» (tenía las plumas de color azul grisáceo que con la luz adecuada parecía violeta), abuela le había dicho al resto de la familia que no tenía deseos de comer pollo esa noche. Cuando Rosita, la hermana mayor de Ángela y Miguel, salió embarazada de Quico sin estar casada, abuela fue la primera en enterarse y ayudó a Rosita a decírselo al resto de la familia.

Abuela haría cualquier cosa por su familia. Haría cualquier cosa por defenderla también.

—Dime todo lo que dijo tío. —Jaime cruzó los brazos sobre su pecho, lo cual era difícil con el enorme abrigo de Tomás que aún tenía puesto.

Ángela puso su atención en Vida, que estaba acostada boca arriba sobre la cama mostrando la cicatriz de la herida que casi le costó la vida.

—Papá dijo que abuela iba para la casa después de haber vendido las tortillas en el mercado. Le robaron las monedas que se había ganado y comenzaron a interrogarla.

—Sobre nosotros —dijo Jaime con disgusto—. Aún nos quieren.

A través de la ventana al lado de la cama de Ángela podía ver la nieve brillando con la luz del sol, hasta donde él podía comprender estaban lo más lejos posible de los Alfas que aterrorizaban su pueblo que bordeaba la selva. Y aún así no estaban a salvo.

—Es más como que están furiosos porque nos fuimos. —Ángela escondió su cabeza en el pelo marrón y blanco de Vida, la cual se había virado de estar boca arriba para darle besos de seguridad a su humana.

—No va a ser difícil que se den cuenta de que están aquí conmigo. No es un secreto que estoy aquí. —Tomás tomó un trago de su café y lo escupió de vuelta en la taza mientras un humo espeso salía de su boca—. Yo dudo que se tomen la molestia de venir hasta aquí por ustedes dos. Además, no encontrarían el rancho. Están seguros.

—Seguros aquí cuando abuela no lo está. —Jaime apretó aún más fuerte sus brazos alrededor del pecho. Toda esta situación hacía que Jaime se sintiera enfermo—. ¿Y entonces qué más? ¿La golpearon cuando no habló?

Ángela sacudió la cabeza pero mantuvo sus ojos llorosos mirando a Vida.

—La empujaron por unos escalones.

Esta vez Jaime maldijo junto con Tomás. Y Ángela aún no había terminado de compartir las noticias.

—Se fracturó la cadera y quedó inconsciente. Probablemente no pueda volver a caminar.

—¡Van a pagar por esto! —gritó Jaime—. Ellos no pueden continuar abusando de todos.

Excepto ellos sí podían. Y así lo hacían.

—Yo voy a regresar. —La voz de Jaime cambió de alta y furiosa a baja y determinada—. No me importa lo que me pase. Ellos tienen que aprender su lección.

—¿Cómo esperás pararlos? —preguntó Tomás.

—No sé. —Jaime agarró del remolque las cosas que había acumulado en solamente una semana. Tenía que empaquetar comida, algo de ropa y su cuaderno nuevo de dibujar. Volver a cruzar de regreso a México sería más fácil que lo que él ya había pasado. Si tenía suerte, los oficiales de inmigración podrían llevarlo gratis de regreso a Guatemala por estar donde no le correspondía. Y cuando estuviera de regreso, los Alfas sabrían que nadie podía abusar de su abuela.

Cómo él iba a darle una lección a los Alfas tendría que decidirlo más adelante. Levantó su nueva mochila de donde la había tirado ayer, pero Tomás se la quitó de las manos.

—¿Qué pensás hacer? ¿Matarlos? ¿Realmente querés ser responsable por la muerte de otra persona? No serías mejor de lo que son ellos.

—Yo. . . —pero Tomás estaba en lo cierto. Jaime no

podía terminar siendo como ellos. Eso fue lo que le pasó a Anakin Skywaker en *La guerra de las galaxias*: tratando de combatir el mal, se convirtió en un malvado—. De todas maneras voy a regresar.

—No podés —Ángela murmuró—. Por eso la lastimaron. Para demostrarle a todos en el pueblo que nadie puede escaparse. Controlan a todos en el pueblo. Le dijeron a abuela que si volvían a ver nuestras caras nos iban a matar a nosotros y al resto de la familia excepto a Quico, el bebé. Se quedarían con él.

Jaime se recostó contra la puerta. La ropa de invierno que tenía puesta lo estaba sofocando en el calor que había en el remolque. Más nunca iba a poder volver a ver a su familia. No le importaba que lo mataran. Podría vivir con esa idea. Su muerte valdría la pena si pudiera volver con su familia otra vez, y poder ver a abuela y ayudarla a recuperarse. Pero él no podía ser responsable del asesinato de todos ellos. Aún le pesaba la culpa por la muerte de Miguel. Si Jaime hubiera caminado junto con Miguel de regreso de la escuela como era habitual en vez de quedarse en su casa enfermo, quizás Miguel aún estaría vivo.

Y ahora abuela. Si ella no volvía a caminar esto también sería su culpa. A ella la habían lastimado tratando de protegerlos. Nadie podría decir que no era su culpa.

—¿Así que nos quedamos aquí sin hacer nada? —preguntó Jaime.

—Por el momento —dijo Tomás.

Afuera, las huellas de ellos en la nieve empezaban a lucir como manchas de tierra marrón. Jaime finalmente se arrancó la ropa de invierno y la amontonó en un rincón. No hacer nada era peor que todo lo demás junto.

CAPÍTULO CINCO

Nadie contestó el teléfono de tío Daniel cuando llamaron a la mañana siguiente para saber cómo estaba abuela.

—¿Qué significa esto? —Jaime preguntó mientras se ponía un polo azul de manga larga que usaba como uniforme.

—Probablemente que a tío Daniel se le acabó el crédito del teléfono. —Tomás levantó una lata de café que estaba en el pequeño gabinete encima del fregadero. Adentro se veían unos billetes arrugados en el fondo y unas monedas moviéndose de un lado a otro hicieron ruido. Basado en cómo lucía y sonaba no parecía que hubiera mucho dinero ahí. La expresión preocupada de Tomás al volverlo a colocar en el gabinete confirmó las sospechas de Jaime—. En inglés hay un dicho «*No news is good news*», lo cual significa que todo está bien a menos que oigamos algo diferente. Estoy seguro de que nos pondrán al día en cuanto tío le ponga crédito al teléfono.

—¿Cuánto demora para que esto suceda? —Jaime preguntó.

Ángela fue la que contestó.

—A papá le pagan la próxima semana.

La próxima semana bien podría ser el próximo año. Era demasiado tiempo para esperar. Sus padres tenían correo electrónico pero solamente lo podían usar a través de la computadora del pueblo y el dueño cobraba por minuto y cada página demoraba una eternidad. Es como si estuvieran en diferentes planetas con respecto a la información que Jaime podía averiguar. Hasta la NASA tenía mejor recepción con Marte que Jaime con su familia en Guatemala.

—Así que seguimos sin hacer nada —Jaime dijo.

Tomás volvió a mirar a la lata de café que estaba en el gabinete.

—De momento no hay nada que podamos hacer.

Ángela bajó su cabeza y cerró sus ojos como deseando desesperadamente algo. Jaime hizo lo mismo. «Queridos Dios y Miguel: por favor protejan a nuestra familia y ayuden a abuela a mejorarse».

Nada pasó. Cuando había rezado en otras ocasiones había sentido la presencia de Miguel, pero esta vez no sintió nada. Como si Dios y Miguel no se aventuraran aquí a esta tierra tan lejos de todo con cactus y ganado.

—Recen en la camioneta —Tomás dijo mientras se dirigía al pequeño baño del remolque—. Los voy a llevar hoy a la parada del ómnibus para estar seguro de que no lo pierdan. Pero salimos en dos minutos.

Con Jaime aún pensando en abuela se amontonaron en la camioneta y se dirigieron por el camino de tierra hasta donde la propiedad de Mister George terminaba y colindaba con la carretera.

—El número del ómnibus de ustedes es treinta y seis —les recordó Tomás mientras esperaban dentro de la camioneta con la calefacción. La nieve de ayer ya se había derretido excepto en algunos lugares debajo de los arbustos, pero el aire de la mañana era mucho más frío de lo que Jaime había experimentado en Guatemala. Jaime se cubrió con la capucha que Tomás le había dado, pues no habían comprado abrigos cuando fueron de compra hacía unos días—. Cuando termine la escuela el ómnibus te va a recoger a vos primero, Jaime, y después va para la escuela de Ángela.

—Hoy yo no voy a regresar en el ómnibus. ¿No se acuerdan? Tengo ensayo —les recordó Ángela.

—¿Estás segura de que podés conseguir quien te traiga de vuelta a casa? —preguntó Tomás mientras chequeaba la hora en su teléfono. Eran unos minutos antes de las siete.

—Este muchacho, Tristan, me dijo que él me podía traer. Su padre es el director de la obra.

Tomás aceptó esto sin hacer ningún comentario. En casa, tía y abuela hubieran exigido más información sobre este muchacho desconocido. Cuál era su apellido, quiénes eran sus padres, si se podía confiar en que él se comportaría bien con Ángela. En vez de preguntar, Tomás se viró hacia su hermano menor.

—Jaime, aquí es donde tenés que bajar del ómnibus. Mira alrededor para que lo puedas reconocer.

No había nada que reconocer. Aparte de un portón blanco de metal abierto y el camino de tierra que llevaba a la granja, no había nada diferente en este tramo de la carretera que lo hiciera diferente de otras partes. Todo era marrón y color café con pequeños parches de nieve que estarían derretidos para esta tarde. Con la suerte de Jaime, de seguro que el chofer lo llevaría de regreso a donde se estacionan los ómnibus de noche y Jaime tendría que acampar en el ómnibus solo.

El ruido del motor de diésel del ómnibus rugió en la carretera vacía antes de que apareciera sobre una loma. Ángela saltó de la camioneta y esperó en el borde del camino brincando de un pie al otro. Si estuviera más emocionada, Jaime hubiera pensado que esperaba la llegada de un amigo perdido desde hacía mucho tiempo.

—Trata de llamar a tío Daniel otra vez —le pidió Jaime a su hermano. Con la diferencia de horas debían de ser las ocho en Guatemala. Tío estaría trabajando, pero le permitían contestar el teléfono en una emergencia. El teléfono sonó y sonó mientras el ómnibus se acercaba. Tomás movió su cabeza y colgó cuando el ómnibus se detuvo frente a ellos.

—Voy a tratar durante el día. Estoy seguro de que abuela está bien y le está diciendo a los doctores cómo tienen que colocarle la cadera.

Sí, abuela siempre le decía a todo el mundo lo que tenían que hacer y siempre acertaba. Pero Tomás no la había visto en ocho años. No sabía que la artritis no le permitía trabajar cuando había mucha humedad, que dormía siesta cuando pensaba que nadie la estaba observando. Y no se acordaba de que el hospital más próximo estaba a cuarenta y cinco minutos en ómnibus.

—Jaime, vamos ya. —Ángela lo esperaba en el primer escalón del ómnibus.

En cuanto subieron al ómnibus, desde la turba de adolescentes en la parte de atrás, un muchacho delgado con una mata de pelo teñido en la parte de arriba de la cabeza y pelo oscuro y corto en los lados se paró y saludó con la mano.

—*Yo, Angela!*

Él dijo su nombre de la manera que se dice en inglés, sonando la *A* como si fuera a vomitar y entonces ahogándose con una *G* aguda. Ella sonrió, saludó con la mano y en un instante la prima hermana de Jaime desapareció entre la turba. Miró sobre su hombro solamente una vez para cerciorarse de que Jaime se había montado en el ómnibus detrás de ella y lo despidió ligeramente con la mano antes de unirse al grupo de muchachos mayores.

—Siéntate —gruñó el chofer en inglés mientras esperaba para arrancar el ómnibus.

Jaime observó la parte de adelante del ómnibus, donde estaban los muchachos pequeños sentados. Casi todos los asientos estaban ocupados por una persona o por una mochila. Un muchacho como de su edad con pelo rubio y el rostro lleno de pecas con una tenue sonrisa levantó la vista de su libro, quitó su bolsa del asiento y continuó leyendo su libro.

Jaime se deslizó al lado de él e intentó darle las gracias en inglés.

—*Tank you*.

El muchacho ignoró a Jaime y pasó la página del libro.

Lo que Jaime debía de haber hecho era presentarse y preguntarle al muchacho cuál era su nombre, pero parecía que no quería que lo molestaran. Jaime se dio cuenta de esto. A él tampoco le gustaba que lo molestaran cuando estaba leyendo. Pero más bien no quería tratar de hablar en inglés.

Sacó su cuaderno de dibujo y comenzó a trazar líneas al azar. Un par de veces se viró para observar a Ángela. Su grupo hacía mucho ruido y cada vez que la observaba ella se estaba riendo junto con los demás como si entendiera todo lo que decían.

Quizás sí entendía. Con más años de escuela, su inglés siempre había sido mejor que el de él. Y su mente le había agarrado la onda.

Volvió a su dibujo. Líneas y ángulos se cruzaban en perfecto caos, sin sentido, con cada línea empujando a otra fuera de lugar. ¿Era un retrato de él mismo? O quizás era una foto de familia.

Cuando llegaron a la escuela se acordó que él no sabía dónde estaba su salón de clase. El muchacho del ómnibus se había ido en otra dirección, lo cual lo decepcionó pues esperaba que estuvieran en la misma clase. Claro, él podía preguntarle a alguien. Pero no sabía cómo preguntarlo y no se acordaba del nombre de su maestra. Muchos muchachos le pasaron por el lado que parecían que pudieran hablar español: por lo menos no lucían muy diferentes de los muchachos que habían ido a la escuela con él en Guatemala. Pero no lograba decir las palabras lo suficientemente rápido antes de que se fueran.

—¡Vamos rápido! —le insistía en español una madre a su pequeña hija, que tenía los talones clavados en el piso brilloso y rehusaba moverse. Jaime sabía que no era buena idea molestar a una madre desesperada con una pregunta tan simple como direcciones.

Bueno, esta escuela no era tan grande. Él podría encontrar su salón. Encontró el baño que ya él conocía muy bien. Era definitivamente el baño correcto, pues había visto entrar al muchacho que estaba desenvolviendo una barra de chocolate. Desde ahí reconoció las fotos del proyecto de ciencia fuera del salón. Quizás debió de haber tratado de estar perdido más tiempo.

Misus Comoquesellamaba lo miró a los ojos y lo saludó diciendo su nombre y dándole la mano en cuanto entró.

—*Hi* —dijo Jaime y se apresuró a sentarse en el escritorio debajo de la ventana.

La maestra hizo lo mismo con cada muchacho que entraba. Bueno. Hubiera sido extraño si solo lo hubiera saludado a él.

Cuando todos estaban presentes se pararon y pusieron sus manos sobre su corazón como se hacía en los deportes durante el himno nacional. En vez de cantar recitaron una poesía con voces aburridas. Jaime se paró y puso su mano sobre el corazón igual que ellos. Habiendo comprendido lo que estaba sucediendo adoptó la misma actitud aburrida pero mantuvo su boca cerrada.

—Jaime —dijo Misus en cuanto se sentaron. Lo iba a regañar. Ella se debía de haber dado cuenta de que él no recitó el poema—. *I'd like you to . . .*

Pero ella continuó hablando en inglés y él no entendía nada de lo que ella decía.

Su expresión de total incomprensión fue la clave para que ella cambiara de táctica, hablando más despacio y repitiendo el significado usando diferentes palabras. Después del desastre de «*sign out*» del otro día quizás se dio cuenta de que si consigues la misma reacción con las mismas preguntas debes entonces de cambiar las preguntas. O quizás ella creía que él era un completo lerdo.

—*Say your name.*

—Jaime.

—*And what do you like to do? What do you like?*

Jaime comprendió como un sesenta por ciento de lo que ella había dicho y esperaba estar respondiendo correctamente.

—*I like* arte.

—*Art?* —*Art,* por supuesto. Se recordó que algunas palabras en inglés eran similares al español sin la última letra como *música/music.* ¿Significaba esto que las otras asignaturas eran *historia/histori, ciencia/cienci* y *matemática/matematic*?

—*Yes, I like art.* —Sus manos se movieron hacia su mochila. ¿Debía de enseñarle su cuaderno de dibujo? ¿O estaba ella preguntando otra cosa?

—*Do you like drawing, painting, sculpture, pottery?*

—*Yes.*

Varios muchachos se rieron.

Misus frunció el ceño, quizás pensando que él estaba

contestando que sí sin haber entendido la pregunta. Pues esa era prácticamente la verdad. Él no sabía el significado de las palabras que ella había usado, pero se imaginaba que ella le había preguntado sobre las diferentes clases de arte y a él le habían gustado todas las que había probado.

En vez de hacerle otra pregunta que Jaime no entendería, ella señaló hacia la muchacha que estaba frente a Jaime. Ella se viró para mirar a Jaime y se presentó en inglés (¿Kaili?) y dijo algo que le gustaba, pero Jaime no entendió. Después de Kaili el resto de la clase continuó presentándose. Con veintitrés muchachos en la clase era difícil acordarse quién era quién, sobre todo con nombres tan extraños como Wyatt y Autumn. Otros muchachos murmuraron y no miraron a Jaime mientras hablaban. Jaime no comprendía cuándo el nombre murmurado terminaba y cuándo comenzaba lo que les gustaba. Pero aguzó sus oídos cuando Diego, que tenía un diseño de última moda en un lado de su pelo negro, dijo su nombre y dijo que le gustaba *Star Wars.* ¡Con un nombre como Diego, él tenía que hablar español!

Y entonces se presentó Carla, que se sentaba en la otra fila y estaba dos escritorios más lejos, con pelo negro largo y con la piel morena. Le recordó a los indígenas de Guatemala. Jaime tenía herencia maya, pero los pómulos de ella eran mucho más definidos que los de él. Colocándose mejor sus espejuelos de color violeta ella le sonrió y él por poco se asfixia.

—Yo sé español. Yo gusto gatos.

Él se mordió el labio para contener una carcajada. Su español era tan malo que resultaba cómico. Él quería corregirla, pero se acordó que a él no le gustaba que la gente se riera cuando hablaba inglés. Una otra muchacha comenzó a hablar antes de que él pudiera decirle a Carla que a él también le gustaban los gatos.

Cuando todos terminaron de presentarse, Misus dijo algo que hizo que los alumnos gruñeran. Guardaron sus libros y se pararon para sacarle punta a sus lápices. Jaime sacó uno de su estuche de lápices y esperó a ver qué pasaba.

Misus entregó papeles a cada fila para que los pasaran. No quedó ninguno para Jaime. Levantó su mano. Misus miró del papel extra que tenía en las manos a Jaime, entonces asintió y se lo entregó.

Era un examen. Y no cualquier examen. Un examen de matemáticas. No debió de haber levantado la mano, sino haberse puesto a dibujar insectos invisibles con su dedo en el escritorio.

Miró a los números, esperando estar totalmente desconcertado. No entendía las instrucciones, pero el ejemplo enseñaba cómo convertir fracciones de números mixtos en decimales y porcentajes. ¿Esto era todo? Lucía bastante rudimentario; él había hecho esto el año pasado con Miguel y dos tortillas de abuela tratando de calcular seis quintos. Miguel, el ingeniero incipiente, había usado su compás para calcular que las tortillas no eran exactamente redondas, pues no eran exactamente iguales, y por lo tanto era imposible dividirlas en fracciones y porcentajes. Así que mordisqueó los bordes para balancearlas. Lo que terminó siendo imposible fue mordisquear dos tortillas para convertirlas en círculos perfectos.

Jaime resolvió los problemas con rapidez, imaginándose a Miguel en su búsqueda de la tortilla redonda perfecta. Cuando llegó a los problemas con palabras se detuvo. Él no lo podía hacer. Ninguna de las palabras tenía sentido excepto «*eight*» y «*six*». Él sabía lo que significaban y asumió que eran parte del problema. Ocho sextos eran consistentes con los otros problemas. Él redujo la fracción a cuatro tercios y no tuvo que calcular que era 133% o 1,33. Sacó los números en los otros, los convirtió en fracciones y porcentajes y terminó.

Fue hacia el escritorio de Misus con el examen en su mano. Ella lo miró como para decirle que no lo podía ayudar con el examen, pero cambió su expresión en una de sorpresa cuando se dio cuenta de que había terminado.

—*Three minutes* —le dijo a la clase antes de agarrar su pluma roja. Ella miró a los problemas y pasó la página para ver el próximo grupo. Frunció el ceño antes de volver a chequear la primera página. Jaime contuvo la respiración. Quizás no se había acordado correctamente. Después de todo, Miguel era el que era bueno en matemáticas y la mente de Jaime había estado en las tortillas durante el examen.

Misus terminó de chequear el examen y le puso una marca y el signo de más en la parte superior del papel antes de entregárselo a Jaime. No sabía lo que significaba.

—*Is good?* —vaciló, señalando hacia la marca.

Misus lo calló antes de advertir a los otros que solo les quedaban treinta segundos y murmuró en voz baja.

—*The best.*

Regresó a su escritorio con los ojos fijos en la marca mientras Misus decía que se había terminado el tiempo. ¿Quién hubiera pensado que él era bueno en matemáticas? Si se lo pudiera decir a sus padres y a abuela. Y a Miguel.

Durante el almuerzo Jaime buscó al muchacho pecoso del ómnibus pero no estaba por ningún sitio. El crujir de una envoltura de caramelo y el fuerte olor a chocolate hizo que Jaime reconociera a Choco-chico, el muchacho del baño: cara redonda, cuerpo redondo, piernas redondas y el constante olor a chocolate, pero como no se conocían y como su única conexión con él era que a ambos les gustaba esconderse en el baño, Jaime no lo saludó.

Diego y otros dos muchachos de su clase, Freddie y no se acordaba del nombre del otro, estaban jugando con las cartas de Pokémon. En Guatemala Jaime tenía dos cartas Pokémon que se había encontrado en la tierra, pero nunca había jugado el juego. Las pocas veces que sus padres tenían algún dinero extra él prefería comprar artículos de arte o tiras cómicas.

Los muchachos lo saludaron cuando Jaime se sentó y después continuaron con su discusión. Por lo que Jaime podía observar ellos no estaban jugando ningún juego; más bien estaban admirando las cartas de cada uno y negociando para conseguir las que querían. Cuando Diego notó que el muchacho del cual Jaime no se acordaba el nombre tenía la carta que él quería, Jaime vio su oportunidad.

—Yo tengo esa carta en Guatemala. Le puedo pedir a mis padres que me la manden si vos querés —dijo Jaime en español.

Los muchachos lo miraron como si sus oportunidades de negociar estuvieran arruinadas. Las mejillas de Diego enrojecieron.

—¡Yo no hablo español! —dijo en inglés, como si eso fuera la peor cosa imaginable.

—*Sorry* —dijo Jaime, aunque no sabía por qué se estaba excusando cuando él no era el que había mentido. ¿Si Diego realmente no hubiera entendido por qué no lo dijo?

Continuaron hablando sobre las cartas, Diego tratando de negociar sobre la carta que él quería y el otro muchacho diciendo que quería dos cartas a cambio de esa.

—Mira —Jaime trató otra vez de ayudar a Diego, señalando una de las cartas que el otro muchacho quería—. Tenés dos de esa.

—¡*Dude*! ¿Cuál es tu problema? —Diego agarró sus cartas y se apresuró a moverse al otro lado de su amigo—. ¿No se lo imaginan? Ahora tengo marcas de grasa en mis cartas.

Jaime no entendió lo que dijo Diego, pero tenía una idea, viendo a Diego hacer un alboroto mientras limpiaba sus cartas en su camisa, aunque Jaime no las había tocado. Esta vez no se excusó.

Sacó su bocadito de su lonchera de Ninja Turtles mientras esperaba que Diego estuviera celoso porque su lonchera estaba a la última mientras que la de él era de color azul cualquiera.

Freddie miró a Diego y a su otro amigo y después hacia Jaime, titubeando antes de hablar. —¿Tú tienes cartas de Pokémon, Jaime?

—No —Jaime sacudió su cabeza. Después de todo estaban en Guatemala. Aquí no tenía nada.

Durante el tiempo asignado para la biblioteca la bibliotecaria le enseñó la dirección de correo electrónico que le habían asignado cuando se matriculó. Nunca había tenido su propia dirección. Antes de llegar aquí nunca había tenido a nadie a quién mandarle un correo electrónico excepto Tomás, y mamá se ocupaba de eso. Además, la bibliotecaria sabía suficiente español para decirle que se podía pasar quince minutos de su tiempo en la biblioteca usando la computadora gratis.

«Queridos papa y mama:» comenzó la nota para sus

padres. Él sabía que pasarían semanas, quizás meses, antes de que tuvieran suficiente dinero para malgastar en unos minutos en el internet del pueblo. Aún así iba a tratar todos los medios de comunicación.

«Como esta abuela? Esta bien? No puedo creer lo que le paso». Continuó escribiendo sin los acentos ni la puntuación correcta porque no sabía cómo hacerlo en este teclado en inglés. «Me hace sentir enfermo. Quisiera que los Alfas pagaran por lo que han hecho. Me siento atrapado. Yo no se porque a Tomas le gusta este lugar. No tenemos vecinos excepto las vacas y los caballos. Por lo menos las otras personas que viven en el rancho son muy amables. Y ayer nevo, lo cual fue increible. Por favor recen para que a todos los Alfas los parta un rayo y yo pueda regresar a casa. Los quiero, Jaime».

El día se alargó con muchas más cosas que Jaime no entendía y muchos muchachos que no conocía. En un momento del día Misus lo puso a trabajar con Samuel, que hablaba bien el español pero, como nunca lo había hablado en la escuela, no sabía el nombre en español de las cosas que estaban haciendo y se molestaba cuando Jaime no entendía las palabras en inglés para cosas como *stapler*.

Cuando sonó el timbre de salida, Jaime se apresuró para llegar al ómnibus. Se sentó en el mismo asiento que en la mañana, pero en la ventanilla, y cerró los ojos. Abrió un ojo cuando sintió que el asiento se hundía al lado de él, pero el muchacho pecoso de esta mañana ya tenía el libro abierto y su nariz en él. Jaime se recostó contra la ventanilla y volvió a cerrar los ojos.

Una mano le tocó en el hombro. Sus ojos se volvieron conscientes cuando su compañero del ómnibus le señaló hacia la ventanilla. ¿Qué? No había nada que ver afuera. Ni siquiera un cuervo dando picotazos en un poste. Entonces se dio cuenta de que el ómnibus había parado. En su parada.

—*Tank you* —le dijo al muchacho mientras recogía sus cosas y salía tropezando del ómnibus. El portón blanco de metal que marcaba la entrada a la propiedad de Mister George estaba abierto y tenía una cerca de alambres de púas a ambos lados. Jaime cruzó con cuidado el guardaganado y, arrastrando sus pies, caminó por el camino de tierra. Calculó que le demoraría como una hora llegar hasta el remolque. Arrastró los pies aún más, quizás hora y media.

—¡Cu-cu!

Un canto de pájaro extraño llegaba desde el oeste. Se puso la mano encima de los ojos para poder ver el horizonte. Había una figura a lo lejos parada en la loma distante. ¿Sería uno de esos antílopes a los que les gustaba jugar con el ganado? ¿O sería un león de montaña echándole un vistazo a *Pride Rock*?

Excepto que los antílopes y los leones no cantaban como los pájaros. Y no veía ningún pájaro.

La figura se movió rapidamente, bajando la loma como

si estuviera flotando. Jaime lo saludó y en unos minutos don Vicente colocó a su *appaloosa* con manchas grises delante de él. Los ojos de Jaime enfocaron en las cuentas elaboradas del freno del caballo, que eran exactas a las cuentas de la correa de cuero de don Vicente.

—Pensé que no te gustaría caminar solo hasta la casa —dijo don Vicente debajo del ala de su gastado sombrero de paja.

Jaime dejó escapar el aliento sin darse cuenta de que lo había estado aguantando. ¡Qué alivio poder escuchar a alguien hablando normalmente: en español!

—Me encantaría tener compañía —dijo Jaime.

—Sube.

El viejo vaquero sacó su pie izquierdo del estribo y movió la pierna hacia adelante de la montura.

—Nunca he montado a caballo —Jaime admitió. La idea hacía que su corazón latiera fuertemente.

—Pues es hora de aprender.

Aguantando las riendas con la mano derecha, don Vicente estiró la izquierda.

Jaime se pasó la lengua por los labios. Él podía hacerlo. Si había podido subirse a un tren en movimiento que tenía el primer escalón más alto que su cabeza entonces no era nada subirse a un caballo con el estribo que le llegaba al pecho y un brazo estirado para ayudarlo. Don Vicente mantuvo al caballo parado y haló a Jaime. Se sintió torpe, y no ayudó el que Pimiento se echara hacia el lado cuando estaba a punto de sentarse. Al fin se sentó sobre el caballo detrás de la montura.

—Lo siento, Pimiento —se excusó por haberlo pateado accidentalmente. Se movió un poco más hacia atrás para que el borde de la montura no se hundiera en sus partes privadas—. ¿Está bien que me siente aquí? ¿No va a lastimar a Pimiento?

Don Vicente se inclinó para acariciar el cuello del caballo.

—Este jamelgo está acostumbrado a alforjas que pesan mucho más que tú. Pero ten cuidado de no deslizarte por su anca.

Jaime se escurrió un poco más y ajustó las correas de su mochila. Don Vicente podía haber estado bromeando, pero no era imposible lo que dijo.

—Aguántate.

Don Vicente tocó a su caballo antes de que Jaime pudiera preguntar cómo. En unos segundos el caballo pasó de estar parado a un paso mucho más suave que el caballo que funcionaba con monedas que Jaime había montado cuando era pequeño. La idea de que habían flotado bajando la loma parecía más real. Al principio Jaime se agarró de las trabillas de la correa de don Vicente hasta que una se rompió, dejando a Jaime con un pedazo de tela vieja de vaquero. Era mejor agarrarse a la cintura del viejo aunque no quería arruinarle la correa con cuentas tampoco. Quizás algún día no tendría que agarrarse porque podría montar tan bien, como don Vicente.

En vez de ir por el camino, don Vicente se fue a campo travieso. La tierra debajo de los cascos de Pimiento era rocosa y arenosa, pero el caballo no tropezó ni una vez. En una loma pequeña, el vaquero frenó a Pimiento y lo paró, apuntando con su mano quemada por el sol. Abajo en el valle dos pequeños cachorros de coyote estaban medio mordiendo, medio jugando a el tiro de cuerda con un palo mientras su mamá observaba de cerca. Con sus caras jóvenes y redondas y su pelambre gris, los cachorros eran los animales más graciosos que Jaime había visto. Deseaba sacar su cuaderno de la mochila, pero no estaba seguro de cómo hacerlo montado a caballo.

Ya fuera por la vista o por el olfato, la mamá coyote se dio cuenta de la presencia de ellos. Ella hizo un leve aullido e inmediatamente los dos cachorros soltaron el palo y miraron a su mamá con los ojos bien abiertos. Ella les hizo otra señal y, antes de que Jaime se diera cuenta, la familia había virado sus rabos y habían desaparecido.

—Los indios navajo tienen muchas historias sobre los coyotes y como son de embusteros —dijo don Vicente—. Nunca verás a un indio cruzando el camino de un coyote. Creen que es mala suerte. Ellos prefieren virar su carro y desviarse varias millas antes de pasar por el lugar donde vieron al coyote cruzar.

Diciendo esto, don Vicente viró a Pimiento y lo puso a caminar en otra dirección.

—¿Son peligrosos los coyotes? —Jaime se viró hacia donde habían visto a los cachorros. No los podía ver, pero sentía los ojos de la mamá observándolos.

—Todo puede ser peligroso si lo molestas, especialmente si se trata de proteger a su familia. Pero en todos los años que yo llevo trabajando en este rancho, solamente he tenido que matar a uno porque iba a atacar a un ternero que estaba débil y que yo había pasado toda la noche tratando de salvar.

Jaime comprendió. La familia lo era todo. Sería la única cosa por la cual él moriría tratando de proteger. Por eso era tan difícil no hacer nada contra los Alfas después de lo que le habían hecho a abuela y a Miguel.

—¿Y qué hay de otros animales? Tomás dice que hay osos y leones de montaña. ¿No tiene miedo de que lo puedan lastimar o matar?

El viejo ranchero ni lo pensó.

—Cuando llegue mi hora no será ni por un oso ni por un león de montaña. Simplemente me voy. Me voy montando hacia el atardecer y desaparezco. Sin desorden ni alboroto. Es mi tiempo.

—Como Luke Skywalker.

—¿Quién?

—Él es . . . no importa —Jaime sabía que don Vicente no veía ni televisión ni películas. No cuando decía que era más entretenido estar afuera en la naturaleza. Jaime se imaginaba que si uno era más viejo que Jesús, pues había vivido la mayor parte de su vida antes de que inventaran la televisión.

—Pero . . . —Jaime hizo una pausa para pensar cómo podía preguntar con tacto lo que deseaba saber—. ¿Pero usted no está pensando montar hacia el atardecer dentro de poco, verdad?

Un gruñido salió de don Vicente.

—No me malentiendas. Quiero a tu hermano como si fuera mi hijo, pero él no entiende el ganado como yo. Muy pocos lo entienden.

Estaba muy claro lo que había dicho don Vicente. Tomás trabajaba duro, pero al final del día esto era solo un trabajo. No era su pasión. No como lo era para don Vicente y como era el arte para él.

—¿Tiene hijos, don Vicente?

—Sí, miles.

Jaime miró la delgada espalda delante de él y sonrió.

—Me refiero a hijos que no tengan cuatro patas.

—No oficialmente. —El vaquero movió su sombrero, dejando al descubierto unos mechones de pelo gris en la nuca—. Cici y yo tratamos, pero no era para nosotros. Sin embargo, el señor George montó conmigo antes de que aprendiera a caminar. Recuerdo cuando nacieron sus dos hermanas. Cuando creció y trajo a casa una esposa, me hizo padrino de su primera hija. Toda su familia son mis hijos y bastantes personas en la comunidad también, mexicanos, gringos, indios. La familia no entiende de razas. Todos son mis hijos, parte de mí, parte de mi familia. Tomás también.

—¿Y Ángela y yo?

Las palabras se le escaparon antes de que Jaime se diera cuenta. No debió de haber dicho eso, pues solamente hacía semana y media que lo conocían. Don Vicente iba a pensar que era una falta de respeto.

El viejo ranchero se torció en la montura con más flexibilidad de lo que parecía posible para una persona de cualquier edad. Sus ojos oscuros hundidos en su rostro curtido y medio escondido por el ala de sombrero miraron larga y fijamente a Jaime.

—Yo solo llevo a mis hijos a montar.

CAPÍTULO SEIS

Como lo hizo el día anterior, el muchacho pecoso vio a Jaime y movió su mochila del asiento de al lado de él cuando Jaime y Ángela subieron al ómnibus.

—Vamos a sentarnos aquí —Jaime señaló hacia el asiento vacío del otro lado de su compañero del ómnibus. Pero Ángela no lo escuchó o pretendió no escucharlo. Ella pasó por al lado del asiento, moviendo su largo pelo negro, y con un canturreo estiró la palabra de tres letras a cinco sílabas mientras saludaba a los muchachos mayores en la parte trasera del ómnibus.

—*Heyyyy*!

—*Angela, baby*!

El mismo muchacho que ayer pronunció su nombre como si estuviera amordazado hizo como que se desmayaba al verla. Cayendo de rodillas, estiró la mano para besar la parte de arriba de la de ella como una estúpida muestra de caballerosidad. En cualquier momento Ángela le iba a decir que parara porque la estaba avergonzando. Pero ella soltó una risita tonta que se escuchó en todo el ómnibus y que hizo que el chofer mirara por el espejo trasero para ver qué sucedía. Jaime se alejó de Ángela disgustado y decepcionado. El muchacho pecoso torció los ojos y Jaime estuvo de acuerdo con él. Xavi (Jaime no podía pensar en él como el *ex* novio de Ángela) nunca se comportó así y por lo tanto Ángela nunca había actuado de manera tan estúpida.

Jaime tenía que hablar con Ángela. Tenía que decirle que estaba actuando como una tonta y que ni tía ni abuela aprobarían de que ella anduviese con este tipo repugnante y falta de respeto. Además hacía muy poco tiempo que Xavi había desaparecido. Por lo menos ella debía demostrar pena y contenerse alrededor de otros muchachos. Jaime no sabía cuál era la costumbre en esta situación, pues después de todo Ángela y Xavi no estaban casados, pero él creía que por lo menos dos décadas era un buen tiempo de luto.

Ángela no subió al ómnibus después de terminar las clases. Jaime volvió a repetirse la conversación que habían tenido en la camioneta el primer día de clases. Ella definitivamente había dicho lunes, miércoles y viernes.

Hoy era jueves, pero Ángela no vino corriendo cuando el ómnibus paró frente a su escuela. Jaime quería pedirle al chofer que la esperara por lo menos cinco minutos más. En Guatemala hubiera podido sobornar al chofer, pero no creía que los choferes aquí funcionaban de esa manera. Además no tenía dinero.

Jaime observó cómo el pueblo se convertía en unos pocos edificios esparcidos hasta que aún estos desaparecieron y surgió el desierto con los pinos que parecían arbustos y los cactus con espinas, las lomas y el antiguo volcán en la distancia.

En su manera de saberlo todo, don Vicente apareció a caballo cuando Jaime se bajó del ómnibus. De alguna manera sabía que Ángela no iba a estar ahí porque no trajo un caballo extra. O quizás no sabía que había días en los que Ángela debía de regresar a casa en el ómnibus.

En el corral, Jaime saludó a Tomás y le dio la noticia de que Ángela no estaba en el ómnibus.

Tomás se quitó los guantes de trabajo y sacó su teléfono de su bolsillo. No había mensajes, pero tampoco había recepción.

—Probablemente se quedó con sus amigos.

—¿Así que no la vamos a ir a buscar?

Tomás se encogió de hombros y volvió a chequear su teléfono. Ahora tenía una barra de recepción. Jaime notó que aún no eran las cinco.

—Me alegro de que se esté adaptando.

Se volvió a poner los guantes y continuó limpiando el estiércol del corral.

Tía jamás hubiera permitido esto de no haberle informado a nadie sobrelo que iba a hacer. Jaime pensaba en esto mientras caminaba hacia el remolque y se sentaba en los escalones para poder observar las huellas en la tierra. Esto no tenía sentido, pues el motor de un vehículo que viniera por el camino privado se podía escuchar en todo el rancho.

Al fin Ángela llegó en un auto blanco y sucio demasiado pequeño para todos los que estaban adentro. Sin esforzarse, Jaime contó seis cabezas después de que Ángela se bajó. Era imposible imaginarse cómo ella había cabido.

—*Bye losers*! —dijo y se rió cuando le dijeron nombretes a cambio. Nombretes que Jaime había aprendido de la tele y que sabía que amigos de verdad nunca usarían.

Jaime esperó hasta que el auto desapareciera antes de levantarse de los escalones.

—¿Dónde estabas vos? Perdiste el ómnibus.

Ella lo empujó y abrió la puerta que él estaba bloqueando.

—No lo perdí. Sencillamente no me monté en él.

—¿Por qué no? —Él la siguió adentro.

—Porque no quería ser bombardeada con estas preguntas irritantes.

Él le iba a contestar que si hubiera estado en el ómnibus, él no tendría que hacerle estas preguntas irritantes. Hubiera habido preguntas irritantes de otra variedad. Pero decidió usar un argumento más convincente.

—Yo me preocupo por vos. —No era una mentira. Le preocupaba que estuviera con ese tipo del ómnibus y que le llegara a gustar. O aún peor, volverse como él—. ¿Y si algo te pasa?

Ella dejó de defenderse y lo envolvió en un corto abrazo.

—No tenés que preocuparte por mí. Estoy haciendo nuevas amistades y estábamos pasando el rato. Comimos una pizza.

—¿Una pizza? —Nadie en su pueblo de Guatemala hacía pizza y aunque la hicieran la familia de Jaime no tenía dinero para pagarla. La única vez que había probado una pizza fue cuando una de las señoras para las cuales mamá trabajaba ordenó varias para una fiesta y mamá pudo traer lo que sobró para casa. Calentaron los pedazos en el comal que abuela usaba para hacer sus tortillas y sabían como a gloria. Miguel y él bromeaban que el primero de los dos que se hiciera rico tendría que comprar una pizza para el otro. Y aquí estaba hablando Ángela de pizza como si fuera algo que cualquiera pudiera comer.

—Estaba pasando un rato con Tristan y los otros antes de que me dejaran. No hay nada de qué preocuparse.

—¿Tristan? ¿Es ese el muchacho que parece que se está ahogando cuando te llama «An-lle-la»? No me gusta.

Las defensas de Ángela saltaron enseguida.

—No lo conocés.

—No quiero conocerlo. No es respetuoso. Tía no te dejaría estar con él.

Ángela se viró hacia él con una mirada dura y subió sus cejas.

—Aun así me dejó cruzar todo un país con personas que ella no conocía.

¿Cómo podía él discutir con eso? De todas maneras sus padres los habían dejado ir. Habían dejado que ellos arriesgaran sus vidas atravesando territorios desconocidos y estando a merced de las pandillas que los podían matar por diversión y abusar de Ángela. Un matón de verdad los había encerrado en un vagón del ferrocarril para que se murieran. Mirándolo desde este punto de vista, ¿qué había de malo en pasar un rato con amigos y comer pizza?

Él debía de desistir ahora. Jaime sabía que no tenía argumento contra sus amigos excepto que eran escandalosos y le daban malas vibraciones.Y quizás un poco de celos porque él estaba excluido. Aún así trató por última vez, aunque la idea le daba horror.

—Podías pasar un rato con ellos aquí en el rancho.

—No hay nada que hacer aquí.

—Hay todos estos animales interesantes del desierto

para dibujar y. . . —estaba perdiendo el argumento. Ella no era una artista visual. ¿Qué le importaba a ella captar las alas negras azuladas de un cuervo en movimiento o experimentar con las sombras para crear un ave de presa?

—Bueno, es que. . . —Jaime se agarró de la última cosa desesperada que se le podía ocurrir—. Tomás no quiere que estés con ellos hasta que él los conozca.

—Él no me ha dicho nada. Además no es ni mi padre ni mi hermano. Ni tampoco lo sos vos.

Agarró de su mochila el libreto de la obra antes de abrir bruscamente la puerta del remolque y bajó los escalones dando pisotones fuertes. La puerta golpeó contra la pared antes de cerrarse, haciendo que toda el remolque se sacudiera.

Qué bueno. Este era el resultado de hablar y de tratar de pasar un rato con su prima.

CAPÍTULO SIETE

Ver al muchacho pecoso y rubio sonriendo y saludándolo con la mano cuando Jaime subió al ómnibus lo hizo sentirse aliviado de la tensión que estaba sintiendo. Después de todo, no era como que se fuera a sentar con Ángela. Casi ni le habló aquella noche. Pero sí hizo hincapié en preguntar, mejor dicho, en informar a Tomás, de que ella iba a pasar un rato regularmente con sus amigos después de las clases. Y Tomás había respondido: «Chévere, qué bien que estés haciendo amigos». Y Ángela lanzó una mirada a Jaime que decía «¿Ves?». Esta fue toda la comunicación que hubo entre ellos después de que él la confrontó.

Al menos había alguien que estaba contento de verlo. El muchacho pecoso desocupó el asiento al lado de él como había hecho los otros días. Jaime respondió con una sonrisa.

Hoy en vez de estar leyendo un libro, el muchacho comenzó a escribir en una libreta. El muchacho no dijo nada y Jaime no preguntó. El silencio era bueno, sin críticas ni expectativas ni desilusiones.

Los muchachos mayores estaban cantando a pleno pulmón canciones que parecían ser de películas viejas. Tomás hubiera sabido de qué películas eran pero a Jaime no le importaba. Él no sabía esas canciones ni tampoco Ángela, aunque eso no la detuvo. Él la escuchó cantando algunas partes del coro.

Él sacó su cuaderno de dibujo y trató de no prestarle atención a la serenata. Si su amigo del ómnibus podía garabatear en su libreta pues él también lo podía hacer.

Jaime notó que el muchacho miraba de reojo su cuaderno. Él movió su brazo para que la página estuviera más visible y continuó garabateando criaturas imaginarias con espadas, autos con alas, un ser humano con el rostro en la sombra. Cuando paró para pensar qué otra cosa quería dibujar, el muchacho le pasó su libreta.

En una página en blanco había escrito, «*What is your name*?»

«Jaime». Y como él sabía que las palabras en español e inglés tenían diferente pronunciación escribió cómo se decía en inglés en paréntesis «(Hi-meh)» y añadió: *«¿you?* » antes de pasarle la libreta de vuelta.

«Sean», y con una sonrisa añadió: «(normal)». Jaime se

río. Seh-Ahn no era un nombre normal pero por lo menos se podía pronunciar. Jaime le hizo señas para que le volviera a pasar la libreta. Como no podía hablar inglés correctamente y no sabía las costumbres en este país extraño él garabateó, «*me not normal*». Esta vez el muchacho hizo un sonido extraño en su garganta como si no estuviera acostumbrado a reírse.

«*Cool. I'm not normal either*».

Bueno, pues entonces, perfecto. Y los dos regresaron a sus cuadernos, Jaime dibujando y Seh-Ahn escribiendo. Perfectamente normal.

Todos los días después del almuerzo la clase de Jaime tenía una asignatura que Misus no enseñaba. Los últimos dos días tuvieron tiempo en la biblioteca y clase de español. El señor Borrego se pasó todo el tiempo enseñando a los otros a contestar «¿Qué hora es?», pero dejó a Jaime y Samuel, el otro muchacho de la clase que sabía español, que leyeran libros en español, con tal de que escribieran un reporte sobre el libro cuando terminaran de leerlo. Perfecto. Jaime había escogido el cuarto *Diario de Greg: Días de perros*. Estaba contento de poder ignorar a sus compañeros, que decían que la hora era uno menos un cuarto.

Cuando Jaime preguntó sobre la clase de arte, Misus dijo que el lunes, pero añadió algo sobre una maestra y un bebé. Jaime esperaba que eso no significara que solamente podían dibujar una maestra o un bebé. Aunque la idea de dibujar a Misus como una bebé con su suéter y sus zapatos de vieja lo entretuvo un rato e ignoró a Misus hablando.

Hoy había clases de música y Jaime tenía el presentimiento horrible de que le iban a decir que tenía que cantar como los muchachos mayores en el ómnibus. Excepto que tendría que hacerlo solo, en público y en inglés. Porque sentirte abochornado siempre sucedía en las películas que tenían lugar en la escuela. Y en los otros libros de Greg que él había leído.

Pero Jaime se había olvidado de que Miz Macálista era la profesora de música y ella no era el tipo de persona que lo humillaría públicamente. Ella le dio instrucciones a los otros muchachos para que sacaran sus instrumentos y empezaran a practicar tocando notas antes de dirigirse hacia Jaime con una sonrisa que decía que estaba contenta de verlo.

—Hola, Jaime. ¿Cómo están las cosas?

—Bien —contestó Jaime automáticamente. Mejor que decir que estaban tan bien como se podía esperar cuando aún no tenían noticias sobre abuela y él no sabía qué pensar sobre Ángela, que actuaba como si estuviera media loca.

Sus ojos observaron lo que sucedía en el salón. Todos tenían un instrumento y estaban enfocados en torcer una boquilla o limpiar la parte de adentro con un trapo. Tres de los muchachos, incluyendo a Carla, tocaban instrumentos más grandes. Cuando vio que Jaime la miraba, hinchó sus mejillas como si tuviera dos guayabas en su boca y sus ojos estaban bizcos, agrandados mientras se concentraba en tocar la nota más baja. Jaime se rió y se alejó al sentir que tenía sus mejillas calientes.

—¿Sabes jugar un instrumento de música? —dijo Miz Macálista, haciendo que Jaime volviera a prestarle atención a ella.

Jaime se mordió el labio para no sonreír. Lo que ella acababa de decir no tenía ningún sentido. Él se imaginaba que ella había traducido las palabras literalmente. Pero era bueno saber que él no era el único que cometía errores en otros idiomas.

—No. Yo nunca aprendí a tocar un instrumento musical —contestó él usando el verbo correcto y Miz se avergonzó con el cambio de palabra.

—Claro, se usa «tocar» en vez de «jugar» —ella sacó de debajo de su escritorio una caja plástica—. En inglés esto se llama *recorder*.

Jaime abrió la caja y sacó una vara negra y marrón igual a las que el resto de la clase tenía.

—Es una flauta.

—Sí, es una especie de flauta. Pero lo que nosotros llamamos *flute* son las que son horizontales. —Se puso las manos al lado de su mejilla derecha para demostrarle.

—Esta es una flauta dulce y la que usted mencionó es una flauta transversal.

Jaime sopló en la flauta y salió como un fuerte chillido. Los otros muchachos se dieron la vuelta para mirarlo y Diego hizo un sonido como un pedo en su flauta en respuesta a Jaime.

Miz agarró la música en el aire con sus dos manos como una directora y todos hicieron silencio. Como magia. Ella levantó un montón de libros de música y se los pasó a la clase.

—Trabajen en grupos con las primeras tres canciones y escúchense unos a otros para estar en el mismo ritmo.

Jaime volvió a soplar en su flauta, esta vez más suave, con la boca más relajada y no como si estuviera soplando el pito de un árbitro. El sonido fue menos chillón y más como una nota musical.

—Tiene que ser una persona muy estúpida la que no pueda tocar la flauta —le dijo Diego en inglés a su amigo—. Él probablemente cree que Ms. McAllister tocó con Elvis Presley. *Doofus*.

—No digas eso. —Su amigo, el muchacho del que Jaime no se acordaba del nombre, miró a Miz Macálista ayudando a Samuel, que estaba esforzándose en torcer la boquilla correctamente.

—¿Por qué? Él no entiende. —Esta vez Diego miró con odio a Jaime mientras hablaba. Jaime podía sentir sus ojos sobre él, pero no alzó la vista para no mostrar que había entendido el menosprecio de Diego—. ¿Ves? Estúpido.

Jaime alzó la vista y le echó una mirada mortal. Viró la flauta al revés, cubriendo el hueco de abajo con su pulgar izquierdo y el hueco de arriba con su índice y volvió a soplar. La nota salió más clara y vibrante que cuando él no había tapado ningún hueco. No hubo ningún chillido. Colocó su dedo del medio y después su dedo anular en la flauta, tocando una nota más baja cada vez. Levantó sus dedos uno a la vez hasta que solo tenía el pulgar y el índice en la flauta. Sin más chillidos, había tocado tres notas con éxito.

Miz regresó a donde él estaba y lo felicitó con la mano en alto.

—Perfecto. Eres un innato. Dentro de poco vas a estar tocando en conciertos alrededor del mundo.

Cuando Miz se fue Jaime vio a Diego mirándolo con maldad. Jaime le devolvió la mirada.

¿Ves?

No era estúpido.

CAPÍTULO OCHO

Los domingos, que eran oficialmente los únicos días libres de Tomás, todos dormían hasta tarde y después iban a la casa grande para desayunar. Ahí doña Cici cocinaba suficiente comida como para un grupo de peones del rancho. Según Tomás, varias veces al año había hasta quince hombres ayudando a acorralar el ganado, y doña Cici cocinaba para todos ellos. Excepto que ahora la doña se había olvidado de que solo eran la familia de Tomás y don Vicente y había cocinado demasiado.

—Ustedes están muy flacos —regañaba a Jaime y a Ángela como si fuera la culpa de ellos de que por poco se habían muerto de hambre hacía solamente dos semanas. Pero al mismo tiempo Jaime sentía que ella siempre les diría que estaban muy flacos, lo mismo que le decía a don

Vicente. Doña Cici era gruesa, mientras que don Vicente era delgado. Cuando los conocieron, Ángela dijo que, uno al lado del otro, parecían como un número diez.

—¿Tú no les das de comer en el remolque? —se viró hacia Tomás mientras servía más chorizo en los tres platos.

—Yo no sé ellos, pero usted sabe que yo vivo de café y frijoles. —Tomás sonrió aunque no estaba lejos de la verdad. Básicamente tomaba café y comía frijoles enlatados. No como los frijoles pintos que doña Cici había cocinado y que les estaba sirviendo.

La verdad era que Tomás no tenía tiempo de cocinar ni de ir con frecuencia al pueblo para comprar comida. Compraba comida que se cocinaba rápidamente en el microondas. Ahora con Jaime y Ángela viviendo con él, hacía el esfuerzo de tener por lo menos pan y queso y lascas de carne. Cualquier cosa que doña Cici hacía les sabía a gloria.

La semana pasada para su primer desayuno del domingo en El Norte, Jaime no podía creer que hubiera tanta comida: tortillas de harina (la abuela hacía las tortillas de maíz), revoltillo y huevos fritos, frijoles pintos, chorizo, papas fritas, queso amarillo rallado, queso de cabra desmoronado, chile verde muy picante, plátanos, aguacate, jugo de naranja y de toronja, café molido y leche fresca de las dos cabras que vivían en el granero.

Su comida era mucho más picante de lo que él estaba acostumbrado. A los mexicanos, y sobre todo a estos dos de

Chihuahua, les gustaba el chile muy picante. En Guatemala la comida era sabrosa pero no picante. Jaime podía con el picante en el chorizo pero se mantuvo alejado del chile verde. Sin embargo don Vicente se lo echaba a su comida como si fuera el elixir de la vida.

—El chile verde te mantiene alejado de las enfermedades. Te mantiene sano y en buena forma. —Don Vicente se dio palmadas en su barriga plana—. No he estado enfermo ni un día de mi vida.

Ángela puso un poquito en su tortilla pero cuando comió un pedacito terminó tosiendo y se lo bajó con un vaso de jugo.

—Yo creo que tengo un poco del chile verde que tiene poco picante en el congelador extra para cuando los nietos vienen de visita. —Doña Cici puso cariñosamente su mano en su hombro—. Voy a sacar un poco para ti la semana que viene.

Ángela movió su cabeza mientras trataba de ventilar su boca.

—Está. . . bien. Me parece que. . . ah, no me gusta el sabor.

Don Vicente tiró su tenedor en el plato como si Ángela lo hubiera insultado personalmente.

—No digas eso —Tomás silbó—. Los nuevo mexicanos protegen mucho su chile verde. Es como decir en Guatemala que no te gusta el pepián.

—¿Qué es *pepián*? Yo lo puedo hacer si ustedes quieren. —Doña Cici se levantó como si fuera a comenzar a cocinar el guisado guatemalteco en ese momento. Tomás insistió que se volviera a sentar en la mesa. La mujer mayor estaba muy pendiente de alimentar a todo el mundo y a veces se olvidaba ella de comer. Después de quejarse varias veces al fin regresó a la mesa.

La semana pasada el matrimonio mayor les había preguntado sobre su viaje hacia El Norte y Jaime fue corriendo al remolque para buscar el otro cuaderno que había llenado mientras viajaba a través de tres países. Era como mirar un álbum de fotografía. Les enseñó los dibujos del funeral de Miguel y los miembros de su familia (la fotografía de su familia se la habían robado), el viaje en ómnibus a Arriaga en México y los amigos que habían hecho ahí: Xavi, que había rescatado a Vida y se convirtió en el novio de Ángela, y el pequeño Joaquín, que viajaba con un secreto. Cuando Jaime llegó al dibujo de un ternero borroso, don Vicente quiso saber qué raza de ganado era. Jaime no se acordaba de cómo lucía. Era casi el amanecer y Jaime estaba medio dormido cuando trató de dibujarlo. La distracción sobre el ternero fue buena porque le permitió saltarse la parte de cuando Ángela se puso furiosa con él por haber permitido que les robaran sus mochilas y casi la perdió para siempre.

Mientras que Jaime hacía el cuento sobre su viaje, Ángela había estado sentada con la cabeza agachada y jugando con el tenedor con las sobras de una yema de huevo. Ni una sola vez añadió nada al cuento ni tampoco dio ninguna indicación de que ella también había estado ahí. Quizás no quería recordarlo.

Ahora fue Jaime quien llevó la atención hacia el viejo matrimonio. —¿Qué los trajo a ustedes dos a este rancho?

—Los caballos —contestó don Vicente inmediatamente.

—¿Cruzó la frontera a caballo?

—Mmm. Lo hubiera hecho, si hubiera tenido un caballo y hubiera sabido montar entonces. —El viejo ranchero se recostó en la silla recordando—. Ustedes dos cruzaron un río, pero la mayor parte de la frontera es un desierto. No hay nada por cientos de millas. En algunos lugares solo hay una cerca de alambres de púas para mantener el ganado separado. En otras partes ni aún hay eso. En aquel entonces no había mucha vigilancia en el desierto. Probablemente hubiera podido cruzar montando a caballo sin pensarlo.

El viejo ranchero hizo una pausa como pensando en eso, o quizás lamentaba que no podía cambiar el pasado.

—En vez, varios hombres llegaron a mi pueblo en Chihuahua cuando era joven —continuó—. Dijeron que había trabajo en las fincas en California y que los que quisieran ir eran bienvenidos. Como no tenía nada mejor que hacer, me monté en la camioneta con los otros. Nunca había estado en un vehículo antes y esperaba no tener que volverme a montar en otro más. Pareció que habíamos estado ahí durante varios días. Nos mareamos. Parábamos solo cuando el chofer necesitaba echar gasolina y solo nos podíamos bajar cuando estaba oscuro.

—¿No tuvieron problemas cruzando la frontera? ¿La migra no registró la camioneta? —preguntó Jaime. El cruzar de Guatemala a México había sido un reto. Estaban escondidos en una camioneta vieja cubiertos con ropa usada para despistar a los perros de la patrulla y aún así el chofer tuvo que distraer al guardia con un soborno.

Don Vicente se encogió de hombros.

—Si fue difícil, no me acuerdo. No creo que haya habido ningún problema. La mayor parte de los campesinos nos usaban a nosotros y a trabajadores chinos. Muchos pensaban que regresaríamos en cuanto terminara la cosecha. Algunos regresaron pero la mayoría iba de una finca para la otra dependiendo de lo que había que sembrar o cosechar.

El país había sido construido por inmigrantes, Jaime recordaba que Misus lo había dicho en la clase de ciencias sociales. Los inmigrantes hacían el trabajo que nadie quería hacer o que nadie estaba dispuesto a pagar más dinero para que se hiciera. Solo los que estaban desesperados o los que no tenían otras opciones hacían estos trabajos. Fue una de las pocas cosas que Misus enseñó esta semana que Jaime entendió. Porque lo sabía muy bien.

—No me demoró ni siquiera una semana en darme cuenta de que no me gustaba la agricultura —continuó don Vicente—. Me vieron sacando hierba mala de la cola de uno de los caballos y el capataz, un malvado idiota de Sonora, me dio unos azotes y me descontó el sueldo de una semana por poner mis manos sucias en el corcel. Decidí que no iba a aguantar esto y me largué.

—¿Lo fueron a buscar para llevarlo de regreso? —Jaime se acordó de los Alfas en su pueblo y de que los hubieran ido a buscar a él y a Ángela si se hubieran quedado en el país.

Con su cara curtida, don Vicente miró a Jaime como queriendo decir que nunca le cruzó por la mente que lo pudieran capturar.

—Yo no era esclavo y no debía nada en la tienda de la finca como muchos de los otros debían. No me habían pagado nada, así que ellos eran los que me debían a mí. No me importaba. Solo me quería ir. Estaba pidiendo aventón para regresar a México cuando me enteré de que iban a acorralar unos *mustangs*. Eran caballos salvajes pero lucía mejor que sembrar espárragos. George Padre, el papá del presente George, estaba ahí y vio que yo trabajaba bien con los caballos aunque nunca había estado con ellos y me trajo aquí. No he deseado irme desde entonces.

—¿Cuándo fue eso? ¿En qué año? —preguntó Jaime.

—Estoy seguro que después de los dinosaurios. Una

vez pensé que había visto uno pero era un mamut lanudo. —Don Vicente guiñó un ojo y la idea de que don Vicente no sabía ni su edad ni el año cruzó la mente de Jaime. Este hombre nunca mencionaba los años con números, sino que hacía referencia a cosas como «el año del fuego en el bosque» y «la temporada en que los terneros estaban un poco bizcos».

—¿Y durante todo este tiempo nunca aprendió a hablar inglés? —Ángela le preguntó al viejo.

Doña Cici movió su cabeza mientras miraba con el ceño fruncido a su esposo. Aparentemente Ángela había tocado un tema de desacuerdo entre ellos dos.

Don Vicente se sentó muy derecho en la silla y miró a Ángela a los ojos mientras hablaba.

—Aquí estando tan cerca de la frontera siempre hay gente que me entiende. Además, ¿cuán a menudo me hace falta hablar con otras personas? Los caballos y el ganado son mi trabajo y a ellos no les importa cuál es mi lengua materna. A mí no me interesa ser como los demás. Aunque haya vivido aquí la mayor parte de mi vida, eso no cambia que soy un hombre pobre de Chihuahua.

Jaime estaba de acuerdo. ¿Por qué él tenía que adaptarse y mezclarse? Él no necesitaba hablar inglés al igual que don Vicente no lo necesitaba. Miz Macálista hablaba español bastante bien y su compañero Samuel, aunque no le gustaba traducir, siempre ayudaba a Jaime cuando él lo necesitaba. La próxima vez que alguien le dijera que necesitaba aprender inglés, él contestaría que iba a continuar siendo fiel a sí mismo. Él no necesitaba el inglés para trabajar. Su arte hablaría por sí misma.

—Pero el hablar inglés abre muchas puertas —dijo Ángela—. Puede viajar a cualquier lugar y siempre encontrar a alguien que lo entienda.

—Mis días de viajar han terminado. Si no puedo llegar a caballo pues entonces no vale la pena. Además, en todos mis años, nunca me encontré con una situación en la cual el saber inglés hubiera cambiado el resultado.

Ángela abrió la boca como para discutir, pero las miradas de doña Cici y de Tomás le hicieron comprender que era inútil enseñarle trucos nuevos a un vaquero viejo.

La tensión en la cocina era densa hasta que Jaime se viró hacia doña Cici y le preguntó:

—¿Y cómo usted llegó a trabajar aquí?

La mujer mayor se paró y comenzó a llenar el lavaplatos.

—Mi historia no es tan interesante. Yo llegué con mis padres. Tampoco fue difícil cruzar. Le dijimos al guardia que íbamos a hacer compras de comida y nos creyó, pues solo teníamos las bolsas para la compra y muy poco dinero. Él no sabía que no teníamos más nada, pues lo habíamos perdido todo en un fuego. Llegamos aquí y conocí a Miss Eleanor, la mamá de Mr. George, en la iglesia cuando tenía las manos llenas con una recién nacida y Mr. George, que estaba empezando a caminar. George Padre no estaba interesado en ayudar con sus hijos, así que ella estaba sola con todo el trabajo. Nunca nos habíamos conocido pero se viró hacia mí y me preguntó si estaba interesada en un trabajo. Dije que sí sin saber ni importarme qué clase de trabajo era. En ese entonces a nadie le importaba si uno tenía papeles o no porque no te tenían que pagar tanto como a un gringo.

—Pero la gente se preocupa ahora. ¿Qué pasaría si la agarran? —Jaime preguntó aunque lo que quería saber en realidad era cuán seguro estaban todos aquí en el rancho.

Don Vicente debió de haber leído su mente, pues puso su mano sobre la de Jaime.

—Debe de haber alrededor de cien mil trabajadores indocumentados solamente en Nuevo México. Trabajamos en las fincas y ranchos aquí y en las ciudades trabajamos en construcción o en los restaurantes o limpiando casas. Si nos echan presos a todos, este estado no podría sobrevivir. Todos saben que estamos aquí y mientras no nos metamos en problemas, ellos están contentos de que hagamos el trabajo que ellos no quieren hacer. Y déjame decirte algo, este rancho está tan alejado de todo que nadie va a venir por ese camino de tierra lleno de baches que no le corresponda.

La preocupación cedió. El viejo tenía razón. Llegar a la escuela llevaba casi una hora.

La familia de Jaime ayudó a doña Cici a guardar la

comida, la mitad la pusieron en recipientes para que ellos se los llevaran para el remolque. Cuando la cocina estuvo completamente limpia que ni abuela hubiera podido encontrar una pequeña mancha sucia, caminaron a través del pasillo lleno de fotos de los padres de Mister George, los hijos y los nietos. La foto favorita de Jaime era un recorte de periódico de un grupo de hombres alrededor de un corral de caballos asustados. Los dos jóvenes próximos a la cámara estaban borrosos e irreconocibles, excepto que uno tenía pelo largo y oscuro y el otro corto. Pero había algo en esos dos hombres que los hacía lucir contentos y a gusto con los caballos salvajes.

—¿Usted es uno de estos hombres, don Vicente? —preguntó Jaime.

El viejo gruñó.

—Sí. El que tiene un recorte mal hecho. Mi amigo Sani es el bastardo guapo a mi lado.

Miró de reojo a la manada de caballos y señaló un par de orejas que casi no eran visibles en la foto en blanco y negro.

—Y esa fue Reina, mi primera yegua. Nunca dejó que más nadie la montara excepto yo.

Jaime miró los bordes de la foto buscando una fecha, pero la persona que la recortó no la conservó. Siguió a los otros al cuarto de la tele que era realmente como una sala de cine. La pantalla era más grande que los brazos de Jaime y colgaba plana en la pared. Un sofá con la forma de una U enorme cubría el otro lado del cuarto. Y además había una máquina de hacer palomitas de maíz en la esquina. ¡Una máquina de verdad!

—¿Están seguros de que a Mister George no le importa que veamos algo?

Doña Cici sacudió su cabeza.

—Él siempre me deja ver lo que deseo. Está pagando por el servicio así que lo mejor es que alguien lo aproveche.

Aunque estaban llenos con el desayuno hicieron palomitas. Por supuesto que las tenían que hacer. Don Vicente cruzó sus brazos sobre el pecho y se quedó dormido antes de que 007 encendiera su cigarrillo en *Dr. No*, la primera película de James Bond, y una que Jaime no había visto desde que Tomás aún vivía en Guatemala. Cuando comenzó la introducción con los que trabajaron en la película don Vicente ya estaba de pie y se dirigía hacia afuera.

—El que hoy sea domingo no quiere decir que no hay que ocuparse del ganado.

Jaime hizo una pausa en la película y se viró hacia el hombre que estaba poniéndose su estropeado sombrero de vaquero de paja.

—Debería quedarse y verlo con nosotros. Es una película buena.

—Tengo mi propia televisión afuera. Siempre está

cambiando. Nunca es lo mismo —y diciendo esto don Vicente salió de la casa.

—Cuando nos casamos y construyeron el anexo para nosotros, la familia nos dio un televisor. Vicente amarró esa cosa abultada a Reina, la yegua que tenía en aquella época, y se la dio a un amigo que estaba enfermo para que se entretuviera. Nunca le interesaron las cosas para las cuales no tenía ningún uso. —Doña Cici se acomodó en los cojines y le hizo señas a Jaime para que continuara con la película—. Vamos a ver lo que nos parece este hombre guapo llamado Bond.

Por un segundo Jaime pensó en irse con don Vicente. Durante tres días consecutivos, el viejo había recogido a Jaime en la parada del ómnibus y lo había llevado por diferentes lugares del rancho antes de regresar a la casa. Le enseñó las huellas de animales que Jaime no sabía que existían, como las huellas de los cascos de una criatura semejante a un cerdo, llamada jabalina. Ayer le había enseñado la madriguera de serpientes que estaban invernando. Hasta le había prometido a Jaime enseñarle a montar su propio caballo, algo que Jaime no veía la hora de hacer. Hoy sería un buen día para esto. Había una leve brisa y el sol estaba en lo alto del increíble cielo azul. Mientras el caballo pastaba en la hierba de primavera, Jaime podía dibujar los arroyos y los animales que vivían en ellos.

Pero en la televisión estaba James Bond y a Jaime le

encantaba ver películas con Tomás. Con todo el trabajo que tenía, Jaime casi no pasaba tiempo con su hermano mayor. Ni tampoco había pasado un buen tiempo con Ángela desde la tormenta de nieve. Aprender a montar a caballo podía esperar. Era tiempo de establecer lazos con la familia.

CAPÍTULO NUEVE

La mañana del lunes comenzó con el timbre del teléfono de Tomás sonando. La recepción era irregular en el rancho. A veces se demoraba varias horas para poder recibir un mensaje. Los mensajes de texto llegaban más rápido pero una llamada de un minuto de Guatemala contenía mucha más información de lo que podían poner en un solo texto.

Sin hablar, Jaime y Tomás salieron de la cama y se dirigieron con el teléfono hacia donde dormía Ángela. Era donde tenían mejor recepción.

El teléfono decía que eran las 4:36. El cielo estaba tan oscuro que parecía imposible que el sol volviera a brillar.

El teléfono de Tomás no decía cuándo habían dejado el mensaje, solo que había uno nuevo. Jaime tragó en seco.

El mensaje pudo ser dejado hacía unos minutos o hacía varias horas.

Tomás puso el teléfono en altoparlante. Jaime y Ángela lo rodearon con sus cabezas tan cerca que se tocaban en un esfuerzo para poder oír mejor. La voz de mamá llenó el remolque mientras se esforzaba en decirlo todo en sesenta segundos o menos.

«Hola, mi'jos. Su padre ha sido promovido a supervisor en la plantación de chocolate. Esperamos tener dinero para poder usar la computadora del pueblo para una conversación a través de Skype pronto. Yo estoy cuidando al bebé Quico, para que Rosita pueda trabajar como cajera tres días a la semana en la tienda de Armando. ¡No van a creer lo grande que está! Ángela, tu mamá dice que te acuerdes de que sos una señorita y que te comportes como tal. Tanto tu mamá como tu papá te mandan su amor y esperan poder añadir crédito al teléfono pronto. La pena es que abuela no está bien. No puede salir de la cama con la cadera fracturada y no quiere comer. Continúa diciendo que ha tenido una vida buena. Probablemente no esté con nosotros por mucho tiempo más. Les dejaremos saber si algo cambia. Los queremos a todos. . .», y la comunicación se calló. Ella solo había pagado por un minuto y Jaime se imaginaba que no tenía las monedas extras para que la llamada durara más tiempo.

Tomás volvió a poner el mensaje para escuchar su voz otra vez. Jaime deseaba lo mismo.

«. . .probablemente no esté con nosotros por mucho tiempo más. Les dejaremos saber si algo cambia. Los queremos a todos…».

Tomás apretó el botón para guardar el mensaje mientras Jaime se desplomó en la cama de Ángela.

No podía ser verdad. No cuando tantas personas la querían y contaban con ella. Si los Alfas no la hubieran amenazado y empujado, abuela no se hubiera fracturado la cadera y no estaría tirada en la cama. Si Jaime y Ángela no se hubieran ido los Alfas no la hubieran amenazado. De cualquier manera que lo mirara la culpa volvía a atormentarlo.

Tomás sacudió su cabeza como si eso cambiara las noticias.

—Si abuela tiene dolor y está sufriendo quizás es mejor que ella…

Pero no pudo terminar de expresar sus pensamientos. Jaime echó un vistazo a Ángela, que apretaba su colcha con los brazos contra su pecho como consuelo.

—Ella nunca se despidió —Ángela sollozó—. Nunca nos dijo adiós.

La mañana que se fueron de Guatemala, abuela les había cocinado un banquete. No tan elaborado como el de doña Cici pero con la comida que tenían a mano y con todo su amor. Considerando el enorme peligro de su viaje, cuando llegó el momento de ellos irse, abuela se había ido, sin querer o sin ser capaz de verlos partir. Ahora, llegado el momento de su muerte, eran ellos los que no se podían despedir.

Tomás los abrazó y se echaron a llorar los tres en los hombros de los otros. Vida caminó sobre la cama para unirse al tropel pasándoles la lengua por los brazos, pues no podía besarles las lágrimas.

—Ella no se ha ido todavía —les recordó Jaime—. Ella es muy fuerte. Puede vivir unos años más…

O unos minutos. Su abuela siempre hacía lo que se proponía y no era alguien que se daba por vencida. Jaime nunca la había visto cambiar de opinión. Si no podía salir de la cama y no tenía nada que la mantuviera ocupada, entonces ella se sentiría inútil. Ella nunca tuvo paciencia con la gente vaga.

Trataron de llamar a tío Daniel, el papá de Ángela, pero como había sucedido las tantísimas veces que lo habían tratado, el teléfono sonó y sonó. Tomás trató de llamar al teléfono del pueblo, de donde mamá había llamado, pero tampoco hubo respuesta. Eran las 5:58 de la mañana en Guatemala.

—No hay nada que podamos hacer excepto respetar y aceptar su decisión —dijo Tomás mientras preparaba café instantáneo.

¿Respetar y aceptar? Jaime escuchó las palabras huecas de su hermano y supo que estaban tan vacías como él se sentía. Aún con lo lejos que estaba su familia, Jaime siempre pensó que estarían ahí, en la misma casa, y en el mismo pueblo. A solo una llamada telefónica aunque demorara un poco conseguir crédito. Pero igual que con Miguel, no iba a haber recepción telefónica en el cielo.

—¿Recibió Tomás alguna llamada durante el día? —Después de un día interminable en la escuela, la preocupación cedió un poco cuando Jaime hizo la pregunta que lo había atormentado todo el día.

Don Vicente detuvo a Pimiento donde el ómnibus había dejado a Jaime hacía unos segundos y se quitó su sombrero vaquero maltrecho.

—No mientras estuvimos juntos, y estuvimos en el granero la mayor parte del día.

Sacó su pie del estribo y le dio su fuerte mano curtida. Jaime la agarró y meció su pierna sobre Pimiento. Después de llevar varios días montando ya no pateaba a Pimiento, aunque no era capaz de subirse por sí solo.

—Abuela no está bien —explicó Jaime aunque don Vicente no había preguntado—. Mamá cree que ella se puede…

Al igual que Tomás, que no había podido hablar sobre esto en la mañana, Jaime tampoco lo podía decir en voz alta.

—Ya oí. Pero tienes que recordar que esto no siempre es cosa mala.

—¡Claro que es una cosa mala! ¿Qué hay si ella se va?

En su frustración apretó los lados de Pimiento. El caballo se lanzó en un galope que hizo que Jaime se agarrara a la cintura de don Vicente como si su vida dependiera de eso. El viejo logró frenar a Pimiento y ponerlo a caminar en unos segundos. Los oídos de Jaime sonaban con el latir de su corazón. Tuvo que respirar varias veces para soltarse un poco. Un accidente equino no era la mejor manera de volver a ver a abuela.

—A mí nunca me interesó ir a la iglesia ni las personas que me dicen cómo tengo que pensar —dijo don Vicente—. Pero yo creo que el cuerpo es solo un recipiente para el alma y, como todos los recipientes, se deteriora. Sin embargo, el alma nunca muere. Vive para siempre en el mundo y en las personas con las que estuvo en contacto. Una parte de ella está en ti y esa parte va a estar para siempre contigo, no importa lo que pase.

Por mucho que Jaime trató, no pudo contradecir las palabras de don Vicente. Era mejor que «Por lo menos no va a continuar sufriendo» o «Va a estar en un lugar mejor». Palabras vacías que lo hubieran dejado hueco.

—Yo detesto estar aquí tan lejos de todo y de todos los que amo. Quiero volver con ellos, con mi familia.

Don Vicente estiró su mano detrás de él y tocó a Jaime en la rodilla.

—Yo dejé México porque no tenía a nadie. No lo pensé entonces, pero vine buscando una familia y la encontré en las personas que conocí. Tú tienes una familia en Guatemala pero eso no impide que tengas una familia aquí también.

Excepto que Jaime no quería a más nadie. Su familia era perfecta como era. Cuando Miguel estaba vivo y Tomás vivía en casa entonces el mundo parecía muy simple.

Don Vicente paró a Pimiento en la parte alta del risco donde había una vista impresionante. El cielo azul sin nubes y la tierra marrón se extendían hacia el infinito, donde no había nada que interfiriera con la vista excepto la escasa vegetación.

—Desde aquí puedes verlo todo y hablar con quien quieras —dijo don Vicente respirando fuertemente el aire seco del desierto.

Jaime se bajó de Pimiento y se sentó sobre una piedra. Miró hacia el sur imaginándose que podía ver más allá de los cactus y los arbustos de enebro, más allá del río Bravo y a través de México, donde el terreno cambiaba de desierto a jungla, sobre el río Usumacinta y llegando a Guatemala, donde podía ver un patio bordeado por cuartos individuales. La casa de tío dónde vivía abuela.

Miró en la cocina donde abuela se jorobaba amasando

la masa de las tortillas. Se volteó. Con sus manos artríticas tiraba una bola de masa de una mano a la otra, su pelo gris estaba en un moño sobre su nuca y sus ojos oscuros se veían brillantes y orgullosos.

«Hola, mi'jo». Su voz se truncó como sucedía cuando estaba cansada y pretendía que no lo estaba.

«Hola, abuela», le respondió a la imagen en su mente.

Ellos estuvieron parados en la cocina durante minutos u horas con solamente la bola de masa moviéndose de una mano a la otra.

«Sabés que llegó el momento, ¿verdad?».

Él sacudió la cabeza tratando de aclarar su mente. Podía escoger lo que quisiera que pasara o lo que ella dijera. Pero abuela siempre hacía lo que deseaba, aún en la imaginación de otra persona. Eso no lo podía cambiar.

«No voy a dejar que te vayas», insistió. Forzó su mente para imaginarse que ella decía que se iba a mejorar, que era más feliz estando con su familia, que no lo iba a dejar. Pero igual que antes, ella escribió su propio libreto.

«No tenés que preocuparte por mí. Estoy donde deseo estar. Te quiero, mi'jo». Le tiró la bola de masa y su imagen comenzó a disolverse.

«No, abuela, por favor, no, abuela».

—¡Abuela! —Jaime se volvió a encontrar en el risco apretando una pequeña piedra en su puño. Se paró y tiró la piedra con toda su fuerza hacia su casa en la jungla de

Guatemala. Pero sólo voló un corto tramo antes de descender en la tierra rocosa asustando a un pájaro negro que comenzó a volar en un círculo sobre su cabeza. Una vez fuera de su mano se dio cuenta de su error y gateó para buscar la piedra. La aguantó otra vez y se la acercó al rostro. No necesitó mucha imaginación para creer que olía a masa de maíz. La puso al lado de su cuaderno de dibujo en su mochila.

Se volvió a subir a Pimiento sin necesitar ayuda y don Vicente puso el caballo a andar al paso bajando por el otro lado del risco. Ninguno de los dos dijo nada por el resto del camino.

Cruzaron una pequeña loma y la casa grande se hizo visible. Una gran nube de polvo se movía a gran velocidad por el camino alejándose del rancho. Era Tomás en su camioneta. Jaime le hizo señas a su hermano con la mano, rogándole en silencio que regresara, pero él continuó a la carrera hasta que solo quedó la nube de polvo.

Quinto, el peón del rancho, estaba sentado en un banco escuchando un juego de fútbol en vez de estar trabajando.

—¿A dónde fue Tomás? — preguntó Jaime mientras don Vicente los conducía al granero.

El peón se encogió de hombros mientras movía los botones de la polvorienta radio para poder escuchar mejor.

—Quién sabe. Recibió una llamada y se fue.

¿Una llamada? El aliento se le ahogó a Jaime en la garganta. Probablemente no era nada. Otras personas llamaban a Tomás cuando la recepción era buena: Mister George chequeando que los terneros estuvieran todos saludables, la tienda de comida para animales diciendo que su orden había llegado o jóvenes que deseaban criar un novillo para la feria ganadera. Pero ninguno de ellos hacía que Tomás saliera conduciendo como Wile E. Coyote en fuego.

—¿Habló con la persona en inglés? —Jaime preguntó.

—No sé. Quizás en español. No estaba prestando atención. ¡Oye, hombre! ¿Qué piensas? —Quinto gritó hacia la radio cuando el árbitro le acababa de dar al otro equipo una penalidad.

Jaime se dejó caer del caballo y se desplomó en la tierra con las piernas débiles. En vez de quitarse el polvo, abrazó sus rodillas mirando al horizonte como había hecho cuando estaba en el risco, pero las lomas estaban en el medio.

Don Vicente desmontó como si fuera una pluma volando hacia la tierra y le entregó las riendas de Pimiento a Quinto.

—Desensíllalo y dale agua. Cepíllalo bien antes de ofrecerle más agua.

Quinto cruzó los brazos sobre su pecho abultado y le lanzó una mirada feroz al viejo.

—¿Yo luzco como que soy su mozo de cuadra?

—¿Tienes algo mejor que hacer? —Don Vicente lo miró. Quinto tiró de las riendas resoplando, subió el volumen de la radio y llevó el caballo hacia el cuarto donde estaban las monturas.

Don Vicente observó a su caballo alejarse antes de ponerle a Jaime una mano sobre su cabeza. Sus viejas articulaciones le dificultaban que se pudiera agachar. Jaime se recostó contra las piernas huesudas y sollozó.

—¿Te despediste en el risco?

Jaime asintió pero su boca estaba tan seca como el desierto alrededor de él.

—Entonces ella sabe que la querían y que se ocupaban de ella.

Sí, ella lo sabía. Todos los que conocieron a abuela la querían. O al menos la respetaban. Menos esos malditos miembros de los Alfas. Mataron a golpes a un niño de doce años como si no fuera nada. No tenían conciencia acosando a una señora vieja, empujándola por unas escaleras, fracturándole la cadera y dejándola sin deseos de vivir. ¿Dónde estaba la justicia? ¿Cómo Dios había permitido que pasaran estas cosas?

Se quedó en la tierra con don Vicente acariciándole la cabeza y el torneo de fútbol chisporroteando en la radio vieja. Cuando por fin se movió, el ranchero le ofreció su mano fuerte para ayudarlo a levantarse. Jaime abrazó su mochila a su pecho. Podía sentir dentro la piedra del risco y los bordes de su cuaderno de dibujos, su consuelo. Había sido abuela la que le había comprado su primera libreta cuando tenía cinco o seis años. Antes de eso estaba siempre buscando pedacitos de papel, dibujando en recibos y en cajas de comida. Un vendedor en el mercado donde abuela vendía sus tortillas iba a botar dos libretas sin rayas que se habían estropeado con la lluvia. A cambio de media docenas de tortillas, abuela regresó a la casa con dos libros para Jaime diciéndole que «dibuja el mundo». Cuando regresara al remolque él iba a dibujar un retrato de ella para que cuando él fuera tan viejo como don Vicente se pudiera acordar todavía de cómo ella lucía.

—Usted mencionó el otro día. . . —la voz de Jaime salió con carraspera y ahogada mientras se esforzaba para hablar con el viejo ranchero— . . .que cuando le llegara la hora se iría montando hacia el atardecer y desaparecería.

Don Vicente paró de caminar y miró a Jaime con una sonrisa. Sus dientes estaban amarillos, gastados y torcidos, pero estaban todos intactos.

—Y te dije que todavía no me iba a ir montando.

CAPÍTULO DIEZ

Tomás regresó hora y media después con un recipiente de pollo frito, una porción familiar de puré de papas, un recipiente grande de helado y cuatro DVDs de la biblioteca rural.

Y Ángela, que aparentemente no había apreciado que la recogieran temprano del ensayo de la obra aunque fuera por el luto por la muerte de abuela.

—Cuando se está afligido es mejor pasarlo comiendo con la familia. —Tomás pasó tenedores y toallas de papel como servilletas—. Pensé traer tortillas pero hubiéramos tenido que cocinar algo para comer con ellas.

—Me alegro de que no hayas traído tortillas. Las de nadie se hubieran podido comparar —Jaime suspiró mientras mordía un muslo. Ni aún el pollo sabía tan bueno como el de abuela, aunque ella lo cocinaba de manera diferente—. ¿Sabés cómo hacer sus tortillas, Ángela?

—No.

Jaime esperó a ver si su prima decía algo más, pero ella estaba quitando pedacitos de pollo y amontonándolos en la toalla de papel.

—Yo pensé que ella había enseñado a vos y a Rosita aquella vez que Miguel y yo...

—Ella no nos enseñó.

—Estoy seguro de que tus tortillas estarían muy buenas —dijo Tomás mientras se metía en la boca el tenedor repleto de puré de papas.

—No sé cómo hacer sus tortillas, así que déjenme tranquila. —Sacó un pedazo grande de pollo del hueso y lo picó en pedacitos.

Tomás parecía querer agregar algo más, pero después decidió que era mejor hablar de otra cosa.

—No sé si sabés esto, Jaime —dijo Tomás mientras masticaba—. Antes de irme estaba enamorado de esta muchacha guapísima. No importaba que ella fuera unos años más joven que yo, Marcela...

Jaime dejó caer un muslo que casi tenía en la boca.

—¡Me acuerdo de Marcela! Miguel y yo discutíamos sobre quién de los dos se casaría con ella...

—De ninguna manera mano, yo la vi primero —bromeó Tomás mientras se robaba el pedazo de pollo que

Jaime había dejado caer en la mesa—. Al fin tuve el valor de invitarla a salir y abuela me repetía que me tenía que comportar como un caballero. Claro, le prometí que me iba a comportar pero ella no confió en mí. ¿Podés creer eso? Así que abuela me dejaría salir con ella si llevaba a Ángela aquí y a Rosita. Las tres muchachas se pasaron todo el tiempo hablando entre ellas. Era como si yo estuviera interfiriendo en la cita de ellas. Le dije a abuela después que me había estropeado la cita. ¿Sabés lo que esa viejita me dijo? Abuela dijo, y aún lo recuerdo, «La familia te hace quien eres. Si a una muchacha no le cae bien tu familia, ella nunca va a gustar de vos». Marcela y Rosita se hicieron mejor es amigas, pero nunca hubo nada entre nosotros. Ni siquiera un beso. ¿Te acordás de esa noche, Ángela?

—Marcela desapareció hace unos años. —Ángela movió el tenedor que no había usado sobre la mesa hasta que la rayó—. Dicen que la secuestraron.

—¿De verdad? —Tomás respiró con dificultad. Jaime asintió. Esos eran los rumores cuando se separó de su hermano tratando de cruzar México. Nadie supo más nada de ella.

—Maldición. No lo sabía.

El silencio llenó el remolque. Jaime sabía lo que Tomás estaba tratando de hacer. Acordarse de cuentos sobre abuela: graciosos, embarazosos. Aquellos que la mantenían en sus mentes y sus corazones en vez de en la pena y en el dolor.

Jaime pensó que él podía hacer lo mismo.

—Una vez abuela nos agarró a Miguel y a mí...

—Terminé. —Ángela recogió los pedazos de pollo que no se había comido y se los dio a Vida—. Acuérdense de no darle los huesos.

—¿Querés helado? —preguntó Tomás—. De chocolate, caramelo y nueces. No hay espacio en ese congelador enano así que los pobrecitos de nosotros vamos a tener que comer lo todo.

Tomás lo destapó y agitó el recipiente con la delicia pegajosa delante de su nariz.

—No tengo hambre. —Se levantó de la mesa y se encerró en el pequeño baño.

—Cuando Miguel murió —Jaime dijo en voz baja— ella no habló durante varios días.

Tomás asintió antes de amontonar más comida en el tenedor.

—Abuela creía que todo se podía resolver con la comida.

Abuela también decía que sus nietos tenían que comerse todo lo que le servían sin quejarse. Jaime se recordó de esto antes de servirse otro muslo. La mejor manera de celebrar la vida de abuela era con el estómago lleno.

Solo quedaban unos pedazos de pollo y un poco de puré de papas cuando Ángela salió del baño. Jaime trató de poner un plato en el microondas para ella, diciendo que era lo que abuela le hubiera gustado, pero Ángela sacudió la cabeza y se acurrucó en el banco para estudiar el libreto de la obra.

Él se sentó a su lado y le pasó el brazo, apretando sus hombros.

Ella se alejó, se acurrucó aún más y se puso el libreto más cerca de su rostro.

Tomás le hizo señas con la mano para que la dejara quieta y le diera espacio. El remolque era tan pequeño que no podías estar en la cocina sin chocar con la mesa. Pero su casa en Guatemala no era más grande. Papá la había construido con la ayuda de su familia para mamá como regalo de bodas. Solo dos habitaciones, una para dormir y la cocina, las ventanas sin cristal y la puerta de entrada descuadrada. Aún así, se las habían arreglado.

Tomás llevó el recipiente con la sopa de helado para el área de dormir y él y Jaime vieron *Guardianes de la galaxia* en la tele con DVD combinado que Tomás había colgado del techo bajo del remolque. A cada rato Jaime se inclinaba para chequear a Ángela. Ella continuaba acurrucada con la nariz en el libreto y se mantenía distante de Vida, la mejor sostén emocional del mundo, después de abuela.

CAPÍTULO ONCE

La camioneta de Tomás paró delante del remolque cuando Jaime y Ángela salieron. En el asiento de pasajeros estaba sentado don Vicente. Las líneas de su rostro eran más profundas de lo normal, como si el estar confinado en un vehículo en vez de a horcajadas sobre su caballo le estuviera causando un gran dolor. Su sombrero de vaquero estaba menos estropeado que el que normalmente usaba, su correa con cuentas estaba limpia y sus vaqueros desteñidos tenían líneas al frente. Doña Cici probablemente se los había planchado. Jaime nunca había visto a un hombre más fuera de lugar en un vehículo cuando debía de estar sobre su caballo.

—Súbanse a la parte de atrás de la camioneta —gritó Tomás por la ventanilla abierta—. Los vamos a dejar en la parada del ómnibus.

—¿A dónde van? —Jaime preguntó.

—Al infierno —Don Vicente murmuró.

Tomás suspiró, pues ellos dos ya habían discutido esto un millón de veces.

—Mr. George quiere que vayamos a ver un ternero semental en otro rancho. Necesitamos sangre nueva en el rebaño y supuestamente este ternero es el mejor.

Don Vicente escupió por la ventanilla.

—Manuel Vegas no reconocería un ternero de calidad aunque le diera una cornada en las tripas.

—Mr. George dice que su padre es un campeón —dijo Tomás para beneficio de Jaime y Ángela.

—Un buen padre no hace un buen hijo —dijo don Vicente.

—Entonces usted se lo dice a Mr. George, después de que lo hayamos chequeado. —Tomás trataba de ser paciente.

—Estoy perdiendo mi tiempo —murmuró el viejo ranchero.

—Pues quédese. Yo le mando las fotos a Mr. George junto con lo que pienso. Yo sé qué es lo que él está buscando.

Don Vicente murmuró unas cuantas maldiciones pero no se bajó de la camioneta. Nada sucedía con relación al ganado y los caballos sin la aprobación de don Vicente. Mister George decía que necesitaban un ternero semental, pero sería don Vicente el que tomaría la decisión de cuál compraban.

Jaime y Ángela se subieron a la parte de atrás. Aparentemente era ilegal estar en la parte de atrás de una camioneta en El Norte en una vía pública, pero el camino de tierra pertenecía a Mister George hasta llegar a la carretera. No había nadie que los pudiera meter en problemas. Era como estar encima de los vagones del ferrocarril en México pero sin el miedo.

En un minuto Ángela golpeó la camioneta para que Tomás parara y se subió a la cabina, diciendo que el viento la estaba despeinando. ¡Cómo son las muchachas!

Al final del camino, Jaime se bajó con su mochila. La próxima vez le iba a decir a Tomás que fuera más aprisa y que pasara las curvas más apretadas. Faltaban unos minutos para que llegara el ómnibus y Tomás se asomó por la ventanilla mientras Ángela salía de la cabina por la otra puerta.

—Puede que no hayamos regresado cuando regresés de la escuela, así que asegúrense de dejar salir a Vida de la casa enseguida —dijo Tomás—. Tienen comida para hacerse bocaditos y hay varias latas de frijoles por si tienen hambre. Pero estaremos de regreso para la cena de seguro.

—¿Va a estar bien? —Jaime susurró señalando con la cabeza hacia don Vicente, que estaba sentado tan derecho como lo estaría en la montura excepto que tenía los brazos cruzados y continuaba maldiciendo en voz baja.

Tomás se inclinó aún más afuera de la ventanilla para murmurar en el oído de Jaime:

—La verdad es que tiene miedo cuando alguien conduce.

—Yo no tengo miedo cuando conducen —gruñó don Vicente, aunque no los convenció de que no fuera la verdad—. Es que creo que los caballos hacen el trabajo mejor.

Tomás regresó a la cabina de la camioneta.

—¿Cómo pudo oír eso? Yo pensé que estaba viejo —bromeó. Pero el anciano ranchero ni se sonrió.

—Esperen un segundo —dijo Jaime. El ómnibus no estaba a la vista todavía. Abrió su libreta de dibujar, agarró un lápiz y rápidamente comenzó a trazar líneas en la página. Miró la imagen que había terminado, chequeó por si venía el ómnibus y añadió más detalles antes de arrancar la página. Estaba lejos de ser su mejor trabajo, pero se podía reconocer.

Jaime caminó al otro lado de la camioneta y le dio a don Vicente el dibujo. El rostro con mal humor se relajó cuando finalmente rompió en la primera sonrisa del día. Con sus manos curtidas, don Vicente sostenía un retrato de él sentado a horcajadas sobre su caballo. Dobló la parte de arriba, colocándola en la grieta de la bolsa de aire de manera de que estuviera visible delante de él.

—No creo que Pimiento haya nunca lucido mejor. Quizás nos puedas dibujar un nuevo ternero semental. De seguro que será mejor que el que vamos a ver.

El ruido del motor de diésel del ómnibus cortó la conversación. Como siempre Ángela se apresuró hacia la parte de atrás del ómnibus con sus amigos presumidos sin mirar hacia atrás. Jaime subió detrás de ella y se viró antes de irse a sentar con Seh-Ahn. Desde la camioneta vieja los dos vaqueros, uno joven y el otro viejo, le dijeron adiós antes de dirigirse en la dirección opuesta. Jaime los vio irse y deseó con todas sus fuerzas haber podido ir con ellos a chequear el ternero semental.

CAPÍTULO DOCE

Por primera vez don Vicente no lo estaba esperando montado en Pimiento cuando Jaime se bajó del ómnibus escolar. Chequeó el risco polvoriento y las lomas en dirección a la casa para ver si había algún movimiento antes de encaminar sus zapatos por el camino de tierra. Tomás había dicho que probablemente no estarían de vuelta en la casa, pero la realidad de no tener quien lo llevara de regreso y tener que caminar solo no se le había ocurrido a Jaime.

Vida lo recibió con miles de besos antes de agacharse en los arbustos cerca del remolque. Compartieron un bocadito de pavo y queso con kétchup antes de que Jaime se encaminara con su cuaderno de dibujar a chequear el ganado. Las dos cabras con las orejas caídas lo saludaron gritando y él les dijo que doña Cici vendría dentro de poco a ordeñarlas. Por una vez, Quinto debía de haber hecho su trabajo antes de irse porque los caballos en el potrero y las vacas en el corral tenían heno y agua. El resto del ganado en el vasto rancho se las arreglaban solos.

Desde el corral había un trillo que iba hacia las lomas. Jaime se preguntaba si podría encontrar a la mamá coyote otra vez, y a su vez no lo deseaba. Estando Vida con él no quería saber qué sucedería si las dos caninas se encontraran muy cerca una de la otra.

Llegó a un arroyo seco creado por el agua que había corrido por la superficie y se deslizó por la ladera arenosa. A unos metros de él una liebre norteamericana lo miró fijamente con su visión periférica. Vida se congeló al lado de Jaime. Los pelos marrón y blanco en su espalda se pararon al observarse mutuamente. Con el cuaderno de dibujo en las manos Jaime comenzó a trazar el borde de las largas orejas color marrón de la liebre, que parecían más como plumas, con las venas prominentes y los bordes negros.

Indeciso sobre quién se crispó primero, la liebre y Vida corrieron por el lado del arroyo. La liebre dio varias zancadas y saltó en el aire como un caballo saltando una cerca. No había forma en que la perra pudiera alcanzarla. Aunque él no le iba a decir esto a Vida.

Se sentó sobre una roca y continuó dibujando como la recordaba: los ojos saltones, el cuerpo largo y delgado, el rabo negro y gris escondido hacia abajo sin tocar la tierra porque las piernas eran muy largas.

Le sacó punta muy fina a su lápiz y usó un toque muy tenue para añadir pelaje y textura. Ahí estaba, perfecto. Vida regresó con la lengua que le colgaba casi hasta la tierra arenosa y luciendo contenta de la carrera aunque la liebre se había escapado. El sol en el oeste indicaba que sería de noche en una hora y su estómago en el presente le indicaba que Tomás ya debía de estar en la casa preparando algo que llamaría comida.

Jaime mantuvo los ojos en el trillo mientras se encaminaba de regreso. Las serpientes invernaban, ¿verdad? ¿Y los escorpiones? ¿Estaban ya despiertos en la primavera? Pero los leones de montaña no invernaban, ¿verdad? ¿Eran nocturnos? Apretó su cuaderno contra el pecho, se cercioró de que Vida estuviera al lado de sus talones y se apresuró para regresar a casa. Lo que había notado de Nuevo México era que enfriaba en cuanto bajaba el sol. Y rápido.

La camioneta de Tomás aún no estaba ahí cuando llegó al remolque pero vio las luces de un vehículo que bajaba la loma. Jaime esperaba a su hermano con Vida a su lado. Las luces parecían estar más cerca una de la otra y estaban más próximas a la tierra de lo que Jaime recordaba. La perra corrió a saludar el polvoriento carro blanco que definitivamente no pertenecía a Tomás. La puerta del chofer se abrió y Ángela apareció. ¿Ángela? ¿Manejando? Una mezcla de nerviosismo y envidia le creció por dentro. En Guatemala solo papá y tío Daniel sabían manejar. Pero ninguno de los dos tenía un carro para manejar.

Y aquí estaba Ángela manejando como si ella fuera la dueña del camino. Ahora que lo pensaba, había ido de un lado al otro por el camino como un conductor borracho. ¿Qué clase de amigos la dejaban manejar cuando se podía matar?

Ella estiró la mano para agarrar algo en el asiento de atrás pero alguien aguantó su mano como rogándole que no se fuera. Ella se rió mientras la persona besaba su mano. La luz interior del carro alumbró una mata de pelo rubio decolorado. Ese Tristan. Si abuela estuviera aquí, Ángela nunca hubiera actuado así y Tristan no se hubiera atrevido.

—Ángela, vamos —Jaime dijo.

Su prima se viró hacia él y aunque estaba muy oscuro para poder ver su rostro en las sombras, él estaba seguro de que ella había retorcido los ojos. Su brazo fue mágicamente soltado y ella se despidió de los que estaban en el carro. El carro pitó dos veces antes de salir a una velocidad que creaba polvo de vuelta a la carretera.

—¿Qué pasa? —ella finalmente se viró hacia él.

—Tomás aún no ha regresado —dijo Jaime.

Ángela se encogió de hombros como si Tomás siempre los dejara solos en la casa. Que él sí hacía, aunque siempre estaba en alguna parte de los cincuenta mil acres de Mister George.

—Me imagino que estará aquí pronto —dijo Ángela.

—¿Vamos a visitar a doña Cici? ¿Quizás ella sabe algo?

—Son hombres mayores mirando una vaca...

—...toro —Jaime corrigió.

—Lo que sea. Vos sabés que los adultos hablan mucho. Probablemente están discutiendo si el ganado negro tiene mejor carne que el blanco.

—Las nuestras son de color marrón rojizo con las caras y barrigas blancas. Herefords. —Jaime se sorprendió. No tenía idea de que sabía la raza del ganado pero aparentemente sí lo sabía. ¡Deja que Tomás y don Vicente lo oigan preguntar sobre el nuevo ternero semental Hereford!

—Lo cual me hace sentir más hambrienta. ¿Qué hay para cenar?

—Bocaditos y frijoles.

—Está bien. Podemos amontonar los frijoles y queso en el pan y ponerlos en el microondas para que se derritan.

La preocupación en el estómago de Jaime cambió para hambre. Eso era mejor que solo frijoles de una lata.

El mejunje del microondas hizo que el pan estuviera mojado y los frijoles de lata no tenían sabor como los que abuela hacía, pero el resultado final no estaba tan mal. Jaime se comió tres lascas y esta vez no compartió con Vida. Los perros y frijoles no eran una buena mezcla.

Dejaron el resto de los frijoles en la lata y los colocaron en la nevera, que estaba a la altura de la cintura. Levantaron el mostrador para usar el fregadero que estaba debajo. Todo en el remolque tenía varias funciones o formaba un nido como muñecas rusas. A Miguel le hubiera gustado la habilidosa ingeniería.

Pensando en Miguel hizo que Jaime se acordara del viaje y de los amigos que habían hecho. Y cómo Ángela se había olvidado de ellos basado en cómo dejaba que ese Tristan le besara la mano.

—¿Te acordás de cuando conocimos a Xavi, Joaquín y Rafa? —Jaime preguntó mientras secaba un plato de plástico.

Ángela haló el tapón del fregadero y bajó el mostrador, colocándolo sobre el fregadero. Limpió el mostrador pero no contestó.

Jaime trató otra vez.

—Estábamos fregando platos también y vos estabas actuando de manera extraña cada vez que Xavi traía cubos de agua.

El remolque era muy pequeño. Era imposible que Ángela no lo pudiera oír. Trató por última vez.

—¿Te acordás que le dijiste a Xavi que tenías dieciséis años? ¿Alguna vez le dijiste que tenías solo quince?

Ángela se fue a su cama, que en ese momento era una mesa, y sacó un libro grueso de geometría de su mochila.

—Xavi está muerto. Así que no importa lo que le dije.

Abrió su libro con un golpe tan fuerte que Jaime no

continuó hablando de sus viejos amigos. Abrió su mochila y sacó su carpeta donde tenía la tarea. Las palabras de ortografía que tenía que aprenderse de memoria y saber su significado se volvieron borrosas delante de sus ojos.

Hacía unas pocas semanas que unos ladrones con machetes y bates de pelota habían atacado a Ángela, a Xavi y a él en el tren. Lo único que pudieron hacer fue saltar y correr rápido. Una luz cegadora había hecho que Xavi, Ángela y él se separaran. Una camioneta había seguido a Jaime, pero él había podido meterse apretadamente dentro de la guarida de un animal y esconderse. Por pura suerte había encontrado a Ángela la mañana siguiente con un tobillo torcido. Vida había vuelto sola, sin Xavi.

Jaime garabateó en el borde del papel de ortografía.

Él extrañaba a Xavi. Y al chiquitín Joaquín. Y a veces al bocón de Rafa. Y le dolía mucho no saber qué les había pasado.

Dentro de la mochila encontró la flauta que Miz Macálista le había prestado hasta finales del curso. También le había prestado un libro de música. Malamente había terminado una canción cuando Ángela cerró su libro de golpe.

—Tenés que parar. El ruido me está exasperando.

No era ruido. Suspiró y se forzó a terminar el resto de su tarea antes de sacar el libro de lectura para principiantes de su mochila. Le tomó veinte minutos leer pero estaba seguro de que había entendido la mitad. Lo suficiente para saber que era sobre una rana y un sapo que eran amigos y se iban juntos en aventuras, a veces volando un cometa y otras veces limpiando una casa. Por supuesto, los dibujos ayudaron mucho.

Miró hacia afuera. Estaba más oscuro que las otras noches que él había estado en el rancho. Solamente había una luz tenue que venía del anexo de la casa grande. Tomás ya debía de estar de regreso. Volvió a pensar si debía preguntarle a doña Cici si sabía algo de ellos pero su luz se apagó y Jaime pensó que ella se había acostado.

—¿Creés que Tomás está bien? —Jaime preguntó.

Ángela ni siquiera alzó la vista. Estaba leyendo el libreto de la obra como tratando de aprenderse de memoria todo el libreto aunque ella solamente decía dos oraciones.

—Por supuesto. ¿Por qué no?

—Son casi las nueve —dijo, señalando al reloj en el microondas.

Ángela pasó la página mientras continuaba mirando el libreto.

—Quizás pararon para comprar comida.

Jaime volvió a la ventana.

—¿Y si la camioneta se rompió?

—Entonces Tomás la está arreglando. Él es habilidoso.

Era verdad. Tomás decía que don Vicente susurraba a los animales mientras que el viejo decía que Tomás susurraba a las máquinas.

Jaime se cepilló los dientes, se cambió de ropa, poniéndose la sudadera y la camiseta con las cuales dormía, y le hizo señas a Vida para que se subiera a la cama que normalmente compartía con su hermano mayor.

La perra se acurrucó en sus brazos mientras él permanecía despierto mirando la puerta del remolque, que no se abría.

El día estaba empezando a aclarar cuando Vida ladró y la puerta de la camioneta que tiraron hizo que Jaime se despertara de un sobresalto. Botas pesadas pisaron con fuerza en los escalones de metal y la puerta se abrió.

—¿Qué pasó? —Jaime preguntó sentándose en la cama. Desde donde estaba pudo ver que Ángela hacía lo mismo.

Círculos negros surcaban los ojos de Tomás y su rostro estaba tan pálido que podía pasar por gringo. El pelo en el cuello de Vida se erizó y se mantuvo al lado de Jaime. Ella no sabía en la oscuridad si conocía al hombre extraño que estaba en la puerta.

—Don Vicente está en un centro de detención. Lo van a deportar. —Y Tomás con sus fuertes brazos de vaquero descansó su cabeza cansada en la delgada pared del remolque y comenzó a llorar.

CAPÍTULO TRECE

Jaime saltó de la cama y corrió hacia su hermano.

—¿Un centro de detención? ¿Querés decir que está en la cárcel? Pero él no es un criminal. ¿Qué pasó?

Tomás respiró varias veces, ahogándose antes de restregarse los ojos en las mangas.

—Los oficiales bloquearon la carretera y exigieron ver los papeles de todo el mundo. Don Vicente había dicho de ir por los caminos menos transitados, pero yo dije que podíamos ir más aprisa por la carretera. Todo es mi culpa.

Tomás soltó un sollozo que hizo que Vida ladrara desde la cama. Tiró las llaves de la camioneta sobre un montón de ropa sucia, se viró sobre sus talones y salió por la puerta. Desde el remolque Jaime vio la sombra de su hermano tambaleándose hacia la casa grande. Una parte de él quería ir también, pero la otra parte estaba demasiado asustada para interferir. Una luz se encendió en la cocina y la sombra de Tomás desapareció cuando doña Cici lo dejó entrar.

Jaime esperó al lado de la puerta, observando la casa grande, y no notó el frío hasta que vio a Ángela acurrucarse en su cama. Le puso una colcha extra sobre los hombros y volvió a su puesto contra el marco de la puerta sosteniendo uno de los suéteres de Tomás.

El sol estaba en lo alto del risco cuando Tomás regresó. Con la colcha aún sobre sus hombros Ángela les hizo café instantáneo: negro y dulce para Tomás y con mucha leche y dulce para Jaime, el de ella igual de dulce con un color en el medio. Ella había convertido su cama otra vez en una mesa con bancos e hizo un montón de tostadas bañadas en mantequilla.

Tomás levantó su café pero no se lo tomó mientras se sentaba en la que había sido la cama de Ángela. Vida se escurrió hacia él. Le puso una mano en su única oreja y ella le besó la palma para hacerlo sentir mejor.

—¿Cómo está doña Cici? —preguntó Jaime.

—Lista para ir al centro de detención y exigir que la deporten con él.

—¡No puede! —dijo Jaime respirando con dificultad. Tomás se encogió de hombros.

—¿Y qué fue lo que pasó? — preguntó Ángela.

—La migra bloqueó toda la carretera. Todo el mundo

sabe los pocos puntos fijos en las próximas cien millas de la frontera, pero este fue de sorpresa. Nunca me había encontrado con un bloqueo ahí y he transitado por esa carretera más veces de las que me puedo acordar.

Jaime se acordaba del punto de control donde los chequearon a él y a Ángela en el estado de Chiapas en el sur de México. Hombres con rifles abusando de su poder y asustando a todo el mundo en su camino. Ellos fueron testigos de cómo literalmente arrastraron fuera del ómnibus a una señora salvadoreña cuando el oficial notó que tenía acento centroamericano. Lo sintió mucho, y eso que era una completa extraña. Rehusaba pensar que don Vicente hubiera tenido que pasar por lo mismo.

—Al principio pensé que el tráfico se debía a un accidente. Cuando me di cuenta de lo que realmente estaba pasando, ya no podía retroceder. —Tomás le dijo esto a Vida mientras ella continuaba tratando de tranquilizarlo con sus besos. Con su mano libre se llevó el café a los labios pero se olvidó de lo que iba a hacer y lo volvió a poner sobre la mesa sin tomarlo—. Nos llevaron a los dos.

—¿Pero por qué? — preguntó Jaime. Esto no tenía sentido. Tomás tenía licencia de conducir de Nuevo México y papeles que decían que podía trabajar legalmente y vivir aquí. Y don Vicente había estado aquí siempre. Cuando Tomás los recogió después de cruzar la frontera de Estados Unidos con México llegaron a uno de esos puntos de control. Quizás el guardia le había hecho una pregunta sencilla a Tomás, pero de acuerdo con lo que Jaime se acordaba el oficial casi ni había mirado dentro del camión. Había visto a un adulto, a dos jóvenes y a una perra callejera y los saludó con la mano como si no fuera nada.

Ángela le puso una tostada a Tomás en la mano y él se la comió aunque Jaime estaba seguro de que no sabía lo que estaba haciendo.

—Dijeron que estaban buscando a unos criminales, pero estoy seguro de que se aprovecharon de la situación para hacer la mayor cantidad de arrestos posibles —explicó Tomás—. En inglés lo llaman DWB: *Driving While Brown.*

—¿Qué significa eso? —preguntó Jaime.

—Significa que si luces latino, te arrestan —explicó Ángela.

—¿Lucir latino? —preguntó Jaime. ¿Qué era eso? No hay una manera específica de cómo luce un latino. Jaime y Ángela tenían la piel marrón con el pelo negro y lacio mientras que las madres de ellos tenían la piel más bronceada y ambas tenían el pelo rizado—. Jennifer López no se parece a Shakira, la cual no se parece a Cameron Díaz, y ninguna de ellas se parece a Zoe Saldana, ni aún cuando no está de azul o verde. ¿Cómo alguien puede pensar que todos los latinos lucen igual?

—Exacto. Somos una cultura, no una raza. —Tomás estaba de acuerdo—. Lo que ellos hicieron fue estereotipar a base de un perfil racial. Recogieron a don Vicente porque tiene la piel marrón, no tiene papeles y no habla inglés. A mí me recogieron porque tengo también la piel marrón y estaba con don Vicente.

—Pero te dejaron ir.

—Después de muchas horas de interrogatorio. Estaban convencidos de que mis papeles eran falsos y se pasaron horas interrogándome para atraparme en la mentira. Cuando finalmente me dejaron ir, dije que no me iba sin don Vicente. Mentí e inclusive dije que era mi abuelo pero no cedieron. —Tomás se restregó la frente y apretó sus ojos, cerrándolos. Estuvo así durante varios minutos pero no le corrieron más lágrimas por las mejillas. Golpeó la mano contra la mesa y volvió a mirarlos—. Apúrense y vístanse. Los voy a dejar en la escuela.

—¿Pero es seguro que vayamos ahí? —preguntó Jaime. A él no le gustaba la escuela aquí y daría cualquier cosa por no tener que ir. Pero esto era diferente. Miguel había muerto caminando hacia su casa viniendo de la escuela en Guatemala. ¿Qué podía impedir que los oficiales de inmigración pararan el ómnibus escolar? ¿O entraran en el edificio de la escuela? Él sabía que no era el único muchacho sin documentos en la escuela. ¿Y entonces qué?

—Las escuelas y las iglesias casi siempre están consideradas como santuarios —respondió Ángela—. Son lugares seguros donde los policías no pueden arrestar a nadie a menos que esa persona esté poniendo en peligro a otros, como en el caso de amenazas de bombas o tiroteos en las escuelas. Hablamos de esto en una de mis clases.

Jaime se viró hacia Tomás para ver si eso era verdad. No es que no creyera lo que Ángela había dicho, pero a ella le gustaba la escuela más que a él.

Tomás asintió.

—No me imagino a los oficiales de inmigración teniendo a las escuelas como su objetivo. La mayor parte de los muchachos no tienen identificación y además es mucho trabajo cuidar a los muchachos en un centro de detención. Es otra cosa detener a toda la familia pues entonces los padres se pueden ocupar de sus hijos. Pero si no, el gobierno tiene que pagarle a más personas para que se ocupen de ellos, incluyendo a maestros, porque es requisito que los muchachos vayan a la escuela. Me preocupa más que ustedes se queden aquí.

—¿Aquí? —Jaime miró alrededor del remolque. Estaban al final de un largo camino de tierra en el medio de un rancho de ganado sin ningún vecino visible. El otro día don Vicente había dicho que nadie se molestaría en venir hasta aquí.

—Saben sobre doña Cici y puede que decidan detenerla. —Tomás leyó su mente.

La respiración se le ahogó a Jaime en la garganta. El remolque no tenía cerradura y aunque la tuviera no haría ninguna diferencia. Había visto demasiadas películas y programas de policías donde la policía irrumpía a través de gruesas puertas de madera. La puerta del remolque era de aluminio endeble.

—Cuando le mencioné esto a Mr. George me recordó que esto es propiedad privada y legalmente nadie puede traspasar, ni aún un oficial de inmigración sin permiso. Aún así, no dejen entrar a nadie.

El mensaje de Tomás no podía ser más claro. Los oficiales de inmigración eran como vampiros. No los invitas adentro.

—Necesito chequear las vacas y los terneros, darles de comer a todos y entonces nos vamos. —Tomás tomó su café de un trago y se metió una tostada entera en la boca.

—Vos necesitás dormir. —Ángela asumió su papel de madre exigente con las manos en las caderas. Hacía mucho tiempo que no asumía esta postura y esto hizo que Jaime sonriera. Magnífico, la antigua Ángela no había desaparecido del todo.

Pero Tomás sacudió su cabeza mientras tragaba.

—El dormir viene más tarde. Necesito pasar por la oficina del alguacil local. Él conoce a don Vicente y quizás tiene algunas conexiones que nos puedan ayudar a traerlo de regreso aquí. A su hogar de verdad.

CAPÍTULO CATORCE

Jaime no se podía enfocar en la escuela. Cuando Misus le dijo que demostrara en la pizarra cómo calcular 150% de cuarenta y cinco, dijo «*No, tank you*», cuyo resultado fue que se tuvo que quedar adentro durante el recreo de la mañana.

Se había olvidado de prepararse el almuerzo y estaba sentado solo en la cafetería mirando una página en blanco de su cuaderno de dibujar y tratando de ignorar a Diego.

—Es una pena cuando tu madre no te quiere lo suficiente como para prepararte almuerzo —dijo Diego en inglés cuando pasó al lado de la mesa de Jaime yendo hacia el otro lado de la cafetería.

Jaime giró la pluma en sus manos pensando que se la podía tirar a Diego como si fuera una jabalina. Pero en vez de eso, hizo una línea profunda en el cuaderno que rompió el papel. Era preferible entender menos.

—¿No tienes hambre?

Jaime miró hacia los espejuelos violeta y los grandes ojos negros de Carla. Podía sentir que su propia cara tenía el mismo color que los espejuelos de ella.

—No comida —dijo en inglés, señalando hacia el almuerzo de los demás y se encogió de hombros, antes de darse cuenta de que debía de haber mentido y haber dicho que ya había almorzado. Él quería que Carla pensara que él era un chico chévere y no alguien que daba pena.

Ella puso su bandeja en la mesa y señaló hacia la fila para comer comida caliente.

—Puedes conseguir comida gratis.

Él la miró incrédulo. ¿Comida gratis significaba lo que él creía? ¿Por qué alguien, especialmente en este país que odiaba a los inmigrantes y los encarcelaba sin razón, le iba a dar a él almuerzo gratis?

Ella o podía leer las mentes o él expresó sus dudas en voz alta y en inglés perfecto sin darse cuenta porque ella lo agarró por el brazo y lo llevó a la fila.

—Hola, Juanita —dijo Carla, saludando a la señora del almuerzo en español, y después continuó en inglés. —Este es Jaime y necesita comida.

—¿Tienes la forma? —dijo en español antes de caminar hacia una mesa, y le enseñó una forma. Él sacudió su cabeza. Ella suspiró y le entregó una forma—. Haz que tus padres llenen esto para que puedas cumplir con los requisitos para almuerzo gratis o a precio reducido.

—No creo que yo. . . —paró antes de decir más nada. Juanita parecía una buena persona pero no podía decirle a todos los que hablaban español que él no tenía papeles.

Juanita volvió a agitar la forma.

—Llénala de todas maneras. Cualquiera lo puede hacer.

Jaime leyó la forma en español que ella le entregó. Preguntaba cuánto su familia (Tomás) ganaba al año (no tenía idea), información sobre alergias con la comida (ninguna) y preguntas básicas como su nombre y el de la escuela. Nada sobre su estatus inmigratorio.

—Bueno, no puedo dejar que te mueras de hambre hoy. —Juanita señaló a las dos pilas grises de comida frente a ella—. ¿Quieres carne o hongos con queso?

—Escoge los hongos —dijo Carla en inglés mientras señaló a la bandeja menos gris que estaba a la izquierda—. No saben tan mal con la pasta.

—Bueno. —Se encogió de hombros con los hongos aunque honestamente no eran sus favoritos. Igual, no creía que ni se daría cuenta si estuviera comiendo cerebros, pues se sentía como un zombi.

Doña Juanita llenó su bandeja con los hongos, pasta, algunos vegetales verdes, una manzana roja, una galleta de azúcar y un cartón de leche.

Un grupo de muchachas habían puesto sus almuerzos en la mesa donde Jaime había estado sentado, pero le dejaron dos espacios a ellos en el medio. Carla se envolvió en la conversación en cuanto se sentaron. Varias veces Carla u otra muchacha le hacían una pregunta y él alzaba los hombros para decir que no sabía pues no estaba seguro de lo que le habían preguntado o de qué estaban hablando. Se comió toda la comida como abuela le había enseñado, pero cuando terminó no podía decir a qué sabía nada. Honestamente, ni siquiera estaba seguro de lo que había ocurrido el resto del día.

Se pasó el viaje de regreso en el ómnibus al lado de Seh-Ahn con sus piernas abrazadas contra su pecho. Sacudió la cabeza cuando Seh-Ahn le puso la mano en el hombro como para preguntar qué le pasaba. No quería hablar con nadie.

Cuando mataron a Miguel no había nada que lo pudiera traer de vuelta. Cuando atacaron a abuela, el daño ya estaba hecho y él estaba demasiado lejos para poder ayudar. Pero don Vicente estaba aquí en un centro de detención. Aún no lo habían deportado. Tenía que haber alguna manera de poder ayudarlo.

Si esto fuera una película, Jaime podría organizar una forma de escapar de la cárcel con herramientas horneadas dentro de bizcochos, cámaras de seguridad apagadas y túneles subterráneos. Pero él sabía que en la vida real nada de esto iba a funcionar. Y una cosa era cierta. Él no sabía hornear un bizcocho.

Por más que pensara, no podía encontrar nada realista que pudiera cambiar el futuro. Don Vicente tendría que regresar a un país que no consideraba que era su hogar.

No poder cambiar el pasado era un hecho que te hacía sentir impotente. No poder cambiar el futuro hacía que la impotencia fuera mil veces peor.

Una intensa ola de calor golpeó a Jaime en cuanto salió del ómnibus con aire acondicionado. No era el calor húmedo de Guatemala, sino un calor seco que golpeaba directamente del sol y hacía que los brotes de primavera se enroscaran escondiéndose. El sudor no se acumuló en su frente, era como si se evaporara antes de llegar a la superficie de su piel. Era increíble que la semana pasada la nieve le llegaba a las rodillas y sus orejas les quemaban del frío.

Esperó a la entrada del rancho de Mister George por largo tiempo mientras observaba el risco y las lomas onduladas de la propiedad. Quizás Tomás había tenido suerte en la oficina del alguacil y la policía había podido hacer algo. Quizás el centro de detención se dio cuenta de que habían cometido un error y de que don Vicente no tenía que estar ahí con los criminales. En cualquier momento se escucharía el canto de un pájaro como un eco sobre el risco y Pimiento vendría galopando a través del desierto esquivando los cactus y las piedras.

Pero no. Don Vicente no llegó para reunirse con él.

Jaime comenzó a avanzar por el largo camino hacia el remolque. Giró en una curva en el camino y el sol le dio directamente en los ojos. Engurruñó los ojos y continuó caminando.

—¡Tssssssssss! —el sonido de un insecto enojado hizo que Jaime parara. Se puso la mano encima de los ojos y miró alrededor. Nada. Volvió a mirar de un lado al otro antes de mirar hacia abajo. Ahí a no más del largo de dos manos de su pie izquierdo había una serpiente enroscada. Su cabeza triangular se alzó sobre su cuerpo con patrones de diamantes y su lengua bifurcada salió precipitadamente de su boca.

—¡Tssssssssss! —continuó el sonido. La cola de la serpiente se sacudió, creando el ruido que Jaime equivocadamente pensó que era de un insecto.

Aparte de la cola y la lengua de la serpiente, nadie se movió. No podía. No con su pie tan cerca y sus vaqueros que no eran lo suficientemente gruesos para evitar una mordida. Las serpientes sienten movimiento y pueden morder más rápido de lo que el ojo puede ver. Jaime parpadeó y se obligó a respirar calmadamente. En Guatemala, él y Miguel a veces encontraban serpientes, las sujetaban por unos minutos (o mejor dicho Miguel las sostenía mientras él las dibujaba) y entonces las soltaban. Solo desde lejos Jaime se había encontrado con una serpiente venenosa y él estaba seguro de que esta no era de las que uno recogía y relocalizaba.

Estaban ahí parados mirándose fijamente. La mirada feroz de la serpiente era tan intensa que Jaime se preguntaba si realmente lo podía ver o si estaba compensando la poca visión que tenía enfocando con más intensidad.

Después de varios minutos, Jaime calculó que la serpiente no lo iba a atacar a menos que se sintiera amenazada. Había tenido bastante oportunidad y si estaba hambrienta tenía que saber que no se podía tragar a Jaime entero. Así que estaban estancados. Jaime no se podía mover porque la serpiente podría interpretarlo como una amenaza y la serpiente no se movía porque era una serpiente y era incapaz de pensar lógicamente.

La serpiente continuaba mirándolo ferozmente hasta que se convenció de que Jaime no la iba a atacar ni tampoco se podía convertir en un pedazo que pudiera comerse. Finalmente desenroscó su cuerpo y se deslizó entre los arbustos, marcando una puntuación extra en su marcador: Serpiente 1.527.952; Tonto Humano Asustado 0.

Le demoró a Jaime varios minutos continuar caminando y varios minutos más para que sus oídos dejaran de palpitar con el latido de su corazón.

Movió su mirada hacia el camino y encaminó sus pies por el largo trillo que llevaba al remolque. A medio camino con su mente zumbando con pensamientos de don Vicente peleando con las serpientes que salían por las tuberías del centro de detención, el sonido de un motor interrumpió su ensueño. Tomás. Pero su instinto le dijo que no era. Demasiado fuerte. Como el ruido de un motor de diésel, y el de Tomás funcionaba con gasolina.

Debido a las curvas en el camino ningún vehículo era visible, pero una nube de polvo se alzaba sobre la loma más próxima. Jaime se agachó detrás de un arbusto de enebro en el lado del camino. Su camisa del uniforme era verde hoy y sus vaqueros eran azules. Rezó para que no lo pudieran ver. Y también rezó para que el señor Serpiente no tuviera una casita de primavera escondida cerca.

La camioneta era enorme, blanca, brillante y nueva con cuatro gomas en las ruedas de atrás. El chofer tenía un sombrero vaquero de felpa beige sobre su pelo gris. Tenía una expresión de autoridad en su rostro rojizo cuando pasó zumbando. Los oficiales de inmigración los habían encontrado.

Jaime salió corriendo en cuanto pasó, cuando el polvo cedió ya la camioneta no estaba visible después de la próxima curva. No era posible que pudiera llegar a la casa antes que el vehículo. Aunque hubiera estado en Pimiento, él dudaba que el caballo pudiera ganarle al vehículo. Lo único que podía hacer era esperar a que Tomás le hubiera dicho a doña Cici la regla sobre los vampiros de no dejar entrar a los oficiales de inmigración.

Con el rancho a la vista, Jaime se detuvo para tomar aliento. Dejó el trillo y cruzó a través del campo para observar de cerca. Estaba tan enfocado en evadir cualquier palo largo o soga enroscada que pudiera ser una serpiente que se olvidó de los otros peligros de la naturaleza. Su tenis izquierdo chocó contra un cactus y se mordió el labio para no gritar. No había tiempo de sacarse las espinas. Se movió cojeando hacia adelante con un ojo en la tierra y el otro en el rancho.

La camioneta estaba frente a la puerta de la cocina de la casa grande mientras Jaime cojeaba hacia otro enebro. ¿Sería posible que él fuera alrededor del lado, entrara por la puerta del frente y sacara a doña Cici antes de que el oficial la encontrara? Definitivamente no. Doña Cici vivía en el anexo al lado de la cocina.

Una distracción entonces. Las vacas con sus terneros recién nacidos aún estaban en el corral en vez de estar pastando con el resto del ganado por el vasto rancho. Si pudiera causar una estampida, entonces…

Sus planes terminaron cuando dos figuras caminaron hacia la lujosa camioneta nueva. El oficial con el rostro rojizo. Y Tomás.

No podía dejar que volvieran a detener a Tomás otra vez pero sus piernas rehusaron moverse. Tomás no lucía que estuviera en peligro inminente, pues caminaba al lado del hombre con la cabeza baja que impedía que Jaime pudiera ver su expresión.

Se pararon delante de la camioneta. El oficial con el rostro rojizo estaba recostado contra el capó con los brazos cruzados sobre su amplio pecho. Los dos hombres estaban hablando, pero estaban lo suficientemente lejos que no se podían escuchar sus palabras. El oficial finalmente se enderezó y le estrechó la mano a Tomás antes de entrar en la cocina de la casa grande como si fuera el dueño.

Tomás se quedó observando al hombre. Tenía los hombros caídos y se viró arrastrando sus botas de vuelta hacia el remolque. Jaime esperó unos minutos donde se encontraba antes de arrancar hacia el remolque. Las espinas del cactus penetraban a través del zapato pinchando sus dedos con cada paso pero no se detuvo. Saltó sobre los escalones de metal y tiró la puerta para abrirla.

—¿Quién era ese?

Tomás estaba recostado en la mesa descansando su cabeza en sus brazos. Miró hacia arriba y observó a Jaime con sus ojos rojos por falta de sueño.

—Ese es Mr. George. Tengo que conseguir dos

reemplazos para sustituir a don Vicente inmediatamente. Preferiblemente tipos con papeles.

Y dejó caer su cabeza sobre los brazos con un golpe que hizo que la mesa se desplomara.

CAPÍTULO QUINCE

La tabla cayó sobre las rodillas de Tomás, lo que hizo que este maldijera tan alto que abuela lo debio de haber regañado desde el cielo. Tomás trató de levantar la superficie a la altura de la mesa, y continuó maldiciendo cuando se cayó de nuevo a la altura de la cama.

—El mecanismo se jodió. No puedo arreglarlo. —Y tiró los cojines en la mesa, se dejó caer de espaldas y se cubrió los ojos con su brazo. Vida se acurrucó en el pliegue de su codo, esperando reconfortarlo cuando estuviera listo.

Jaime estaba parado en el medio del remolque tan impotente como un pez en el medio del desierto. Su miedo a las serpientes parecía frívolo ahora. Tomás necesitaba su ayuda.

Pensó en abuela y lo que ella haría. —¿Tenés hambre?

—No.

Jaime alzó sus cejas. El Tomás que él conocía jamás rechazaba la comida.

—¿Has comido?

—No.

Jaime se quitó los zapatos y se arrancó las espinas del cactus que habían atravesado el cuero sintético. Le habían dejado marcas rojas en el pie, pero por lo menos ya no le dolía cuando se movía. No había mucha comida. Entre abuela y ahora don Vicente el comprar comida no había sido una prioridad. Se paró sobre sus puntillas y rebuscó en el pequeño gabinete sobre el fregadero. Encontró, hacia atrás, un paquete de galletas saladas. En la nevera, que le llegaba a la cintura, doña Cici les había dejado queso de cabra fresco y en la puerta había un frasco a medio comer de mermelada roja casera. Las letras estaban borrosas pero Jaime solo podía leer la palabra «capulín». Él no conocía esa palabra pero se imaginaba que era la palabra mexicana para una baya roja. Abrió la tapa y pasó su dedo meñique por el borde para probarlo. Amargo pero dulce al mismo tiempo. Perfecto.

Preparó para él y para Tomás varias galletas con queso, algunas con mermelada y algunas con ambos. Sujetó el plato próximo a Tomás para que Vida no se lo comiera y le ordenó a su hermano mayor como su abuela hubiera hecho.

—Come. Te va a hacer sentir mejor.

Tomás movió el brazo que cubría su cara y miró ferozmente a Jaime con un ojo. Entonces suspiró y aguantó el plato de las manos de Jaime mientras se sentaba.

—¿Esto quiere decir que Mister George no cree que don Vicente va a volver? —preguntó Jaime mientras mordisqueaba una galleta.

—Significa que hay mucho trabajo para mí y para Quinto para terminar la época de las vacas pariendo aún con Mr. George aquí. —Tomás se metió una galleta entera en la boca y sacó su teléfono para chequear la hora. Con la boca llena hizo un ruido como si se acordara de algo, pero tenía que esperar a tragar antes de poder hablar—. Te conseguí algo.

Había una bolsa plástica al lado de la puerta. Tomás se inclinó desde la cama y sacó dos teléfonos celulares en unas cajas de plástico.

—Para vos y para Ángela.

—Pero, yo no necesito un teléfono. —Jaime sostenía la caja sin saber qué hacer con ella. Él no tenía amigos a quienes llamar.

—Quiero que lo mantengas contigo de todas maneras. Llévalo a la escuela o cuando salgas del remolque. Doña Cici dejó la línea del teléfono desconectada sin darse cuenta y me estaba matando el hecho de que no podía comunicarme con ustedes anoche.

Jaime viró el envase de plástico. La pantalla negra brillaba y deslumbraba como un mini televisor o una cámara de seguridad.

—Nosotros no podemos pagar esto.

Ya Tomás se había gastado mucho dinero en ellos. Cuando Jaime preguntó si podía comprar un mango la última vez que estuvieron en el supermercado, Tomás miró el precio y sacudió la cabeza. Un teléfono tan lujoso tenía que costar millones más que un mango.

Y cualquier dinero extra que tuvieran debía de ir para Guatemala.

Tomás movió su cabeza de un lado para el otro como no queriendo admitir que Jaime tenía razón.

—Abrí un plan familiar. Es un poco más de lo que ya estaba pagando pero me va a dar tranquilidad saber que nos podemos contactar cuando lo necesitemos. Dámelo, lo voy a programar en español y voy a poner nuestros números en él.

Tomás le enseñó cómo usarlo moviendo el dedo a través de la pantalla del teléfono. Una vez que Tomás terminó, le dio el teléfono a Jaime, que lo tiró dentro de su mochila como si fuera una papa caliente. Si él no podía contactar a su familia en Guatemala, ¿cuál era el punto?

La reacción de Ángela con el teléfono cuando llegó fue totalmente diferente. Lo apretó contra su pecho y miró a Tomás como si fuera una especie de dios.

—¿Me conseguiste un iPhone?

Tomás sacudió la cabeza.

—No, es el teléfono gratis que me dieron con el plan.

Ángela lo observó detenidamente antes de encenderlo. El hecho de que no costaba varios cientos de dólares no le importaba.

—¿Cuántos minutos puedo usar?

—Llama y manda mensajes de texto todo lo que quieras a personas aquí. Guatemala por supuesto cuesta más. Pero solo tiene quinientos megabytes de data al mes así que guarda eso para correos electrónicos o para llamar a través de Skype a tus padres y no descargues música o ninguna otra cosa a menos que estés en un punto de acceso con wifi.

Ángela pareció que no hubiera escuchado más nada después de «todo lo que quieras». Chilló como la Cenicienta preparándose para ir al baile antes de lanzarse sobre Tomás para darle un abrazo fuerte. Una vez que lo soltó, buscó en el bolsillo del frente de su mochila y sacó una hoja con números de teléfono. Como una profesional, empezó a añadir números de teléfono sin que nadie le enseñara. En unos minutos su teléfono comenzó a pitar con mensajes de sus amigos. Presumida.

Quizás Jaime podría preguntarle a Seh-Ahn si tenía un número. O a Carla, aunque llamar a una muchacha por teléfono requería que tuviera más valor del que él tenía.

Entonces tendría que hablar con ella. En inglés. Él no estaba listo para eso.

Y él y Seh-Ahn se las arreglaban muy bien sin hablar.

Cuando entró en el ómnibus al día siguiente Jaime no quería pensar más en teléfonos. El de Ángela estuvo pitando con mensajes toda la noche hasta que Tomás amenazó con tirarlo en una plasta de vaca. Excepto que Tomás había usado palabras más explícitas. Ángela lo silenció entonces, pero varias veces cuando Jaime estaba acostado pero despierto podía ver el reflejo del teléfono en la pared. Y durante todo el desayuno (huevos y tostadas quemadas, que Tomás había «cocinado»), el teléfono destellaba como si estuviera respirando.

Sacando su cuaderno de dibujo en cuanto se sentó al lado de Seh-Ahn, fue a la parte de atrás del cuaderno y a la última página. Dejó ir pensamientos del teléfono destellando y pitando y trató de no escuchar a los amigos escandalosos de Ángela en la parte de atrás.

Dibujó una criatura de su propia creación: cuatro brazos, cuatro ojos acechando, un cuerpo humano (completo con ombligo), pero tenía ruedas como un tanque del ejército por piernas. Detrás de la criatura dibujó un cactus. Volvió a dibujar a la criatura pero esta vez al lado del cactus para demostrar que aunque la cholla no era un cactus grande, la criatura no era mucho más alta. Entonces dibujó de cerca el rostro de la criatura con la boca abierta, dientes afilados y los cuatro ojos mirando fijamente al cielo. No se podía decidir sobre la nariz y las orejas así que lo dejó así, pero añadió varios pelos del bigote alrededor de la boca abierta.

Al lado de él, Seh-Ahn señaló al dibujo y después se señaló a sí mismo. Jaime le pasó el cuaderno encogiéndose de hombros. Seh-Ahn no preguntó qué era la criatura, y no era la primera vez que Jaime se alegrara de que su compañero del ómnibus nunca le pidiera explicaciones. Seh-Ahn sacó un lápiz de su bolsa y, antes de que Jaime se diera cuenta, el muchacho había garabateado unas palabras en el dibujo. ¿Crítica? ¿Elogio?

Pero cuando Seh-Ahn le devolvió el cuaderno vio que eran burbujas con palabras como en las tiras cómicas. Sobre la primera imagen Seh-Ahn había escrito, «*I'm so hungry! There's nothing to eat*».

Jaime sonrió. No solamente había entendido las palabras de Seh-Ahn (por lo menos él creía que sí), pero la idea de que su criatura tuviera hambre no le había cruzado por la mente.

Sobre el segundo dibujo de la criatura cerca del cactus el título leía: «*At last! Food!*».

Ay, no. Jaime podía ver hacia dónde iba esto y le gustaba. Sus ojos se movieron hacia el último dibujo: «*Ouch, it hurts! Save me, Mommy!*».

Jaime se rió. Le dio a Seh-Ahn su aprobación con el dedo gordo, y este sonrió y le devolvió su propia aprobación.

Jaime pasó para el otro lado de la hoja y comenzó la próxima tira cómica. Como en el estilo manga, comenzaron el cuento desde atrás para adelante y cuando llegaron a la escuela Jaime había dibujado y Seh-Ahn había escrito dos páginas completas de tiras cómicas.

«*What do you want to call our story*?», escribió Seh-Ahn en el cuaderno.

Jaime miró por la ventanilla. El ómnibus había entrado en el parqueo y tenían quince segundos antes de que parara y se tuvieran que bajar.

«*The aventurs ov Seme*», escribió Jaime rápidamente.

Seh-Ahn empezó a corregir su ortografía pero escribió de vuelta: «*What is Seme?*».

El ómnibus se movió despacio. ¿Cómo Jaime podía explicarlo? ¿Y en solo unos segundos antes de que parara y se tuvieran que bajar?

«Sean + Jaime = Seme».

Jaime lo presentó como si fuera un problema de matemáticas justo cuando el ómnibus chilló al detenerse y dijo la palabra en voz alta:

—Seh-Meh. *Yes*?

Seh-Ahn leyó su fórmula y le dio otra aprobación con el dedo gordo.

Después de la escuela Jaime tenía su cuaderno de dibujo afuera antes de que Seh-Ahn se sentara al lado de él.

Dibujó el próximo episodio en la página de la derecha y puso la libreta entre los dos antes de comenzar a dibujar en el lado izquierdo mientras Seh-Ahn añadía el texto en el dibujo de la derecha. La colaboración funcionaba muy bien: Jaime era zurdo y Seh-Ahn derecho, así que podían dibujar y escribir simultáneamente. Frecuentemente paraban para ver lo que el otro había hecho para saber qué era lo próximo que ellos iban a hacer. Cuando el ómnibus paró a la entrada del rancho de Mister George, la criatura (Seme) aún no había aprendido cómo comer cactus, no había podido asustar a la serpiente más mortífera (aunque Jaime tenía planes de volver a traer a la serpiente para una revancha) y el mayor deseo de Seme era montar un padrillo aunque sus ruedas le impedían sentarse a horcajadas.

Con la mente de Jaime preocupada con las próximas aventuras de Seme, el caminar hacia el remolque duró un instante. Casi no se dio cuenta de que estaba de regreso hasta que alguien lo llamó en inglés.

—*Hi there, son.*

El vaquero con el rostro rojizo apareció frente a Jaime de una manera que hizo a Jaime sentirse muy bajito. El sombrero de felpa gris le creaba sombra sobre el rostro. Los hombros muy anchos convergían en una barriga aún más grande acentuada por las caderas muy estrechas con una hebilla enorme, plateada y brillosa en la correa que le sujetaba los vaqueros. Su pequeño teléfono colgaba de la correa al lado de un revólver. Jaime forzó sus ojos para no enfocar en el revólver y miró hacia las botas, que eran del tamaño del cuerpo de Vida y hechas de una piel escamosa que bien podía ser de serpiente de cascabel.

Jaime dio dos pasos hacia atrás.

—*Do you have a name?* —le preguntó Mister George con su voz fuerte y resonante.

—Jaime —dijo en un suspiro.

—*Well, Jaime, when someone says hi to you, the polite thing is to say hi back.*

Jaime miró alrededor buscando a Tomás pero no lo vio. No había entendido nada de lo que Mister George había dicho, pero no podía ser nada bueno. Él escuchó el tono con el cual el hombre lo estaba regañando y supo que estaba en problemas.

—*Sorry* —se disculpó sin saber por qué se estaba disculpando (pero había aprendido que a la gente aquí le gustaba esa palabra) y se retiró lo más aprisa que sus piernas lo pudieron llevar dentro del remolque.

Miró por la ventana. No estaba Mister George. Y aún no veía a Tomás. Jaime esperaba que lo que hubiera hecho mal no hiciera que Tomás perdiera el trabajo. De acuerdo a lo que Mister George le había pedido a Tomás ayer, él evidentemente pensaba reemplazar a don Vicente después de haber trabajado para él durante siglos. Lo cual significaba que Tomás, que solo llevaba trabajando para él ocho años, también era reemplazable.

Botas pesadas pisaron con fuerza los escalones de metal y Jaime estaba seguro de que Mister George iba a irrumpir en el remolque. Pero cuando la puerta se abrió era Tomás con Vida.

—Ven, Mr. George te quiere conocer. —Tomás estaba parado en el umbral de la puerta y con el movimiento de su cabeza señalaba hacia afuera.

Jaime se agachó para saludar a Vida. Por lo menos ella no pensaba que él hubiera hecho nada malo.

—No me cae bien. Me da miedo.

—Aún así tenés que tratarlo con respeto. Es mi jefe y ha sido muy amable permitiendo a vos y a Ángela vivir aquí.

—Me odia.

—No, él solo pensó que habías sido maleducado al mirarlo fijamente y no saludarlo.

¿Realmente? ¿Esto era todo? Jaime se enderezó y se sacudió el uniforme escolar, cerciorándose de que no tenía polvo de la caminata hacia el remolque y de que su camisa estaba metida dentro del pantalón.

El vaquero estaba recostado contra la cerca del corral. Se viró cuando escuchó las pisadas y Jaime tuvo que esforzarse para no salir corriendo otra vez. El ranchero lucía más grande y más intimidador de lo que había lucido hacía unos minutos pues el sol le iluminaba su rostro rojizo. Dejó que su mano colgara para recibir otro consuelo de Vida, pero la perra había salido trotando para socializar con los otros perros del rancho.

Jaime respiró profundamente, cuadró sus hombros estrechos y estiró una mano hacia el ranchero.

— *Hello, Mister George. My name is Jaime.*

Mister George asintió levemente antes de tragarse la mano de Jaime con sus pezuñas carnosas.

¿Bueno, y ahora qué? No había mucho más que él supiera decir en inglés y aunque supiera no tenía idea de qué decir. ¿De qué hablaban los adultos? Miró hacia Tomás para que lo ayudara, pero su hermano estaba observando las vacas. Quizás esto funcionara.

—*Cows nice*? —Jaime quería preguntar si las vacas estaban saludables pero esa oración era muy complicada—. *Cow babies good?*

Esto aparentemente era lo que había que preguntar. Mister George respondió largamente sobre lo complacido que estaba este año con el ganado y un montón de otras cosas que Jaime no entendió. Cuando Tomás respondió, él habló en inglés perfecto y esto tampoco ayudó. En algún momento los hombres cambiaron su conversación de las vacas para los nuevos hombres que necesitaban para trabajar en el rancho. Jaime solo entendió porque Tomás sacó su teléfono y le enseñó al dueño correos electrónicos con el título: «RE: *Ranch hand wanted*/Se busca ranchero.»

—¿Pero solamente hasta que regrese don Vicente, verdad? —Jaime le preguntó a su hermano, pero fue Mister George él que respondió con una mirada severa.

—*You're in the United States, son. Speak English here.*

Jaime sintió que se encogía aún más que su corta estatura.

—*Sorry.*

Mister George sacudió la cabeza.

—*Don't be sorry, just learn what's right.*

Sus palabras lo pincharon como espinas de cactus enterradas a lo largo de toda su columna. ¿Quién podía decir que el inglés era lo correcto y el español no lo era? ¿Había él entendido mal cuando Misus había dicho que el español era el segundo idioma oficial de Nuevo México? De todas maneras, él se acordaba de que su maestra en Guatemala había dicho que el español era el segundo idioma más popular en el mundo después del chino. Si había algo que no estaba correcto era pensar que los que no hablaban inglés eran inferiores.

Los músculos del rostro severo de Mister George se relajaron una fracción pero solo por una fracción.

—*If I visit your country, I'll try to speak to you in your language. But here, I want you to speak mine. Understand?*

—*Yes* —mintió Jaime. No había entendido la mitad de las palabras. Pero sí había entendido que a Mister George le gustaba que las cosas se hicieran a su manera y su manera

era en inglés. Parte de él quería olvidarse de lo que había preguntado y volver al remolque donde trataría de llamar a su familia, aunque ya había tratado un millón de veces. Pero lo que él había preguntado era más importante.

—Don Vicente. . .

Mister George lo interrumpió con la respuesta a la pregunta que él creía que Jaime había preguntado:

—*Cente never would learn English, no matter how hard my father and I tried. And now look where it got him. Old bastard.*

Jaime de nuevo no pudo entender lo que Mister George dijo. Sus palabras indicaban que don Vicente estaba detenido por no hablar inglés. Al mismo tiempo el tono indicaba que al ranchero le importaba, pero no sabía cómo mostrarlo.

Más razón para que Jaime hiciera su pregunta.

—Rancheros, ah, *ranchers no stay. Leave. Don Vicente come. . .?* —movió su brazo como indicándole a alguien que se acercara.

Bajo el aliento, Tomás susurró:

—*Come back.*

—*Ranchers leave when Don Vicente come back*? —preguntó Jaime al fin, lo que debía de haber sido contestado hacía mucho rato si Mister George no fuera tan presumido: Si los rancheros nuevos se iban a ir cuando don Vicente regresara.

Mister George se quitó el sombrero y se secó la frente

aunque no hacía tanto calor para que hubiera sudado. Explicó la situación en un tono triste, pero sus palabras eran demasiado complicadas para que Jaime entendiera.

La mirada en blanco de la cara de Jaime le debió de haber indicado al dueño que Jaime no había entendido porque suspiró y asintió para que Tomás tradujera.

—No sabemos cuánto tiempo se van a quedar los rancheros. Mr. George contrató una abogada de inmigración para don Vicente. La fecha del juicio es en tres semanas.

—¡Fantástico! —Jaime no podía creer la buena noticia—. ¿Entonces por qué está él molesto?

Tomás se viró pero no lo suficiente como para ocultar su rostro triste.

—Yo no la he conocido, pero la abogada no está optimista. Un par de años atrás no hubiera sido un problema, pero ella dice que ahora todo ha cambiado y es casi imposible convencer a los jueces.

—Pero aún así ella va a tratar, ¿verdad?

—Para eso le está pagando. —asintió Tomás mirando a Mr. George, él cual asintió como si hubiera entendido lo que Tomás había dicho. Quizás sí. El respeto de Jaime hacia el vaquero con el rostro rojizo subió un poquito. Quizás no era tan pomposo como lucía.

Jaime se viró hacia Mister George y buscó en su mente las palabras correctas.

—*I go see Don Vicente?*

Pero fue Tomás quien sacudió la cabeza respondiendo en inglés.

—De ninguna manera lo visitas. Sos ilegal. No te quiero cerca de ese lugar.

Jaime sintió la palabra «ilegal» como una puñalada en su corazón. Él había entrado en este país ilegalmente, nadando a través del río Bravo que separaba México de los Estados Unidos. Ese acto era ilegal, pero como persona él no era diferente de los demás. ¿Cómo podía alguien ser ilegal? ¿Cómo su hermano pudo decir eso? Pero delante del jefe no era el momento de discutir esto con Tomás.

Intentó un plan diferente.

—*I write he. . .*

—*Him* —Tomás corrigió automáticamente.

—*I write him. . . paper?*

—*You mean a letter*? —Mister George subió sus cejas grises.

—*Yes* —excepto que Jaime pensó que *letter* significa las letras del alfabeto. Bueno, él iba a escribir letras del alfabeto en un pedazo de papel así que pensó que tenía sentido. ¿Entonces porque Tomás estaba sacudiendo la cabeza?

Mister George no lo notó y colocó su mano en el hombro de Jaime. Por primera vez el ranchero bajó sus defensas.

—*I think he'd like that.*

Mister George le dijo a Tomás que se comunicara con

dos de los tipos que habían contestado por correo electrónico sobre el trabajo y entonces se dirigió hacia la casa grande, donde los olores que salían de la ventana abierta de doña Cici hacían que hasta las vacas estuvieran hambrientas.

—¿Así que él no va a esperar a ver que pasa en la corte? —Jaime preguntó cuando vio que el ranchero estaba lo suficientemente lejos para no poder regañarlo por hablar en español.

Tomás se viró, encaminándose hacia el remolque con Vida en sus talones. Las líneas alrededor de sus ojos estaban más profundas por la preocupación y la falta de sueño.

—La cita en la corte no es hasta dentro de tres semanas y aún tenemos unas doscientas vacas a punto de parir. Cada ternero tiene que ser etiquetado, los cuernos quemados y los machos castrados si son machos. Don Vicente hacía el trabajo de dos hombres y aún así cualquiera que contratemos no va a hacer el trabajo ni la mitad de bien. Sigamos rezando por un milagro y que los nuevos trabajadores sean solo temporeros.

—Yo puedo ayudar.

Tomás le puso el brazo sobre los hombros y lo acercó a él mitad afectuosamente y mitad bromeando.

—Seguro, pero vos tenés que continuar yendo a la escuela.

Bueno, valió la pena tratar.

—¿Por qué moviste la cabeza que no cuando yo

mencioné escribirle una carta a don Vicente? ¿Yo sé que mi inglés no es nada bueno, pero no dije algo equivocado, o sí?

La mirada triste volvió a los ojos de Tomás cuando abrió la puerta del remolque para ambos.

—Claro que no. Es una idea buena y bien pensada. Excepto que don Vicente no sabe leer. Nunca fue a la escuela.

Jaime debió de haberlo adivinado. Ese era frecuentemente el caso de la gente mayor en Guatemala también. abuela solamente había ido a la escuela hasta los nueve años. Aún así, una sonrisa cruzó el rostro de Jaime. Buscó dentro de su mochila, acordándose de los viajes en el ómnibus con Seh-Ahn y el cuento que habían creado sin decirse una palabra entre ellos. Sacó su cuaderno de dibujo.

—Entonces es cosa buena que yo sé cómo escribirle una carta sin usar palabras.

CAPÍTULO DIECISÉIS

El desayuno del domingo no era el mismo desayuno del domingo sin don Vicente. Y teniendo a Mister George sentado a la cabecera de la mesa usando el teléfono de la cocina para hablar con su esposa, quien seguía visitando a su nuevo nieto, hacía que las cosas fueran aún más incómodas.

Doña Cici escondía su preocupación sobre don Vicente dando mucha más atención a Mister George, a Tomás, a Jaime y a Ángela de lo usual. Se superó a sí misma añadiendo al desayuno gruesos panqueques, fresas frescas, huevos hervidos y filete (¡filete para el desayuno!) a su ya enorme buffet de tortillas, chorizo, frijoles, queso, frutas y varias clases de huevo.

—Come un poco más, Ángela —le susurró doña Cici al oído para no interrumpir a Mister George hablando por teléfono—. Sólo has comido una tortilla y un huevo.

—Está delicioso pero no tengo hambre —dijo Ángela, forzando una sonrisa y agarrando un poco de huevo.

—¿Cómo que no tenés hambre? —Jaime preguntó entre bocados de panqueques, huevos y chorizo—. Casi ni comimos anoche.

—¿Están sin comida? —exclamó doña Cici en voz tan alta que hizo que Mister George le diera una mirada de autoridad que decía «Estoy en el teléfono».

Tomás le dio una mirada a Jaime como diciendo «no toques ese tema» antes de asegurarle a la cocinera:

—Claro que tenemos comida. Jaime está exagerando.

Lo que realmente había pasado fue que Tomás llegó tarde, se tiró en la cama y les dijo que se las arreglaran. Lo único que Jaime pudo encontrar fue un paquete de palomitas para hacer en el microondas y un poco de leche de cabra que doña Cici había dejado. De las latas de frijoles con las que siempre podían contar ya no quedaba ninguna.

Mister George colgó el teléfono en la cocina y se pasó el resto de la comida hablando con Tomás sobre las vacas y la situación con las aplicaciones de los nuevos rancheros. Los demás masticaron su comida sin hacer ningún comentario. Excepto Ángela, que dejó de comer completamente. En su plato quedaba la mitad de una tortilla y un poco de huevo. Abuela nunca hubiera permitido esto.

—No te tenés que morir de hambre para probar que Tomás no estaba mintiendo sobre la comida —Jaime susurró mientras ayudaba a recoger la mesa.

—¿Qué sabés vos?

Ella salió por la puerta de la cocina sin limpiar su plato o ponerlo en el lavaplatos. Los hombres salieron para volver a trabajar (Tomás se quedó sin su día libre) y solo Jaime se quedó a ayudar.

—¿Vamos a ver otra película con el guapo de Bond? —preguntó doña Cici cuando todo estaba tan limpio como para servir a un rey.

Jaime sacudió su cabeza. Sin Tomás ni Ángela ni don Vicente durmiendo durante los créditos del comienzo, no le apetecía un día de cine—. Tengo que hacer tarea.

No era completamente una mentira. Tenía que practicar con la flauta y encontrar un tema para un proyecto de investigación que tenía que escribir en inglés. Misus insistió.

Doña Cici asintió con la cabeza y llenó dos bolsas grandes de lona con las sobras. Jaime sabía que debía rehusar y no traicionar a Tomás. Pero la semana pasada Tomás había aceptado las sobras y en realidad no tenían nada que comer en el remolque. Además, doña Cici no aceptaba no por respuesta.

—Si tengo que hacerlo, yo misma las llevo.

—Gracias.

Las bolsas amenazaban con sacarle los brazos de su lugar.

—Tu hermano no está acostumbrado a ocuparse de otras personas, solo de él mismo. El que ustedes estén aquí es bueno para él. —Ella abrió la puerta de la cocina y vio como Jaime se tambaleaba con el peso de las bolsas.

—No importa lo que pase, esta puerta de la cocina está siempre sin pestillo.

Jaime acababa de colocar su mochila y su lonchera (un banquete con las sobras de huevo, filete y queso en una tortilla con fresas de postre) en su casilla y su cuaderno de dibujo y la carpeta con la tarea en su escritorio cuando Misus levantó la vista de lo que estaba escribiendo en la pizarra y le dijo en inglés.

—Jaime ven aquí un momento, por favor.

Algo sobre su rostro que reflejaba determinación y que no aceptaba majaderías puso a Jaime en guardia. Él chequeó mentalmente lo que había hecho. La había saludado, dándole la mano hacía un momento, como a ella le gustaba y había hecho toda la tarea (matemáticas, en las que sorprendentemente continuaba siendo muy bueno, leído durante quince minutos un libro que Misus había escogido, *The Magic School Bus,* que era para niños pequeños pero que aún así era interesante y había escogido manga para su proyecto).

¿Entonces por qué tenía esa expresión que daba a entender que a él no le iba a gustar lo que ella tenía que decirle?

Misus soltó el marcador que tenía en la mano para mirarlo por encima de sus gruesos espejuelos.

—¿Estarías interesado en compartir el cuento sobre tu inmigración en la clase de ciencias sociales hoy?

Jaime tragó en seco mientras se agarraba del escritorio de Misus para sostenerse. Sus piernas empezaron a temblar. ¿Cómo no se había dado cuenta antes? Con su rostro de autoridad y su pasión por el orden y seguir las reglas, Misus tenía una vida secreta como un oficial de la migra. La habían enviado a las escuelas para averiguar cómo los inmigrantes continuaban infiltrándose en el país a pesar de la vigilancia en la frontera y de los guardias.

—*I no understand* —murmuró Jaime. Freddie entró en la clase, sonrió a Jaime y le dio la mano a Misus.

Cuando Freddie se sentó, Misus regresó con Jaime como si no los hubieran interrumpido.

—La frase correcta es: *I don't understand.*

—*I don't understand* —repitió Jaime y aún no entendía. Él sabía que Misus en realidad no era un agente secreto. No creía que los agentes secretos se tomaran la molestia de corregir un inglés mal hablado.

—*You know* que hemos estado hablando sobre el impacto de la inmigración en nuestro país y quisiera comenzar a discutir sobre refugiados e inmigrantes reales —explicó Misus en inglés.

Jaime se movió. Aún podía salir corriendo. Pero su cuaderno con *The Adventures of Seme* y sus otros dibujos estaban en su escritorio en dirección contraria a la puerta.

—No me interesa si tú estás aquí legalmente o no. *Understand?*

Él asintió. Bueno, quizás debía creer lo que ella decía. ¿Entonces por qué tenía un mal presentimiento al respecto?

—Pero si quieres compartir lo que es inmigrar o ser un inmigrante, yo creo que sería beneficioso para la clase aprender de tu ejemplo.

—No.

—¿No?

—*No, tank you.*

Aún peor que Misus fuera un agente encubierto de inmigración, o que él tuviera que hablar en inglés frente a la clase, era lo que realmente él tendría que decirles. Él había vuelto a revivir los horrores muchas veces en su cabeza; tener que relatarlo en voz alta a personas que no iban a comprenderlo era imposible. Compartirlo con don Vicente y doña Cici mientras desayunaban era una cosa. Ellos sabían de la privación. Ellos entendían cómo Jaime se sentía porque ellos mismos eran inmigrantes. Sus compañeros jamás entenderían. Ellos podrían pensar que él había inventado ciertas cosas para llamar la atención.

—Solamente sería uno o dos detalles. —Misus trató de darle confianza.

El timbre sonó y Misus le indicó que fuera para su asiento. Jaime agarró su cuaderno del escritorio y cruzó los brazos sobre su pecho para abrazarlo. No iba a suceder. De ninguna manera.

Misus comenzó la lección del día hablando sobre la diferencia entre inmigrantes, refugiados, migrantes y pioneros.

—No importa cómo los llames —murmuró Diego—. Todos están aquí para quitarnos los trabajos.

Freddie alzó la mano mientras le echaba una mirada a Diego.

—Un inmigrante es una persona que se va a otro lugar buscando una vida mejor. Como más dinero o para estar cerca de su familia. Un refugiado es alguien que tiene que dejar su país porque hay guerra o su vida está en peligro u otra cosa.

—Bien dicho. —Misus escribió la explicación de Freddie en la pizarra—. Un inmigrante se va porque así lo desea, a un refugiado no le queda más remedio. ¿Que hay sobre migrantes y pioneros?

Jaime ignoró la discusión, pues un nuevo pensamiento cruzó su mente. La gente decía que él y Ángela eran inmigrantes. Él también se consideraba un inmigrante. Pero Freddie dijo que los inmigrantes dejaban sus países porque ellos así lo deseaban, porque esperaban tener una vida mejor.

Solo parte de esto era verdad para Jaime. Él no era solamente una persona que se había ido a otro lugar para tener una vida mejor. Él era mucho más que eso. Era un refugiado que había tenido que dejar su país por el peligro que lo amenazaba. El mudarse para aquí no había sido su opción ni la de sus padres. La opción de tener que irse había sido tomada por otros. Si se hubiera quedado, hubiera muerto.

Un peso se levantó de sus hombros y fue reemplazado por confianza en sí mismo. Subió su mano sin pensarlo y rápidamente la bajó. Pero Misus vio su movimiento y lo llamó.

—¿Jaime tienes algo que compartir?

Toda la clase se viró para mirarlo. Comenzó a sacudir su cabeza. Que estaba sólo estirándose. Pero pensó en las palabras que Diego había dicho y que Misus no escuchó. Que las personas que venían de otros países solo estaban ahí para quitarles los trabajos. Como muchas personas pensaban que él y otros como él eran criminales. Si él no hablaba nadie sabría la verdad.

—*I am refugee* —lo dijo con más orgullo y confianza de lo que había pensado que era posible hacía unos segundos, cuando le había aterrando la conversación, y en inglés—. *I leave Guatemala to live. Bad people with drugs...* pandilleros...

—*Gang members* —interrumpió Samuel, aunque no le gustaba traducir para Jaime.

—*Yes, gang members. They say* unir *with them or die.*

—¿Te mataban si no te unías a la pandilla? ¿Realmente lo harían? —Carla preguntó en inglés. Jaime sintió que su rostro palidecía. El recuerdo de la muerte de Miguel lo atormentaba diariamente. Él sabía que sus compañeros no entenderían. Era imposible en su mundo seguro pensar que en otras partes del mundo, cosas malas sucedían. Pero al mismo tiempo, le gustó que Carla estuviera impresionada con su vida pasada.

—*Yes* —continuó Jaime en inglés—, los pandilleros matan a las personas. Matan a mi primo. Mis padres dicen «Vete para El Norte. Vive con tu hermano». Yo y Ángela, mi otra prima, nos vamos.

—Sus padres deben de haber estado contentos de deshacerse de él —dijo Diego en voz baja, pero Jaime lo oyó. Y entendió más de lo que hubiera deseado.

Freddie se viró hacia Diego.

—No seas cruel.

Diego se encogió de hombros y continuó en voz baja.

—Lo estoy diciendo como es. Los padres que te quieren no te mandan lejos.

Jaime esperó a ver si Misus le decía algo a Diego.

Hiciera que se quedara sin recreo por ser tan maleducado e incorrecto. Pero Misus no lo había escuchado.

De todas maneras, ¿qué sabía Diego? Los padres de Jaime lo querían. Toda su familia lo quería tanto a él como a Ángela y estuvieron dispuestos a mandarlos en un viaje peligroso, teniendo que escoger para ellos entre morir de seguro o quizás vivir. Lo hicieron para mantenerlos a salvo porque los querían.

—Ellos no tenían otra opción —Freddie insistió, y Misus lo oyó aunque él estaba hablando con Diego.

—Exacto, no tenían otra opción —dijo Misus—. Sus vidas estaban en peligro y salir del país era la única opción para poder sobrevivir. Yo creo firmemente que esto te hace un refugiado, no un inmigrante. Gracias por compartir, Jaime. Entonces, ¿qué es un buen ejemplo de inmigrante? ¿Samuel?

Samuel bajó su mano y comenzó a compartir la historia de su familia. Algo sobre cómo no encontraban trabajo y no podían ganar lo suficiente para darle de comer a la familia. Pero Jaime dejó de prestar atención, pues las palabras de Diego continuaban atormentándolo.

Si su familia lo hubiera querido realmente hubieran hecho algo para mantenerlo a él y a Ángela seguros. Ellos sabían de personas que no habían terminado el viaje. A Marcela, la antigua enamorada de Tomás, la secuestraron y la vendieron como esclava. Otras personas de su pueblo se habían ido y nadie supo más nada de ellos. Esos pudieron haber sido él y Ángela. Sus padres sabían de los peligros. Lo cual significaba que sus padres los pudieron haber mandado a su muerte. ¿Y qué padres que quieren a sus hijos harían eso?

CAPÍTULO DIECISIETE

La leche de cabra salió por la nariz de Jaime cuando Ángela salió del pequeño baño. Sus ojos y sus labios estaban cubiertos con maquillaje negro y sus pómulos tenían un tono pálido en vez de su color marrón bronceado. Lucía como la muerte y no de la forma intrigante de un vampiro.

—¿Por qué luces así? —preguntó Jaime.

—Es para la obra. Es el maquillaje que se usa en el escenario.

—¿Pero vos no sos una monja?

Le lanzó una mirada de muerte con sus ojos ennegrecidos.

—*You don't know anything* —dijo ella. Y salió del remolque sin desayunar.

Jaime se atragantó el resto de la leche y agarró un

plátano junto con su mochila y un suéter antes de salir corriendo detrás de ella.

—¿Qué te pasa? —le preguntó a su prima cuando al fin la alcanzó.

—*Nothing*.

—¿Por qué estás de mal humor?

—*I'm not in a bad mood* —gruñó y sacudió la cabeza como si no pudiera creer con lo que tenía que lidiar. Caminó más aprisa subiendo la loma aunque tenían suficiente tiempo para llegar al ómnibus.

Jaime caminó más prisa para mantenerse al lado de ella. Cuando daba varios pasos se volvía para mirarla, y comenzaba a hacer otra pregunta pero cambiaba de opinión. Cada vez que la miraba, sus ojos ennegrecidos miraban hacia el frente.

—¿Querés el plátano? —le ofreció su desayuno como una ofrenda de paz.

—No, está muy maduro. —al menos esta vez lo dijo en español.

—¿Y? —sacudió el plátano en su rostro, esperando que lo aceptara—. Necesitas comer algo.

—No, lo que necesito es que me dejes tranquila. *God!* —y volvió al inglés y a caminar más aprisa de lo necesario.

El ómnibus demoró una eternidad en llegar y mientras esperaban, Ángela hizo una galardonada actuación ignorando a Jaime. Si él no hubiera estado ahí, dudaba que ella hubiera mantenido la mirada fija en la carretera. Tampoco se hubiera parado delante de él para entrar primero en el ómnibus. Ni hubiera echado su pelo sobre su hombro con tanta fuerza y marchado (sí, marchar) hacia la parte de atrás del ómnibus. En vez de sentarse en el asiento que ese horrendo Tristan siempre reservaba para ella, puso sus manos alrededor de su cuello y se dejó caer en sus piernas.

—*Hey, babe*. Me encanta ese maquillaje gótico. —Tristan le pasó el brazo por la cadera. Jaime dejó de mirar. Ojalá que abuela tampoco estuviera mirando o le daría un ataque.

—Te tienes que sentar en tu propio asiento —gritó el chofer mientras fijaba su mirada de enojo en Ángela a través del espejo retrovisor—. No me muevo hasta que no lo hagas.

Jaime se viró lo suficiente para poder ver a Ángela deslizarse de las piernas de Tristan, con el rostro rojo a punto de atravesar su maquillaje pálido. Él cambió su mirada para el techo del ómnibus mientras el vehículo volvía a rodar por la carretera. «Gracias, abuela».

Cuando al fin se volvió hacia Seh-Ahn para saludarlo, su amigo tenía una nota para él.

«*Your sister is acting really weird*».

No me digas, Jaime quería escribir pero no sabía cómo traducirlo. Así que copió las palabras de Seh-Ahn: «*Yes really weird*».

También hubiera sido difícil explicar que Ángela no era su hermana. Y por primera vez en su vida estaba contento de que no lo fuera.

—¿Jaime, tienes un momento? —Miz Macálista lo llamó en español cuando su clase terminó la lección de música.

—*Ooh, you're in trouble* —murmuró Diego al tropezar con él cuando salía del salón.

Jaime volvió a acomodar la flauta en su mochila, cerciorándose de que no la había rallado. ¿Cuál era el problema con las maestras que siempre querían hablar cuando él menos lo deseaba?

Observó como el resto de su clase se alejaba para volver al salón con Misus. Carla se quedó atrás esperándolo con la cabeza inclinada hacia un lado, lo cual hacía que su pelo negro le cubriera sus espejuelos morados.

— Me tengo que ir —le dijo a la maestra.

Miz miró hacia el reloj.

—Todavía faltan cuarenta y cinco minutos antes de que suene el último timbre y ya yo le dije a Mrs. Threadworth que yo quería hablar contigo. ¿Cómo te está yendo?

Carla se puso el mechón de pelo detrás de la oreja y le sonrió a Jaime antes de seguir al resto de la clase. Jaime deseaba unirse con ella, quizás hacerle una pregunta casual en lo que regresaban a la clase (¿A ella le gustaban los gatos, verdad?).

—Bien —Jaime suspiró.

—Luces distraído hoy.

Jaime sacudió la cabeza. Ahora no era el momento de hablar sobre abuela. Sobre Ángela, que estaba más distante cada día. Sobre don Vicente y su deportación inevitable. Sobre el hecho de que, al igual que con la muerte de Miguel, él no podía hacer nada para ayudar. Y sobre todo no quería hablar sobre su desesperación para poder volver a Guatemala y esperaba que Diego estuviera equivocado sobre el hecho de que su familia no lo quería.

—Estoy bien.

Miz insistió.

—¿Has hecho algunos amigos?

—Más o menos.

Miz lo miró como diciendo que como maestra esperaba una respuesta mejor y que no lo iba a dejar irse hasta que no lo hiciera.

Jaime suspiró.

—Freddie y Carla me caen bien, pero quién mejor me cae es Seh-Ahn.

—¿Quién?

—Seh-Ahn. Está en el ómnibus pero no en mi clase.

Miz aún simulaba no saber de quién él estaba hablando. La irritación creció dentro de Jaime. Miz conocía a todo el mundo en la escuela, desde los chiquitines del kínder hasta los fornidos de octavo grado que lucían tener edad para votar. Ella solo quería que él continuara hablando y él no estaba de humor para esto.

—Seh-Ahn —dijo rápidamente—. Pelo rubio y pecas. Lee mucho. Seh-Ahn.

Dejó caer sus brazos para demostrarle lo cansado que estaba con su juego estúpido.

—Ah, ¿quieres decir Sean?

Los hombros de Jaime se encorvaron mientras su irritación crecía.

—Él dijo que su nombre era Seh-Ahn.

—¿Él. . . dijo eso?

—Bueno, no. Lo escribió. —Como escribió el texto para *The Adventures of Seme*. Él y Jaime siempre escribían cosas uno para el otro. De repente Jaime se preguntó si este muchacho le estaba gastando una broma. ¿Era su amistad un juego estúpido para ver cuán crédulo él era? Jaime podía imaginarse a Tristan, el amigo de Ángela, haciendo una broma como esta, ¿pero Seh-Ahn? ¿Que siempre lo saludaba con la mano y le reservaba un asiento, pero nunca lo molestaba con preguntas cuando él quería que lo dejaran solo? Jaime no lo podía creer. No quería creerlo.

Jaime escondió la cabeza en sus manos. No en balde Jaime nunca lo había visto en la escuela; su broma hubiera explotado. ¿Pero por qué él haría una cosa así?

—Lo odio y odio este lugar.

—Jaime —Miz mantuvo una mano en su hombro

aunque él trató de sacudírsela—, Sean es un nombre de Irlanda. Se pronuncia *Shaun,* pero en este caso se deletrea S-E-A-N, lo cual es muy normal. ¿Sabes del actor Sean Connery?

—James Bond —Jaime respondió sin pensarlo.

—Exacto —Miz sonrió con dulzura—. Tu amigo y el actor tienen el mismo nombre.

—¿Entonces por qué Seh-Ahn, quiero decir Sean, no me corrigió? —pero Jaime se contestó él mismo su pregunta en cuanto la hizo. Porque nunca hablaba con Sean y Sean nunca le contestaba. Quizás Jaime había dicho hola y unas pocas palabras, pero ellos nunca habían hablado. Esa era una de las cosas que a Jaime le gustaba más de Sean. Ellos se entendían sin decir nada.

—Sean es.... —Miz pausó tratando de acordarse del español—. No sé la palabra. En inglés es *deaf.*

—¿*Death*? ¿Como muerte? —preguntó apretando su mochila contra su costado. Ella no quería decir que era un asesino. ¿Entonces, que estaba muerto? ¿Qué había pasado? Sean estaba vivo esta mañana. Él . . .

Miz agitó sus brazos para calmar a Jaime.

—Ay, no, es una palabra diferente. Esta quiere decir que no puede oír. Sus oídos no funcionan.

—¿No oye nada?

—Nada.

—¿Y no puede hablar?

—Hace sonidos a veces y se ríe, pero es difícil aprender palabras cuando no puedes oír. Él habla con sus manos y tiene un maestro que lo ayuda a comunicarse con ellas.

Ahora todo tenía sentido. Jaime podía ver a Sean en su mente haciendo gestos con las manos y nunca le había llamado la atención. La mayor parte de su familia usaba las manos además de comunicarse verbalmente. Mientras más apasionados se sentían con el tema, más grandes eran los gestos. Él nunca pensó que los gestos de Sean fueran palabras.

Se plantó en una silla delante del escritorio de Miz, que estaba lleno de piezas de los instrumentos y hojas de música.

—Enséñeme.

—Yo sólo sé algunas señales básicas y cómo deletrear mi nombre. —Miz miró hacia el reloj. Jaime siguió su mirada. La clase de música había terminado hacía diez minutos y sólo faltaban treinta y cinco minutos antes de que sonara el último timbre. Misus quizás se preguntaba dónde estaba él. O quizás estaba contenta de que por una vez no tenía que explicar varias veces las cosas.

—Por fa, Miz —rogó Jaime. Ella se mordió el labio y Jaime podía ver cómo su mente estaba debatiendo la situación. Ella tenía trabajo que hacer y Misus podía molestarse con ella por haberse quedado con él tanto tiempo. Por otro lado, Jaime, el pobrecito de otro país y sintiéndose solo y sin poder hablar el idioma inglés tan difícil, al fin había hecho un amigo—. Los viernes después de música, Misus nos deja tener un período libre para leer o hacer tarea, con tal de que nos quedemos tranquilos. No me estoy perdiendo nada.

—Vale, yo creo que es bueno aprender diferentes maneras de comunicación. —suspiró antes de hacerle un gesto para que se sentara al otro lado de su escritorio para ver la computadora—. Vamos a verlo en YouTube.

Miz por accidente sacó un video de lenguaje por señales de Inglaterra y unos segundos después de decir, «Esto no es lo que yo aprendí», se dio cuenta de su error. Evidentemente los diferentes países tenían sus propias señales para las mismas letras. Aún entre la comunidad sorda no se podrían comunicar dos personas de diferentes países. No parecía correcto. Pero, al mismo tiempo, ¿quién decidía que las señales de su país eran las correctas? Lo mismo que con los idiomas, uno no era mejor que el otro.

Vieron el alfabeto del lenguaje por señales de Estados Unidos tres veces antes de que Jaime se acordara de todas las letras. Tenía que pensar antes de cada una, pero después de la tercera vez podía deletrear su nombre con las manos. Y A-N-G-E-L-A y T-O-M-A-S. Como era un video para personas hablando inglés en los Estados Unidos, no enseñaba cómo añadirle los acentos a las letras, pero muchas personas no escribían los nombres en español con acentos. En realidad no importaba.

Después vieron un video que enseñaba cómo decir cosas básicas como «hola» (saludar normalmente con la mano), «mi nombre es» (ponerse la mano en el pecho por «mi» y después tocarse los dedos índices y del medio de cada mano una contra la otra creando una X mientras las palmas estaban de frente al pecho para la palabra «nombre»), y otras más.

—Jaime, te tienes que ir. —Miz paró el video y cerró la pantalla de la computadora—. El timbre va a sonar en un minuto.

No podía perder el ómnibus, pero por primera vez no quería irse de la escuela. No con todo lo que tenía que aprender.

—¿Podemos hacer esto otra vez? ¿El lunes?

Miz se rió.

—Yo soy la maestra de música. Tengo mis clases que enseñar. Pero le voy a preguntar a Mrs. Threadworth y Mr. Mike, el maestro de Sean, a ver si pueden arreglar algo.

—*Cool* —dijo mientras sonó el timbre. Tocó su barbilla con la punta de sus dedos antes de traer la palma de su mano frente a él, diciendo «gracias». Miz le dijo «adiós» con la mano.

Se movió lo más rápido que pudo entre el rebaño de muchachos con sus abultadas mochilas hacia su clase. Misus estaba parada sobre las puntas de los pies de sus zapatos anticuados limpiando la pizarra cuando Jaime regresó al salón.

—¿Jaime, dónde has estado? ¿Está todo bien? —preguntó en inglés.

—*I'm perfect* —dijo mientras agarraba su suéter y su lonchera antes de darle a ella la mano como le gustaba—. *Bye*, Misus.

Ella parpadeó detrás de sus espejuelos antes de estrecharle la mano.

—*Bye*, Jaime.

Salió corriendo fuera de la clase como Vida detrás de un conejo. El chofer del ómnibus treinta y seis lo miró como diciendo «llegas tarde» y cerró la puerta detrás de él. Jaime se dejó caer en el asiento al lado de Sean respirando fuerte. Puso sus cosas debajo del asiento en frente de él y se volvió hacia su amigo, que tenía la cabeza ladeada como preguntando qué había pasado.

—*Hi*, Sean —excepto que Jaime lo había dicho saludando con la mano y sus dedos deletreando S-E-A-N. Los ojos de Sean se agrandaron y abrió su boca con una sonrisa tan grande que podía ser una figura animada. Un segundo después la mano derecha de Sean destellaba en una serie de signos. Esta vez los ojos de Jaime se agrandaron y la boca se le abrió.

Muy aprisa, muy nuevo. Su cerebro corría mientras trataba de adivinar lo que Sean le había dicho. No tenía la menor idea.

La sonrisa de Sean se transformó en comprensivón

mientras repetía la ortografía de sus signos tan despacio que una tortuga lo podía entender, H-O-L-A J-A-I-M-E.

La boca caída de Jaime se transformó en una sonrisa. ¡Su amigo «hablaba» español! O por lo menos sabía deletrear «hola» correctamente. Jaime buscó su cuaderno de dibujo dentro de su mochila y los dibujó a los dos: Sean con pelo rubio y pecas y él con pelo negro y sin pecas. Debajo escribió la palabra «amigos» porque *friends* era muy difícil de escribir. Sean señaló la palabra y enganchó sus dos dedos índices uno encima del otro y después cambió el dedo que estaba arriba y lo volvió a hacer. Entonces señaló a Jaime antes de tocar su propio pecho y volver a hacer la señal uniendo los dedos otra vez. Jaime asintió y repitió la señal de Sean. Sí, somos amigos.

Sin más nada que decir, Sean golpeó la parte de atrás del cuaderno. Quizás era hora de introducir un nuevo personaje en *The Adventures of Seme*.

CAPÍTULO DIECIOCHO

Unas piernas salían de debajo de la mesa cuando Jaime entró en el remolque después de la escuela.

—Bien, ya llegaste —dijeron las piernas de Tomás mientras parecía que la mesa se había tragado el resto de su cuerpo—. Sostén la mesa para poderla arreglar.

Jaime dejó caer su mochila y agarró la mesa, contento de que después de estar comiendo durante una semana sobre sus regazos, Tomás al fin tenía el mecanismo para arreglarla. Quería hablarle a Tomás de Sean, que hablaba con las manos. Que aunque no hablaban se entendían perfectamente. Y de cómo él deseaba que otras personas fueran también fáciles de entender. Diego. Los oficiales de inmigración.

Ángela.

—Tengo noticias que potencialmente son buenas o potencialmente malas —dijo Tomás antes de que Jaime le contara cómo había sido su día. Jaime respiró profundamente. Nada bueno nunca venía de esa oración.

—¿Don Vicente se robó un caballo y se escapó del centro de detención? —preguntó en un intento de mantener el tono ligero.

Funcionó.

—Vos sos como yo.Vemos demasiada tele —dijo Tomás riéndose.

Jaime quería decir que no era la televisión sino lo que sucedió en un episodio de *The Adventures of Seme*. Excepto que Seme no podía montar a caballo por las ruedas de tanque que tenía, así que se agarró a la cola del caballo haciendo un fuerte ruido para asustarlo para que saliera corriendo.

—Pero tiene que ver con don Vicente —continuó Tomás.

Jaime agarró la mesa fuertemente para asegurarse de que no le pinchara los dedos a su hermano.

—Dime.

—Parece que malentendí. La abogada ha hecho arreglos para ir a la corte, lo cual es bueno, pero es solamente para sacarlo de la cárcel. No quiere decir que no lo puedan deportar más tarde. Es una audiencia para fijar una fianza. —Tomás hizo presión contra la mesa para apretar un tornillo.

—Básicamente —continuó Tomás—, si el juez cree que don Vicente es una persona honorable y no va a desaparecer, lo dejarán salir del centro de detención y podrá volver al rancho antes de que tenga que volver para otro juicio, y entonces decidirán si se va a quedar aquí permanentemente o no. La posibilidad de que se pueda quedar no luce bien, pero están tan atrasados, y deportar criminales verdaderos es mucho más importante, así que puede que se demore hasta dos años antes de que se lleve a cabo el juicio de deportación.

Tomás tenía razón. Había el potencial de que las cosas pudieran salir de diferentes maneras. Don Vicente aún podía ser deportado, pero dentro de varios años. Años. La vida de Jaime había cambiado en el momento en que mataron a Miguel. Muchas cosas podían cambiar en años.

—¿Pero él puede regresar a la casa en el intervalo?

—Si el juez cree que puede confiar en él —Tomás repitió—. Si no, se tiene que quedar en la cárcel, pero seguramente lo trasladarían a otro centro a miles de millas de aquí, donde tienen más espacio.

«No podemos dejar que eso pase. ¿Pero cómo se prueba que se puede confiar en una persona?», se preguntó Jaime. Don Vicente no iba de un lado a otro con una cámara grabando todos sus movimientos como hacían en los *reality shows* (y todo el mundo sabía que no eran reales). Aún así, tenía que haber alguna manera.

—Sólo lo trasladarían si esta audiencia no sale bien. Eso significa que tenemos que convencer al juez de que lo deje salir.

—Y se necesita mucho dinero para asegurarse de que don Vicente asista a la cita de deportación. Mira a ver si la mesa se sostiene.

Jaime soltó la mesa. Esta se mantuvo parada pero eso no era importante.

—Yo puedo ayudar a recaudar el dinero. He vendido mi arte antes —le recordó Jaime a su hermano. Claro, que eso había sido a turistas gringos en Ciudad Juárez, y aquí en medio de los ranchos no había turistas. Aún así. . .—Y en la escuela tenemos estos eventos que se llaman *bake sales* que les gustas a todos los muchachos. Estoy seguro de que doña Cici haría…

Tomás se deslizó por debajo de la mesa y puso su brazo alrededor de su hermanito, sacudiéndolo en broma.

—Una fianza la ponen en alrededor de varios miles de dólares. Eso sería muchas galletas y dibujos. Pero no te preocupes por eso. Mr. George hará muchas cosas que no me gustan, pero siempre ha sido justo con respecto al dinero. Él se va a ocupar de pagar la fianza.

—¡Perfecto!

¿Cuál era el problema de todo este asunto potencialmente? Esto era fantástico. Seguro, aún quedaría el juicio sobre la deportación, pero había varios años para encontrar una solución.

Tomás quitó su brazo de alrededor de Jaime.

—Necesitamos sacarlo de la cárcel primero y no hay garantía de que lo dejen salir aún con un buen abogado y el dinero. Especialmente si le ha estado diciendo a los otros presos que se va a ir montando en el atardecer.

—¿Vos sabés sobre eso?

—Don Vicente ha estado diciendo eso desde que yo lo conozco. Un guardia puede interpretarlo como que va a huir.

Jaime sacudió la cabeza. No podía culpar al viejo. Irse montando en el atardecer era mejor opción que estar en un centro de detención.

De alguna manera Jaime tenía que probar que don Vicente no se iba a ir montando pronto, que era una persona importante y valiosa en la comunidad, que amaba el rancho y no tenía ninguna razón para dejarlo. ¿Pero cómo podía convencer a un juez de esto? Su inglés no era bueno y aún en español dudaba que pudiera presentar un caso competente.

Abrió su cuaderno de dibujo y comenzó a garabatear dibujos de don Vicente montando Pimiento para ayudarlo a pensar: el viejo recogiéndolo en la parada del ómnibus para que no tuviera que caminar solo de regreso y esperándolo en el risco mientras lloraba por abuela. Tenía que haber alguna manera de demostrarle al juez que don Vicente era una gran persona.

Una idea comenzó a formarse en su mente, basada en cuentos que don Vicente le había contado cuando montaban juntos de regreso a casa. Pero iba a requerir mucho trabajo.

CAPÍTULO DIECINUEVE

Miz Macálista cumplió su promesa. Después del recreo a media mañana del lunes, había invitados especiales en la clase de Jaime.

—¡Hola S-E-A-N! —Jaime le hizo señales a su amigo—. ¿Qué estás haciendo?

Había aprendido esa señal casi por accidente. Fue lo que Sean le preguntó esa mañana cuando Jaime pasó por su lado en el ómnibus para decirle a ese imbécil de Tristan que dejara a Ángela tranquila porque había estado con la mano de Ángela en la de él como si le fuera a proponer matrimonio. Pero Jaime sólo le pudo decir que la dejara tranquila en español y Ángela le había dicho a Jaime que se ocupara de sus asuntos. En inglés.

Jaime suponía que la señal podía significar «¿A dónde

vas?» pues eso hubiera sido apropiado con lo que estaba sucediendo, pero Sean ahora no lo miró de manera extraña. Lo que Sean sí hizo fue saludarlo y después encogió los hombros como si tuviera un secreto que no iba a decir.

Bueno, Jaime podía esperar. Sacó su cuaderno de dibujo de su escritorio y lo abrió en la parte de atrás, donde estaban creando *The Adventures of Seme*. Acababa de dibujar a Seme cuando Misus llamó la atención de la clase. Jaime cerró el cuaderno pero dejó el lápiz para marcar la página.

—Escuchen niños, tenemos a dos invitados hoy. —Misus estaba parada frente a la clase con los brazos cruzados como retando a que alguien no se comportara y la hiciera quedar mal—. Algunos de ustedes puede que conozcan a Sean. Él está en séptimo grado y está aquí con su maestro e intérprete del lenguaje de signos, Mr. Mike.

Durante todo esto, el intérprete le hizo las señales a Sean de las palabras de Misus. Este Mister Mike, un hombre redondo que parecía joven aunque su pelo marrón oscuro se le estaba cayendo, y que movía sus manos y hacía expresiones faciales como si estuviera actuando o bailando. Jaime prefería observar los signos de Mister Mike que prestar atención a lo que la aburrida Misus decía, que la mayor parte del tiempo él no entendía. Con el lenguaje de signos parecía que no necesitaba saber todos los signos para poder entender el significado.

—Como Sean está en nuestra escuela —continuó

Misus mientras alternaba mirando a Sean, a Mister Mike y a su clase—, pensamos que sería bueno para ustedes aprender cómo comunicarse con una persona sorda.

Sean empezó a hacerle señales a su intérprete, el cual habló a la clase como si fuera Sean.

—Hola a todos. Yo soy Sean. La próxima vez que me pasen en el pasillo y me quieran decir «*hi*» sería bueno. Asegúrense de que yo sepa que están ahí. Si no los puedo ver, me pueden tocar en el hombro para llamar mi atención. Eso no es mala educación. Lo mismo que yo no soy maleducado si hago lo mismo. —Sean tocó a Misus en el hombro y le dio la mano saludándola, igual que ella hacía que todos en su clase hicieran al comienzo y final de cada día. Misus sonrió y miró a la clase como diciendo que le gustaría que todos sus alumnos fueran así de educados.

—Yo no quiero que me toque. ¿Y si la sordera es contagiosa? —murmuró Diego. Jaime lo miró duramente pero no dijo nada. Las respuestas ingeniosas en inglés no estaban en la lista de vocabulario de Misus. Además, había algo con la acústica del salón de clases que permitía que Diego dijera cosas desde su escritorio que Misus nunca oía. Jaime no creía que fuera lo mismo con su escritorio cerca de la ventana.

—Les vamos a enseñar el alfabeto, que es lo más básico en el lenguaje de signos y es muy útil. Si no saben la señal para algo lo pueden deletrear. —Mister Mike continuaba traduciendo los signos de Sean.

—Asumiendo que sabes ortografía —murmuró Diego y otra vez Misus no lo oyó. Aunque de alguna manera, Sean lo entendió y se viró al azar para mirar duramente a Diego.

—No importa si no saben escribir correctamente —Mister Mike dijo e hizo las señales para que todos entendieran—. Aún en la comunidad de sordos, a veces nos saltamos letras para hacer los signos más aprisa. Igual que algunas personas mandan mensajes de texto que no están escritos correctamente.

Sean y Mister Mike procedieron a enseñarles a todos el alfabeto. Jaime prestó atención a la primera ronda para estar seguro de que se acordaba del video que había visto con Miz Macálista y observó al resto de la clase. Se dio cuenta de que Carla inmediatamente comenzó a deletrear su nombre, C-S-R-L-S. Sin pensarlo, Jaime fue a su escritorio e hizo un puño con sus dedos planos sobre su palma y el pulgar hacia arriba.

—La letra A es así —le dijo en inglés. Entonces cambió para hacer un puño con los dedos doblados hacia adentro y el pulgar cruzando los dedos para hacer una *S*—. Así es la letra *S*.

—*Like this*? —Carla le enseñó su letra A. Él le movió el pulgar una fracción (aunque no sabía si importaba) y entonces asintió.

—*Perfect* —dijo, como si él mismo no hubiera aprendido el alfabeto hacía solo unos días. Movió su mano en el aire para llamar la atención de Sean. Cuando su amigo lo miró, él señaló a Carla y entonces subió sus cejas e hizo un signo de aprobación. Carla deletreó su nombre para Sean y recibió la aprobación del maestro. Jaime recibió crédito parcial por el éxito de ella.

—*Thanks* —le dijo Carla.

Jaime tocó con sus dedos su barbilla y extendió su mano en gratitud antes de regresar a su escritorio.

Sean y Mister Mike caminaron alrededor de la clase ayudando a la gente con sus signos mientras Misus intentaba imprimir el alfabeto para que se lo llevaran para la casa. No era difícil de adivinar que ella estaba pensando hacer una prueba sobre el alfabeto mañana. A ella le encantaban las pruebas. Jaime abrió su cuaderno para terminar el dibujo de Seme acorralado por una criatura enorme que lucía como un plastón y que miraba a Seme estupefacto.

Sean se le acercó como él sabía que haría, pero antes de comenzar a escribir el diálogo de la tira cómica, señaló hacia Carla. En una libreta pequeña que parecía de reportero y que había sacado de su bolsillo, escribió:

«*She's pretty*».

Jaime se sonrojó y escribió: «*Yes*».

«*She likes you too*».

«¿*Yes*?»

Él la miró. Carla viró su cabeza y le hizo las señales H-I J-A-I-M-E, correctamente esta vez. Él le dio otra vez su aprobación y rápidamente bajó su cabeza hacia el cuaderno mientras Sean lo codeó en las costillas.

Sean lo tocó para que mirara hacia arriba y le señaló el cuaderno. Jaime se lo pasó a Sean para que añadiera el diálogo mientras miraba sobre el hombro de su amigo. Carla estaba ahora haciéndole señales a la muchacha de al lado mientras Misus trataba de sacar un papel que se había trabado en la impresora. Él volvió su vista hacia el cuaderno, pero no tuvo oportunidad de leer lo que Sean había escrito.

—*Look, it's Dumb and Dumber* —dijo Diego lo suficientemente alto para que algunos muchachos lo oyeran.

—Cállate —murmuró Jaime y miró severamente a Diego. No podía decir más nada. Él tenía razón con respecto a que la audición en el salón estaba desbalanceada. Misus miró de la impresora directamente a él aunque Jaime pensó que había estado bastante callado. La impresora pitó y la atención de la maestra regresó a lo que estaba haciendo.

Cuando Jaime trató de leer la tira cómica por segunda vez, Sean tenía su libreta con palabras diferentes encima del dibujo: «*What did he say*?».

Jaime sacudió su cabeza. No quería excluir a Sean pero tampoco quería herir sus sentimientos. Además, no sabía cómo escribirlo. Así que escribió: «*It bad. He bad boy*».

Sean se paró y se recostó contra su libreta para escribir su mensaje antes de salir caminando con él en la mano. «*Don't look*», había escrito.

Lo cual significaba que Jaime tenía que mirar. Sean se dirigió sonriente hacia Diego. Señaló a Diego, hizo un chasquido con sus dedos y se tocó la barbilla con una mano antes de bajarla con la palma hacia abajo. Los ojos de Diego se movieron nerviosos alrededor del salón, sin saber si le estaba diciendo que se callara o lo estaba alabando. Sean sonrió más y volvió a repetir los signos antes de escribir el significado en la libreta.

Diego lo leyó en voz alta en inglés.

—«Tú eres bueno con las señales». Sí, creo que lo soy.

Repitió los signos que Sean había hecho varias veces pero cambió «tú eres» por «yo soy» y tocándose el pecho, lo que hizo que sus signos dijeran, «Yo soy bueno con las señales».

Pero todo este chasquido con los dedos llamó la atención de Mister Mike y él movió sus manos ligeramente para que parara.

—Ten cuidado. Tus signos significan que eres un perro malo. ¿Qué estabas tratando de decir?

Jaime volvió su atención hacia su cuaderno y simuló añadir una sombra debajo de las ruedas de Seme. Su piel le picaba con la mirada que Diego le lanzó como si hubiera sido su idea que Sean lo llamara un perro malo.

—Nada —le dijo Diego a Mister Mike—. Sólo estaba repitiendo algo que vi en la televisión.

Los pelos del cuello de Jaime se erizaron al sentir que Diego lo volvía a mirar.

Con veinticuatro copias del alfabeto del *American Sign Language* (lengua de signos americanos) en las manos, Misus las distribuyó y les dijo que mañana tendrían una prueba. Sí, Jaime ya lo sabía.

—Ahora cuando vean a Sean en la escuela o en el pueblo, lo pueden saludar. ¿Tienen alguna pregunta que hacerle a Sean antes de que regrese a su clase?

—¿Cuántos años tienes? —preguntó Autumn, una muchacha que, aunque Jaime nunca había hablado con ella, le parecía buena gente.

Mister Mike le hizo los signos a Sean y después dijo la respuesta de Sean como si él fuera el muchacho.

—Tengo doce años. Mi cumpleaños es a finales del verano.

Freddie levantó la mano y esperó a que Sean lo señalara.

—¿Cuánto tiempo te demoró aprender *American Sign Language*?

—Yo sabía signos básicos antes de que la mayoría de las personas aprenden a hablar. Cosas como «leche», «más», «ya terminé». Mis padres pueden oír y todos aprendimos juntos. Cuando Mr. Mike empezó a enseñarme, aprendí más. Pero, al igual que ustedes no saben todas las palabras en inglés, yo tampoco sé todos los signos.

Sin esperar a que lo llamaran, Diego se recostó con los brazos cruzados sobre el pecho.

—¿Qué se siente al no poder oír nada?

Claro que tenía que preguntar esto.

Sean hizo un signo al ponerse la mano en la cabeza. Mister Mike hizo un signo sacudiendo su cabeza como que no quería decir lo que Sean había expresado. Los dos tuvieron un debate corto con las manos volando en todas las direcciones y Sean frunciendo el ceño, hasta que suspiró e hizo el signo para otra cosa.

—Lo siento, me confundí con un signo que parece similar pero que significa otra cosa diferente. —Mister Mike ocultó el debate volviendo a su papel de intrépete—. Ahora hablando por Sean: Yo nunca he podido oír, así que no sé lo que me estoy perdiendo.

Pero esto no era lo que Sean había dicho la primera vez. Los signos eran completamente diferentes. Jaime se preguntaba (o esperaba) si Sean había hecho los signos para una revancha como: «¿Qué se siente al no poder pensar nada?».

Quizás pensando que las preguntas se podían volver más insensibles, Misus comenzó a agitar sus manos al lado de su cabeza, la señal para los sordos de aplauso, y animó a todos a hacer lo mismo.

—Gracias, S-E-A-N —Misus habló e hizo los signos a la misma vez. Sean se despidió con la mano de la clase y Jaime hubiera jurado que lanzó un suspiro de alivio al dejar el salón.

Misus cerró la puerta detrás de Sean y Mister Mike antes de dar su discurso sobre la sensibilidad y ser respetuosos con las personas que son diferentes. Demasiadas palabras que Jaime no entendió. Miró de reojo a su cuaderno para al fin leer el diálogo que Sean había escrito para Seme en la tierra del insecto plastón.

«*No sign of evolution, no sign of intelligent life forms*».

El timbre sonó para el almuerzo.

Cerró de un tirón su cuaderno y lo puso en su escritorio antes de unirse a sus compañeros. No sabía qué significaba *sign* en ese contexto, pero estaba seguro de que el comentario describía a Diego perfectamente.

CAPÍTULO VEINTE

Jaime se comió su almuerzo rápidamente y se unió a un juego de buscar la bandera. Algunos de los muchachos de su clase estaban inspirados con el lenguaje de signos y trataban de mandarle mensajes a sus compañeros. Pero ninguno de ellos sabía más de dos o tres palabras y el alfabeto, así que hacían movimientos con las manos que sólo tenían sentido a la persona que lo mandaba. Aún así, hacía más divertido el juego. El timbre sonó antes de que ningún equipo rescatara la bandera (dos camisetas que debían de haber estado entre los objetos extraviados).

De regreso al salón, Jaime colocó su lonchera en el cubículo y buscó en su escritorio su cuaderno. Tenía la mejor idea para la próxima imagen de Seme y no podía esperar hasta llegar al ómnibus. Además, la clase especial de hoy después del almuerzo era arte. El distrito no había encontrado un reemplazo para la maestra de arte que estaba en licencia de maternidad. Así que Misus los dejaba dibujar o pintar mientras ella revisaba pruebas y papeles.

Era una de las mejores cosas de la escuela. O lo sería si podía encontrar su cuaderno. Chequeó su escritorio, pues estaba seguro de que lo había dejado ahí antes del almuerzo, pero no estaba. Quizás lo había puesto en su mochila. Pero no lo vio ahí.

Lo había tenido de seguro durante el tiempo que Sean había estado en la clase. ¿Lo habría dejado en su cubículo? No, lo hubiera visto cuando puso ahí su lonchera de Ninja Turtles. Pero valía la pena volver a chequear.

Diego se recostó contra los cubículos de manera amenazadora con los brazos cruzados sobre su pecho.

—Creo que vi tu cuaderno en el baño. ¿Tú orinas sentado en el inodoro para poder dibujar?

Pero Jaime sólo escuchó dos palabras, «cuaderno» y «baño».

Corrió hacia la puerta ignorando la advertencia de Misus de que tenía que firmar antes de salir. En medio segundo ya estaba en el baño en el cual se había escondido el primer día.

Tiras de papel cubrian el piso del baño como una macabra obra de arte. Se acercó tragando en seco y respirando con dificultad. No, no podía ser. No su trabajo, no Seme, no su familia. Imágenes de cactus, cuatro ojos saltones y manos sosteniendo una bola de masa de tortilla: el retrato que había hecho de abuela, todo había quedado destrozado y convertido en nada.

No había manera de pegarlos. Sería imposible saber cuál pedazo pertenecía a qué dibujo. Era imposible reconstruir los dibujos. Aunque hubieran estado secos. Pero no lo estaban. Cada pedazo estaba empapado en un líquido amarillento que olía a amoníaco.

Se ahogaba, no podía respirar. Su mano se agarró a la pared de una casilla para mantenerse estable. Y ahí estaba colgada la cubierta de su cuaderno sobre una de las puertas. Vacía y despedazada. Solamente los anillos en espiral la mantenían en una pieza. En la cubierta de atrás mirando hacia él había un dibujo hecho con un marcador negro de una figura de palito horrible orinando que decía «*Diary of a Pee-Pee Kid.*»

No entendía. Las palabras sí. ¿Pero por qué? ¿Cómo? ¿Qué había hecho él para que alguien lo odiara tanto?

—Ahora sí, esto es lo que yo llamo arte.

Jaime se viró para ver a Diego, que lo había seguido hasta el baño y que tenía las manos frente a su rostro haciendo una caja como si fuera un fotógrafo que estaba juzgando una toma.

—¿Qué diablos, mano? —Jaime dijo en español aunque usó las palabras más floreadas de Tomás. Se viró y empujó a Diego en el pecho—. ¿Por qué arruinaste mi cuaderno? ¡Mi cuaderno!

Diego cruzó los brazos y se rió.

—No entiendo español. Y no le puedes decir esto a nadie porque hago que te deporten.

Jaime cerró su mano y puso toda su fuerza en un puñetazo al rostro de Diego. Pero Jaime nunca había sido bueno peleando. Diego viró su cabeza y Jaime le dio en el lado del cráneo duro en vez del ojo, que era su objetivo. Los dos gritaron, pero Jaime estaba más lastimado porque Diego inmediatamente le lanzó su propio puñetazo. Jaime gritó otra vez. Un dolor como nunca había sentido le abría la cabeza y su visión se oscureció.

Lentamente, la luz empezó a disolver la oscuridad. Figuras comenzaron a tomar forma: urinarios, lavabos, pedazos de papel. Pestañeó varias veces y se encontró sobre un montón de tiras de arte mojadas.

Un grito se oyó en la puerta. Desde donde estaba en el suelo, Jaime pudo ver un rostro redondo y un cuerpo redondo. El olor a chocolate estaba mezclado con el olor a amoníaco. Era su compañero del baño, el que llamaba Choco-chico. Diego trató de salir por la puerta pero antes de que se pudiera escapar, Choco-chico gritó tan alto que seguro que lo pudo escuchar toda la escuela.

—¡Mis-ter Tru-ji-llo!

En segundos el maestro de cuarto grado de Choco-chico entró en el baño.

—¿Qué está pasando aquí? —vio a Jaime, Diego y el enorme desastre y se volvió hacia Choco-chico—. Nate busca a Mrs. Threadworth.

—Él me dio primero —dijo Diego, pero el maestro lo ignoró y le dio una mano a Jaime para ayudarlo a levantarse.

—¿Estás bien? ¿Qué es lo que hay en el suelo?

Mi vida. Pero Jaime no podía decir eso. Sólo de pensarlo le daban ganas de llorar y prefería que lo deportaran antes de que Diego lo viera llorando. Aceptó la mano del maestro y se levantó lentamente. La cabeza le palpitaba. Mister Trujillo lo mantuvo estable mientras Jaime parpadeaba varias veces y se tocaba con cuidado el rostro. Podía sentir que la nariz se le hinchaba por segundos y le resultaba difícil enfocar la vista. Suavemente se limpió el labio superior y encontró que tenía sangre.

—Déjalo —el maestro exigió. Jaime pensó que le estaba diciendo que no se tocara su nariz. Pero vio a Diego tratando de quitar la cubierta del cuaderno de dónde estaba en exhibición en la puerta del inodoro.

El maestro le echó una mirada a Diego que le advertía que más le valía que no se moviera antes de virarse para examinarle la nariz a Jaime.

—No creo que esté rota pero debes de ir con la enfermera —dijo en un español con acento.

Choco-chico volvió al baño con Misus.

—¿Mis estudiantes? ¿Peleando? Esto no es aceptable. —La nariz le palpitaba y tenía los labios tan apretados que era un milagro que pudiera hablar. Jaime nunca había visto a su maestra tan furiosa.

—No es mi culpa. Sólo me estaba defendiendo—insistió Diego mientras se frotaba el cráneo con un gemido exagerado—. Él me dio en el lado de la cabeza.

Misus se viró hacia Jaime con las manos en las caderas.

—¿Es eso verdad?

La mano derecha de Jaime tocó su puño izquierdo. Se había olvidado de eso.

—*Yes, I hit him.*

—A la oficina del director. Ustedes dos. Ahora.

—Pero me duele la cabeza —Diego gimió—. Necesito un poco de hielo.

Misus parecía que estaba dispuesta a desviarse, pero su zapato se paró en un pedazo de papel mojado y patinó. Mister Trujillo la agarró antes de que se golpeara contra el piso. Volvió a pararse y sus ojos enfocaron en el desorden de papel y la cubierta del cuaderno en la puerta del inodoro.

—Noesmío —dijo Diego de corrido. Misus puso cada pie en las secciones de azulejos del piso que estaban secas y quitó la cubierta de la puerta del inodoro. En la cubierta de adentro Sean había escrito en su mejor caligrafía: «*The Adventures of Seme by Jaime Rivera and Sean Gallagher*».

Misus se agachó para ver las tiras de papel en el piso. Su nariz se encogió.

—¿Eso es. . . tú te orinaste en esto? —sus ojos se le querían salir de su cabeza.

Diego se retiró contra la pared.

—Yo pensé. . . era sólo una broma.

Misus contrajo su rostro en una mueca horrible. Respiró profundamente una, dos, tres veces.

—¿Mr. Trujillo, puede usted ocuparse de mi clase mientras yo resuelvo esto? —dijo en su voz más calmada antes de volverse hacia sus dos estudiantes—. Vengan. Vamos a buscar hielo para ustedes dos y después los voy a dejar con el director.

La enfermera les dio unas bolsas plásticas de hielo. Diego se puso la suya mucho más abajo del lugar dónde Jaime le había dado. Misus habló en privado con el director mientras los dos muchachos esperaban afuera de la oficina.

Jaime se mantuvo en blanco como un zombi, sin pensar en nada. Cualquier otra emoción lo haría llorar y de ninguna manera dejaría que Diego lo viera llorando.

—He llamado a sus padres —dijo la recepcionista del director en inglés—. Ellos tienen que venir a recogerlos y llevarlos a su casa.

Por un pequeño instante Jaime pensó que la recepcionista había llamado a mamá y a papá en Guatemala y que ellos de verdad lo iban a llevar a su casa. Su casa con la cocina y sólo un dormitorio, donde él podía dormir afuera en una hamaca escuchando el sonido de los grillos.

Entonces se acordó que el número de emergencia que la escuela tenía era el de Tomás. Él había visto a su hermano mayor escribirlo cuando se registraron.

—¿Dónde está él? ¿Dónde está mi hijo? —un hombre irrumpió en la oficina como veinte minutos más tarde. Jaime estaba seguro de que iba a gritarle a los empleados de la escuela por trato injusto, pero agarró a Diego por el brazo y prácticamente lo levantó del piso. Cuando habló, regañó a Diego en español.

—Recibo una llamada en el trabajo diciendo que mi hijo desgraciado destruyó un libro, se orinó en él y le partió la nariz a otro muchacho.

—Su nariz no está partida —dijo Diego en español. Y él que decía que no lo hablaba.

—Cállate, desgraciado. Nariz partida, nariz sangrando es lo mismo. No aguanto esto. Te quedas en casa de tu madre de ahora en adelante.

Diego dejó caer su cabeza. Su padre le soltó el brazo y comenzó a caminar de un lado a otro en la oficina. Después de la segunda vuelta notó la presencia de Jaime.

—¿Es por tu culpa? —Lo dijo primero en inglés y después lo repitió en español.

—No. Yo no me golpeé la nariz — admitió Jaime.

Las mejillas del padre se enrojecieron y estaba a punto de contestar cuando la recepcionista se levantó de detrás de la computadora.

—Señor, usted se tiene que calmar —dijo en inglés.

El padre de Diego dio varias vueltas más antes de desplomarse en la única silla vacía. Se puso a mover las llaves nerviosamente. Diego también estaba nervioso y miraba de reojo a su padre.

El director al fin los llamó. Jaime lo había visto en la escuela antes. Tenía la cabeza afeitada para ocultar el hecho de que estaba calvo y su piel no era ni blanca ni marrón. Pero Jaime no sabía que era el jefe porque él arreglaba las cosas con frecuencia por sí solo. Jaime lo vio una vez con un cubo de trapear limpiando leche derramada en la cafetería porque era más rápido hacerlo él mismo que tratar de encontrar al custodio a la hora del almuerzo.

El director observó como los tres entraron en la oficina y le preguntó a la recepcionista. —¿Tenemos un guardián para Jaime?

La recepcionista sacudió la cabeza.

—Dejé un mensaje pero nadie ha contestado.

El director asintió y cerró la puerta de la oficina.

—¿Jaime, dónde vives? —el director se sentó en su silla y le preguntó en español.

Jaime miró a Diego y a su padre. No quería que ellos supieran la respuesta. La amenaza de Diego de hacer que lo deportaran resonaba en sus oídos.

—En un rancho de ganado muy lejos. —Jaime mantuvo su respuesta vaga—. La recepción del teléfono no es buena y mi hermano trabaja todo el tiempo pues el capataz no está.

El director lo aceptó sin hacer ninguna pregunta. Todos sabían que la recepción del teléfono en esta área rural era una novedad.

—¿El capataz de ustedes no está? — preguntó el padre de Diego—. ¿Estás hablando de Vicente Delgado?

—No. —La voz de Jaime salió como un chillido. ¿Por qué había mencionado un capataz? Se había olvidado de una de las reglas básicas para sobrevivir: nunca digas más de lo que tenés que decir. Sólo quería justificar por qué Tomás quizás no había recibido el mensaje—. No, no, un capataz diferente, una persona diferente.

O el padre de Diego era un experto en detectar mentiras o su audición era selectiva porque continuó en español.

—Vicente Delgado me salvó la vida. Me salí del camino durante una tormenta de nieve fuerte. Me hubiera congelado si Vicente no se hubiera aparecido montado a caballo.

Dijo que tanto él como el caballo se sentían inquietos y necesitaban salir. Me llevó quince millas hasta mi casa y después regresó de vuelta a la suya. En la nieve. —Entonces el padre de Diego se levantó, caminó los dos pasos hasta la silla de Jaime y le dio la mano. Jaime la aceptó sorprendido—. Me enteré de lo que pasó y siento mucho que el viejo esté detenido. Si hay algo que yo pueda hacer, déjamelo saber.

Aunque el hombre asustaba a Jaime, él había dicho algo que quizás pudiera ayudar a don Vicente…

Un silencio incómodo pesaba en la oficina hasta que el director carraspeó.

—Pues —apretó varios botones en su computadora diciendo—, voy a continuar esta conversación en español y la voy a grabar para que no haya después ninguna queja.

Su pronunciación en español era buena pero hablaba despacio, como cerciorándose de que decía correctamente cada palabra.

—Escuché los reportes de Mr. Trujillo y de Mrs. Threadworth y vi el desorden en el baño. Jaime, Diego, ¿qué sucedió?

Jaime se movió en su asiento y miró a Diego. Ninguno de los dos muchachos dijo nada.

—Bueno. Pues tendré que hacer mis propias conclusiones. Los dos son responsables y tendrán que aceptar las consecuencias. Diego, estás suspendido por el resto de la semana.

—¿Suspendido? —exclamó el padre—. ¿Qué vamos a hacer con él por el resto de la semana? Su madre y yo trabajamos.

El director lo miró severamente por interrumpirlo.

—También, Diego, quiero tres cartas de disculpa con cien palabras cada una explicando por qué lo que hiciste estaba incorrecto. Una para Jaime por destrozar su libro y golpearlo.

—No puedo escribir en español —murmuró Diego sin levantar la vista.

—Entonces las escribes en inglés —contestó el director, aunque continuaba hablando en español—. La segunda carta va para Mrs. Threadworth disculpándote por causar que casi se cayera y se lastimara. Y la última carta es para el custodio por tener que recoger el desorden que causaste. Las tres cartas las quiero en mis manos el lunes antes de entrar en la escuela. ¿Entendido?

—¿No puede darle cincuenta latigazos y así terminar con esto? —dijo el padre de Diego en un tono que hizo que Jaime pensara que hablaba más en serio que en broma.

El director alzó las cejas.

—Destruyó propiedad, vandalizó la escuela y golpeó a otra persona haciendo que su nariz sangrara. Este castigo me parece razonable. Si Diego me da una versión diferente de lo que sucedió, entonces consideraría cambiar el castigo.

Jaime esperaba que Diego dijera que había sido en

defensa propia, que Jaime se lo había buscado, pero Diego se mantuvo callado.

El director ahora comenzó con Jaime y continuó hablando en español.

—¿Tú le diste un puñetazo primero cuando viste que había destruido tu cuaderno de arte, verdad?

Jaime asintió.

—Nosotros no pegamos en esta escuela.

Jaime cambió de posición la bolsa plástica con hielo sobre su nariz y de nuevo asintió.

—El pelear nunca mejora las cosas. Estás suspendido por un día y me vas a dar una carta para Diego el miércoles explicando por qué lo golpeaste y por qué esto es incorrecto. ¿Sí?

—Sí —contestó Jaime. Era más para indicar que lo había entendido, no que estaba de acuerdo. La carta no iba a ser fácil. ¿Cómo iba a explicar que había golpeado a Diego para causarle tanto dolor como Diego le había causado a él?

—Diego y señor Ramírez, se pueden ir. Los veré a ustedes con las cartas el lunes.

Se fueron pero no antes de que su padre le diera a Diego un fuerte empujón saliendo por la puerta de la oficina. El director no lo vio, pues tenía puesta su atención en la computadora.

—¿Tu familia sólo habla español? —Miró sobre la computadora a Jaime.

—Yo vivo con mi hermano y él habla un inglés perfecto.

—Eso hace las cosas más fáciles. Yo tampoco soy bueno escribiendo en español.

Los dedos del director volaban sobre el teclado y en unos segundos la impresora zumbó. Sacó el papel, lo dobló y lo colocó dentro de un sobre y puso su nombre sobre el sello.

—Dale esto a tu hermano para que lo firme y se lo devuelves a mi recepcionista cuando te recoja.

—Yo tomo el ómnibus.

El director sacudió la cabeza y señaló al reloj en la pared: 3:27.

—Los omnibus ya se fueron. Tu hermano te tiene que recoger. Puedes esperar en la silla fuera de la puerta.

Cualquier otro día, Jaime hubiera aprovechado el tiempo esperando a su hermano con la nariz metida en el cuaderno de dibujo. Pero tenía la nariz lastimada y el corazón le dolía.

Alguien, quizás Misus, había llevado su mochila, que ya no tenía su cuaderno de dibujo, a la oficina. Dejó la libreta de la tarea dentro de la mochila cerrada. A Misus no le gustaba cuando él garabateaba en las asignaciones de la tarea aunque fuese en la parte de atrás.

Vio que la recepcionista imprimió algo, revisó el documento y lo puso en el recipiente azul de reciclaje al lado de ella. Se volvió hacia la computadora para hacer correcciones antes de volver a imprimir.

—¿Puedo usar papel? —preguntó Jaime en inglés mientras señalaba el recipiente de reciclaje.

Ella movió la mano como diciendo, «Usa lo que quieras».

Agarró varios papeles y encontró algunos pedazos impresos de un sólo lado. Sin saber aún la palabra en inglés para *grapadora*, él la usó para engrapar los papeles y convertirlos en un libro. Pero las hojas seguían en blanco. No sabía qué dibujar o si sería capaz de volver a dibujar.

—Dejé otro mensaje a tu hermano —dijo la secretaria en inglés después de un rato—. Son las cuatro y cuarenta y cinco y yo cierro todo a las cinco. ¿Puedes chequear a ver si tengo el número correcto?

El mantra que había creado para acordarse del número de Tomás mientras viajaban por México resonó en sus oídos. Comparó el número que tenía la recepcionista con el que se sabía de memoria. Ambos eran iguales.

—¿Cuándo llama el teléfono, hace *ring, ring*? —Jaime preguntó.

—No, va directo al buzón de voz.

—Recepción muy mala. Él no recibe mensajes. —¿Qué planes había dicho Tomás que tenía para ese día? Iba a entrevistar a las personas que iban a cubrir a don Vicente. Lo cual significaba que podían estar en cualquier parte del rancho, especialmente si estaban mirando el ganado.

Jaime supuso que podría caminar hasta el rancho. Le llevaría toda la noche y el desierto se ponía muy frío en cuanto oscurecía. Pero él ya había pasado por cosas peores.

No. Era mejor esperar. Tomás se daría cuenta si Jaime no llegaba a la casa pronto. Pero él no sabía si esto sería antes o después de que la escuela lo dejara encerrado por toda la noche.

CAPÍTULO VEINTIUNO

—¿Jaime, qué haces aquí? —preguntó una voz.

Jaime miró hacia arriba desde las páginas que había engrapado juntas. Cada vez que trataba de dibujar algo, el recuerdo de su cuaderno masacrado en el baño lo atormentaba.

—¿Necesitas que te lleve a tu casa? —Miz Macálista sacó su teléfono del bolsillo de sus vaqueros—. Son casi las cinco. ¿Tu hermano va a venir?

Su cerebro regresó a la realidad.

—No sé. Quizás no sepa que me tiene que recoger.

Miz volvió a chequear su teléfono antes de mirar alrededor de la oficina.

—Los maestros no pueden legalmente llevar a los estudiantes sin permiso…

—A Tomás no le importa. Lo prometo. —Jaime agarró sus cosas y se paró al lado de ella—. Él deja que Ángela regrese a casa con muchachos que no conoce.

—Bueno, en ese caso —se volvió a la recepcionista y le habló en inglés—. Jaime recibió un mensaje de texto de su hermano preguntando si yo podía llevarlo a la casa. A mí no me importa.

La recepcionista no la cuestionó.

—Qué bueno porque no me quería quedar hasta tarde.

Miz se despidió de la recepcionista y se dirigió al carro susurrando:

—Por favor, mándale un texto a tu hermano diciéndole que te voy a llevar a la casa. No quiero ser tan mentirosa.

Ah, verdad. Jaime se había olvidado de que tenía un teléfono y de que los textos llegaban mejor al rancho que las llamadas. También se había olvidado de que no sabía cómo usarlo. Tuvo que tratar varias veces antes de conseguir la pantalla correcta para mandar mensajes y varias veces más antes de poder poner el número de Tomás, que había conseguido en los contactos. Cuando al fin pudo escribir el texto, ya habían llegado al auto de Miz. Era verde con una puerta trasera y calcomanías pegadas por la parte de atrás: KEEP CALM AND ROCK ON, LISTEN AND THE WORLD SINGS y una que no entendía que decía TREBLE MAKER. Se sentó y se puso el cinturón de seguridad antes de escribir el texto. Por suerte Tomás había programado el teléfono para textos en español.

«La maestra de música me va a llevar a casa. Te veo pronto». Le demoró unos segundos más averiguar cómo se mandaba. El teléfono zumbó y pitó unos segundos después, haciendo que saltara en el asiento. Abrió el mensaje.

«Magnífico. Te veo pronto».

Los mensajes de voz de la escuela evidentemente no le habían llegado todavía. Mejor así. Si él le contaba a Tomás lo que había sucedido en persona con Miz a su lado esperaba que no estuviera muy molesto.

—¿Me puedes indicar cómo llegar? —Miz le dijo mientras hojeaba las canciones en su teléfono para buscar unas de jazz latino.

—Creo que sí.

Se hubieran pasado del lugar dónde doblar si no fuese porque un auto blanco cubierto de polvo estaba saliendo del camino de un rancho. Los amigos de Ángela. Por primera vez se habían hecho útiles.

—Doble aquí —señaló Jaime.

Mientras iban por el camino de tierra, Jaime se frotó las manos sudadas. Ya Tomás debía de haber recibido los mensajes de la escuela.

Seguro que sí, Tomás salió del remolque con Ángela y Vida en cuanto llegó el auto. Jaime casi esperaba que Mister George y doña Cici salieran también para regañarlo.

—¿Cómo está mi hermanito delincuente? —Tomás bromeó. O pretendía bromear. Jaime no sabía.

Tomás saludó a Miz con una gran sonrisa mientras ella salía del auto.

—Nos hemos conocido,. Ms. McAllister, ¿verdad?

Dijo esto en español, lo cual Jaime vio como una buena señal. Si Tomás hubiera querido hablar sobre él le hubiera hablado a Miz en inglés.

Miz le dio la mano a Tomás con una sonrisa.

—Fuera de la escuela me puedes llamar Gen.

—¿Como Jennifer López? —los ojos de Ángela se agrandaron mientras le lanzaba una mirada pícara a Tomás.

—No, como Genevieve McAllister. —La maestra de música se agachó para pasarle la mano a Vida, la cual le cubrió la mano con besos. La perra siempre sabía en quién confiar—. Mi familia es escocesa, no hispana.

—Había varios colonizadores escoceses en Guatemala —dijo Jaime, lo cual hubiera hecho que en su país se hubiera sentido orgulloso de que él había prestado atención—. Y su español es perfecto, así que pudiera ser latina.

Miz se rió.

—Gracias. Me alegra de que pienses así. ¿Y tú eres Ángela? Jaime habla de ti todo el tiempo. ¿Y Tomás, verdad?

—Por supuesto —Tomás sonrió. Jaime también sonrió a su maestra. Ella sabía cuál era el verdadero nombre de su hermano aunque cuando se habían conocido el primer día de clases él se había presentado como «Tom».

—Pues —Tomás dijo después de varios segundos de un silencio incómodo— dime exactamente qué hizo mi hermano. ¿Estaba presente?

—No. Yo lo encontré en la oficina y me dio pena.

—Da mucha pena, sobre todo con la nariz morada. —Tomás se viró hacia él y esperó. Por suerte Tomás parecía estar de buen humor. Desde que detuvieron a don Vicente, Tomás pasaba la mayor parte del tiempo con mucho trabajo y estrés.

Jaime suspiró e hizo el cuento en un aliento.

—Un muchacho de mi clase me robó mi cuaderno de dibujo y lo destruyó. Cuando lo encontré en el baño traté de pegarle. Le dí en el lado de la cabeza y él me dio en la nariz.

No mencionó los otros detalles devastadores, como el estado en que había encontrado su cuaderno.

—Nunca pensé que le pegarías a alguien, pero sé lo que tu cuaderno significaba para vos. Siento que eso haya pasado. —Tomás puso la mano en el hombro de su hermano. Si hubiera estado disgustado, aunque lo hubiera tratado de ocultar, jamás hubiera hecho eso.

—Tengo una forma para que firmes y me tengo que quedar mañana en casa. —admitió Jaime—. A mí me dieron un día y al otro muchacho el resto de la semana.

—¿Quién fue el muchacho este? —preguntó Miz.

Jaime sacudió la cabeza. Por mucho que odiara a Diego no lo iba a delatar.

Miz cruzó sus brazos y lo miró como diciendo, «Yo soy una maestra y espero una respuesta».

—Nosotros tenemos reuniones regulares de los maestros donde hablamos sobre problemas que estamos teniendo con los estudiantes. ¿Fue Diego?

Jaime asintió. Él no lo iba a delatar pero tampoco iba a mentir para proteger al imbécil.

—He oído las cosas que dice de ti cuando cree que yo no lo estoy escuchando. Como profesora de música puedo escuchar voces que la gente cree que no puedo oír. No te culpo por haberle pegado. Si alguien destruyera mi música yo estaría en prisión.

La maldita palabra con P volvió a crear un silencio pesado y esta vez fue Ángela la que cambió el tema de la conversación. En inglés. Por supuesto.

—*What musical instruments do you play?*

Jaime le echó una mirada pero Miz contestó en español.

—De todo, piano, guitarra, flauta. Los tambores también. Hay pocos instrumentos que no toco. Menos quizás el *didgeridoo*.

Todos se rieron menos Jaime.

—¿Qué es eso?

—Es un chiste — explicó Ángela.

—¿Pero qué es? —exigió. ¿Por qué estaba Ángela tan desagradable y haciéndose tan superior?

Miz le puso la mano en el hombro.

—Un *didgeridoo* es un instrumento que los aborígenes australianos tocan hecho de un árbol hueco. Históricamente, a las mujeres no les permitían tocarlo.

—Yo no sabía esa parte —dijo Tomás—. Sólo pensé que el nombre era gracioso.

—Sí, es gracioso — respondió Ángela, y por suerte estaba hablando en español—. Estoy en la obra *The Sound of Music* en la secundaria y estamos buscando una persona para que toque el cuerno austriaco. ¿Pudiera ser usted?

Miz subió las cejas.

—¿El *alpenhorn*? Nunca lo he intentado, pero sí toco la trompeta. No puede ser mucho más diferente. ¿Está Louis Padilla dirigiéndolo?

—¿Mr. Padilla? Sí, él es el padre de mi amigo Tristan. —Ángela brincó de alegría como si se acabara de dar cuenta de que Miz podría ser la dama de su boda con Tristan. Le daban ganas de vomitar.

—Si va a estar en la obra quizás debíamos de conseguir su autógrafo antes de que se haga famosa. —Tomás hizo un guiño y sacó su teléfono para dárselo a Miz.

Miz siguió la broma y usó su dedo para firmar en la pantalla.

—¿Quién dice que ya no soy famosa?

—Una vez ella tocó con Elvis Presley —Jaime repitió el rumor que había escuchado.

Miz gruñó y sacudió su cabeza.

—¿Todavía está circulando ese chisme?

Tomás subió una ceja mientras la miraba de pies a cabeza.

—Debo de admitir que luce muy bien para su edad.

Miz colocó sus zapatos rosa con manchas de leopardo en una postura abierta y abrió sus brazos como en una presentación.

—Ya sé, la verdad que sí.

—Elvis Presley murió hace más de cuarenta años —explicó Ángela.

—Pero los muchachos en la escuela dijeron... —otra vez Jaime no entendió el chiste.

Miz lo miró con cariño.

—Yo creé ese rumor cuando comencé a dar clases. Lucía muy joven y algunos muchachos creían que yo era una alumna de octavo grado muy desarrollada. Así que yo decía que había tocado con Elvis para que pensaran que era mayor.

—Bueno, aún así, Ms. Presley, creo que debemos de invitarla a cenar con nosotros. —Tomás hizo una reverencia y señaló hacia el remolque.

—¿Eres buen cocinero? —preguntó ella subiendo las cejas.

Tomás retorció los ojos.

—¡No, qué va! Pero el microondas sí lo es.

Miz Macálista se rió.

—Pues claro. ¿Por qué no?

—¿Tenemos comida? —le susurró Jaime a su hermano y a cambio lo pincharon en las costillas.

Los ojos de Ángela se agrandaron mientras lo agarraba de la mano y lo empujaba hacia el remolque.

—Jaime, rápido.

—¿Qué pasa? —preguntó mientras Ángela lo halaba por los escalones y hacia adentro.

—Me acabo de dar cuenta de que tenemos quince segundos para limpiar este lugar antes de que ella entre.

Jaime miró la cama sin tender, los platos en el fregadero y los pelos de la perra en el suelo.

—¿Por qué? Solo es Miz Macálista.

—Vos no te fijás en nada. Ocúpate del dormitorio. Nos quedan diez segundos ya.

Cuando Ángela se ponía así lo mejor era hacer lo que ella decía. Jaime recogió del piso las camisas sucias, las medias y la ropa interior y levantó el colchón para esconderlos debajo de la cama. Sacudió la colcha y la puso sobre las almohadas. Empujó la correa de Tomás fuera de la vista con el pie cuando la puerta se abría.

Ángela se escurrió dentro del baño, dejando un olorcito en la cocina a productos de limpieza. En diez segundos había guardado los platos, quitados los libros escolares de la mesa y colocado dos almohadas decorativas en el banco donde iban a comer. El pelo de la perra aún permanecía a sus pies.

Miz se inclinó al entrar por la puerta detrás de Tomás aunque ella no era tan alta. Desde donde estaba parada podía ver todo el remolque: el área de la cocina al frente, el dormitorio a la derecha y el área principal hacia la izquierda. Ángela salió del baño al lado de la puerta tratando de esconder detrás de la espalda los productos de limpieza.

—Impresionante —Miz sonrió.

—Bueno. —Tomás aplaudió con las manos—. ¿Qué le apetece? ¿Carne, frijoles, arroz, papas, ensalada?

Miz se encogió de hombros.

—Yo como de todo.

—Bien, porque no aceptamos a personas melindrosas con la comida en esta casa. —Tomás repitió lo que abuela siempre decía.

—¿Puedo ayudar? —preguntó Miz.

—No hay suficiente espacio. —Tomás le hizo señas para que se sentara en el banco y aún así no había mucho espacio. Levantó el mostrador que cubría la estufa, lo cual dejaba sólo el mostrador sobre el fregadero para preparar la comida.

Tomás puso dos paquetes de arroz instantáneo en un

recipiente con agua y estaba a punto de ponerlo en el microondas cuando Ángela se lo quitó de las manos y le añadió dos cubitos de caldo de pollo al agua.

No había ninguna ensalada. Tomás decía que esa era comida de conejos, pero en alguna esquina secreta descubrió una lata con guisantes, habichuelas verdes, zanahorias y maíz que a juzgar por el polvo que tenía en la tapa debía de haber estado en el remolque desde antes de que él se mudara. En la estufa que Tomás solo usaba cuando querían comida quemada, puso unas hamburguesas en una sartén y sacudió condimento de adobo Goya por encima. El olor hizo que la boca de Jaime se hiciera agua. ¿Por qué Tomás nunca les había hecho hamburguesas?

—Le pidió a doña Cici que le diera sugerencias para cocinar cuando supo que la maestra de música te iba a traer a casa —susurró Ángela en su oído como si hubiera leído su mente—. Me imagino que él desearía que no estuviéramos aquí arruinándole su cita.

—¿Qué cita?—preguntó Jaime. Ángela usó su barbilla para apuntar a Tomás.

—¿Tecate está bien? —Tomás le ofreció a Miz una cerveza que ella aceptó con mucho gusto.

Jaime aún no entendía.

Comieron sin pan las hamburguesas demasiado cocinadas pero sabrosas, acompañadas de arroz con sabor a pollo y vegetales de lata. De postre, Tomás había encontrado en la camioneta pirulís de sabor misterioso que le habían dado gratis en el banco.

Después de la comida, a petición de Tomás, Miz sacó un clarinete de su auto y tocó. (Ángela insistió fuertemente que Jaime no la acompañara con la flauta. Aunque él jamás hubiera podido en un millón de años). Jaime nunca la había oído tocar excepto pequeñas partes de alguna canción en la clase. Pero ella debía de estar en una orquesta en una ciudad grande. Sin las hojas musicales ella podía tocar la melodía de *La guerra de las galaxias*, «Edelweiss» (una canción lenta y extraña que Ángela se sabía) y un tributo a su supuesto antiguo compañero de orquesta y a Vida, «Hound Dog» de Elvis Presley.

—Me tengo que ir —dijo Miz después de haber tocado seis o siete canciones—. Contrario a algunas personas aquí, yo tengo que ir a la escuela mañana.

—Gracias por traerme a casa, Miz —dijo Jaime.

—Sí, gracias —dijo Tomás—. A Jaime le daría miedo si se hubiera tenido que quedar a dormir en la escuela.

Jaime empujó a su hermano. Una vez él había dormido debajo de un auto abandonado. Dormir en la escuela no hubiera sido tan malo.

Miz guardó el clarinete en su estuche y sacó su teléfono.

—Por qué no me das tu número para que la próxima vez que Jaime se meta en problemas, sabré a quién culpar.

—¡Oye! —protestó Jaime, y protestó aún más cuando Ángela le dio un fuerte codazo en las costillas. Los adultos intercambiaron los números de teléfono como si de verdad esperaran que Jaime se metiera en problemas otra vez.

Aunque él se imaginaba que si de verdad volvía a meterse en problemas, sería bueno tener a Miz cerca. Por si acaso.

CAPÍTULO VEINTIDÓS

—Despierta, bello durmiente —lo llamó Tomás desde la puerta del remolque a metro y medio de distancia—. Ven a conocer a los nuevos rancheros.

—No quiero conocerlos —gruñó Jaime.

—El hecho de que te hayan suspendido de la escuela no significa que tengas el día libre.

Suspendido. Se había olvidado de esa parte. Escondió la cabeza debajo de la almohada, pero eso no impedía que sus oídos funcionaran perfectamente.

—Creo que te va a gustar esta gente nueva. Una familia mexicana. Han estado aquí por generaciones pero todavía hablan español.

—¿Una familia? —era peor de lo que se imaginaba. Iba a ser mucho más difícil sacar a una familia cuando don

Vicente regresara que a dos tipos que iban de un trabajo para el otro.

—Madre e hijo.

Jaime se incorporó de golpe en la cama tumbando la almohada al piso y miró severamente a Tomás, que estaba todavía en la puerta.

—¡No dijiste nada de reemplazar a doña Cici! Después de todo, la van a despedir. . .

Tomás sacudió la cabeza.

—No la vamos a despedir. ¿Qué estás diciendo? Doña Cici no va a irse a ningún lugar.

—Pero dijiste que uno de los rancheros es una señora mexicana. . .

Tomás se rió. Una buena risa. Una que parecía extraña en medio de tanta preocupación.

—Las mujeres pueden ser buenas vaqueras. Vení a verlos con tus propios ojos.

Jaime supuso que debía de conocer a esta gente nueva. Sólo para saber que no eran oficiales de la migra si los veía manejando por el camino. Pero no tenía que hacerse amigo de ellos o ninguna otra cosa.

Tomás regresó al corral con las vacas y los terneros, dónde el polvo subía en una nube. Mientras se acercaba, Jaime se dio cuenta de que la nube era un trecho continuo de polvo que ascendía. Dos jinetes en caballos extraños trabajaban juntos tratando de separar un ternero del lado de su madre. Una vez separado de la manada, la persona en el caballo de color rosa (se movían demasiado aprisa para Jaime poder distinguirlos) tiraba un lazo sobre su cabeza y el ternero corría colocándose la soga al cuello. El tirón hacía que el ternero se cayera de lado y en menos de un segundo, el jinete estaba al lado del ternero, que estaba caido en la tierra, y le colocaba la rodilla en el cuello para que no se moviera mientras el caballo mantenía la soga tensa. En otro segundo una chapa amarilla colgaba de su oreja. La soga y la rodilla dejaron libre su cuello y el ternero regresaba corriendo a su mami para beber leche y olvidarse de su dolor. Todo en diez segundos o menos. Entre sentirse impresionado y darle pena el ternero Jaime nunca había visto algo así en su vida.

Recostado contra uno de los postes de madera del corral, Mister George movió su cabeza en señal de saludo. Quinto estaba en el corral del caballo con un tridente y la carretilla vacía mientras Pimiento levantaba la cola y añadía otro más a los múltiples plastones.

—Si alguna vez quieres aprender a ser un vaquero, esta es la gente que te puede enseñar —dijo Mister George en su inglés, recostado contra la cerca cuando Jaime se unió a él.

Jaime volvió a mirar a la pareja. Estando más cerca notó que los dos jinetes se turnaban para enlazar y ponerle la chapa a los terneros. Ellos se comunicaban para decirle a

Tomás el número y el sexo del ternero. Como un equipo perfecto, anticipaban el movimiento del otro y trabajaban juntos en sincronía.

Cuando todos los terneros tenían las chapas, ellos condujeron sus caballos despacio hacia los espectadores. Jaime tuvo que frenarse para no aplaudir.

—Mel, Lucas, mi hermano Jaime. —Tomás lo presentó a los jinetes en lo que terminaba de escribir la información en el sujetapapeles.

—Hola, soy Mel. —La señora en el caballo color rosa lo saludó mientras se alzaba el sombrero. Lucía muy joven para tener un hijo de alrededor de la edad de Tomás. Excepto que ella llevaba su pelo negro como el ónix en una cola de caballo, los dos lucían exactamente iguales: ojos ligeramente rasgados en rostros ovalados de color bronceado marrón y narices finas y derechas. Tenían las mismas sonrisas también: abiertas y felices.

—Lucas. —El hombre se tocó el sombrero como hacían los vaqueros en las películas.

Aunque Jaime no quería admitirlo, le gustaban los nuevos rancheros. Miró al dueño, pero no los había regañado por hablar en español, así que esperaba que a él tampoco.

—Ustedes son increíbles. Yo jamás podría aprender a hacer eso.

—Claro que sí. ¿Por qué no ensillas un caballo y nos acompañas en lo que llevamos a las vacas y los terneros con el resto del ganado? —Lucas miró hacia los caballos en el corral de al lado.

Jaime deseaba poder decir que sí.

—Yo nunca he montado un caballo solo.

—Cuando regresemos y hayamos terminado con nuestro trabajo te vamos a enseñar —dijo la mujer—. En muy poco tiempo, vas a estar separando los terneros y moviendo a las vacas como si no fuera nada.

Se tocaron los sombreros otra vez y, virando los caballos, se dirigieron hacia la manada. Tomás corrió para abrir el portón en el lugar más apartado del corral. Los perros del rancho corrieron en manchones de negro y blanco a ambos lados del portón y se agacharon, listos para evitar que cualquier vaca o ternero tratara de ir hacia el rancho. Vida observó con interés a los otros trabajar pero prefirió quedarse con los humanos. En lo que a ella le concernía, su responsabilidad era no perder de vista a su familia. Jaime la amaba por esto.

—Yo creo que esos dos van a trabajar muy bien —dijo Mister George en inglés cuando Tomás regresó de cerrar el portón.

—Sí, señor.

—Me dan pena. Su rancho había estado en la familia por cientos de años, originalmente en México y después se convirtió en parte de Nuevo México por el tratado de Hidalgo. Pero el hermano de Mel hizo una mala inversión y lo perdieron todo. Mel dice que ella está dispuesta a trabajar duro para poder recuperar su rancho.

—Ella me dijo lo mismo a mí —respondió Tomás.

Mister George se limpió el sudor de debajo de su sombrero de felpa.

—Asumiendo que las primeras impresiones duren, creo que sería en nuestro mejor interés dejarlos como rancheros permanentes. Tienen sus propios caballos, conocen las vacas y tienen buenas ideas para mejorar y comerciar el ganado. Espero que quieran quedarse por varios años.

Jaime prestó mucha atención a lo que Mister George decía. Muchas de las palabras aún no las entendía pero había comprendido perfectamente la última oración. Jaime aún no tenía finalizado su plan para salvar al viejo capataz pero no era justo darse por vencido. Él sabía que si lo consideraba un poco más a fondo, su plan podía funcionar.

—Usted no cree don Vicente salir —le dijo al jefe en inglés malo. Ni siquiera lo hizo como una pregunta.

Mister George se alzó los vaqueros, pero su barriga le impedía subirlos más de un centímetro.

—Esto no tiene nada que ver con Cente. Este es su hogar y él merece estar aquí. Su arresto me ha hecho darme cuenta de lo mucho que lo necesito. Es difícil encontrar buena gente para trabajar y quiero tener a personas en las cuales pueda confiar y que se queden mucho tiempo.

El dueño miró a Quinto, que estaba cerca del granero

con un cigarrillo y una expresión de aburrimiento ahora que se había terminado la función del rodeo. La carretilla aún estaba vacía y el corral del caballo tenía por lo menos dos plastones más.

—Caminen conmigo, muchachos. —Mister George agitó su mano y caminó al lado del corral, simulando chequear la cerca. Vida iba trotando junto a ellos con su nariz pegada a la tierra y la cola lista para menearla.

—¿Tom, cuántos años llevas conmigo?

Los hombros de Tomás se pusieron tensos. Cambió el peso de su cuerpo y respiró profundamente antes de contestar.

—Ocho este verano, señor.

Mister George sacudió fuertemente uno de los postes de la cerca, el cual se movió de un lado para el otro.

—Hay que reforzar este poste. ¿Cuándo vence tu visa de trabajo?

Tomás paró en seco y Jaime notó que sus ojos se agrandaron. Hasta Vida sintió el miedo y se fue trotando para el lado de sus humanos.

La visa de trabajo. El documento que Tomás necesitaba para trabajar y vivir legalmente en El Norte. Mientras esos papeles estuvieran válidos, Tomás se podía quedar todo el tiempo que deseara. O que lo necesitaran. Jaime entendía más inglés del que deseaba.

La nuez de Adán en el cuello de Tomás se movió para

arriba y para abajo varias veces antes de que finalmente le contestara la pregunta a Mister George.

—Vence a finales del verano.

—¿Y cuales son tus planes para el futuro?

Tomás tragó en seco otra vez. Jaime miró hacia el horizonte. El polvo que levantó el ganado que la vaquera y el vaquero movieron aún no se había disipado. Personas que Mister George decía que habían vivido aquí por generaciones. Personas que no necesitaban visa porque habían nacido aquí. Esta realización golpeó a Jaime como un puñetazo en las tripas. Ellos iban a reemplazar a alguien que no había nacido en este país y que no había nacido para ser vaquero. Iban a reemplazar a Tomás.

—Yo, ah, pensaba renovar la visa y quedarme aquí. Si usted quiere que yo siga, señor. —dijo Tomás ahogándose.

El jefe mantuvo su vista enfocada en la cerca y en las reparaciones necesarias.

—¿Te gusta ser ranchero? ¿Trabajar con el ganado? Sé honesto conmigo, Tom. Yo sé que esto no es tu trabajo soñado.

Tomás se pasó la mano por sus mejillas ásperas mientras consideraba su respuesta. Jaime se inclinó para recibir apoyo de Vida. La perra restregó su cabeza con solamente una oreja contra su pierna y le dio un beso. Si Tomás dejaba de trabajar para Mister George, todos tendrían que dejar el rancho. Jaime no necesitaba un abogado que le dijera que sin trabajo Tomás no podía renovar su visa. Todos ellos, incluyendo a Vida, no tendrían adonde ir.

Tomás abrió su boca para decir algo, la cerró y finalmente dijo lo que estaba pensando.

—Hace tiempo pensé que sería divertido trabajar en una película. No como actor sino como parte del equipo, construyendo los escenarios o reparando la maquinaria, cualquier cosa. Pero ese era el sueño de un muchacho tonto, nada realista. Yo estoy contento aquí, trabajando con el ganado, trabajando para usted. Me gustaría quedarme, señor.

Ahora era el turno de Mister George de no decir nada. Dejó de chequear la cerca y miró a lo lejos a la montaña que había sido un volcán.

—Estaba hablando con mi abogada sobre Cente y tú saliste en la conversación.

Jaime dejó de respirar.

—Quiero ayudarte a que consigas la tarjeta verde de residencia. Y estado legal para los muchachos. —Mister George dejó de prestarle atención a la montaña para mirar a Tomás a los ojos—. La abogada dijo que hay un programa al que los muchachos pueden aplicar llamado *Special Immigrant Juvenile Status*. El proceso puede demorar varios años, pero el riesgo de ser deportado es mínimo durante el tiempo de aplicación.

Jaime miró de su hermano al dueño. Demasiadas

palabras, demasiadas posibilidades de lo que podían significar. Quizás no entendía tanto como él creía. Mister George estaba contento con lo que estaba diciendo, pero Tomás tenía un expresión tensa y estúpida con la boca abierta.

—El mundo está muy inestable ahora —él continuó—. Después de que se llevaron a Cente me di cuenta de que no quería perderte a ti también. Si tú estás de acuerdo con trabajar para mí ocho años más como lo has estado haciendo ahora, con tu sueldo regular, yo estoy dispuesto a cubrir todos los gastos para que los tres tengan residencia permanente. ¿Qué tú crees?

Tomás parpadeó dos veces más antes de salir de su estupor.

—¡Eso sería fantástico! Sí, claro. ¡Gracias, señor!

Se dieron la mano haciéndolo un trato seguro. Los ojos de Jaime iban de uno al otro. Aún no estaba el 100% seguro de lo que había pasado. No sabía si él también debía de estar emocionado. Algo sobre muchos años y dinero. ¿Y «residencia permanente» significaba ciudadanía?

—¿Realmente estás interesado en trabajar en películas? —preguntó Mister George cuando regresaron al granero. Jaime notó que Quinto no había hecho ningún trabajo.

Esta vez el rostro de Tomás se enrojeció.

—A mí me encantan las películas y pensé que sería divertido trabajar en ellas. Pero no es nada importante.

—Vamos a hablar sobre eso una vez que Cente regrese.

—Sacó su billetera de su abultado bolsillo de atrás y empezó a buscar en las tarjetas de presentación que había coleccionado—. Hay un mercado grande de filmar películas aquí en Nuevo México. Yo tengo un amigo que ha alquilado su rancho para hacer películas. Él me dijo una vez que se podía ganar mucho dinero si tenías tu ganado en las películas. Pero yo nunca tuve tiempo para eso. Quizás tú puedas participar, siendo el vaquero que lleva el ganado a dónde van a filmar y ocupándote de ellos detrás de la cámara. Eso nos daría a los dos un poco de dinero extra.

—¡Definitivamente! Eso me encantaría.

Los hombres se volvieron a dar la mano y Mister George señaló a Quinto recostado contra la pared del granero tan aburrido como siempre.

—Que él te ayude a reforzar los postes que están sueltos en el corral y déjale saber que necesita trabajar más duro si se quiere quedar con nosotros.

Mister George soltó el teléfono que tenía colgado de su correa, chequeó la hora y la recepción y se encaminó hacia la casa grande.

Tomás esperó a que se fuera antes de soltar el aliento.

—Con las buenas noticias vienen las malas —le dijo a Jaime—. Si hay una cosa que detesto de trabajar aquí es tener que decirle a alguien que está a punto de perder su trabajo y es aún peor tener que despedir a alguien. Espera aquí.

Jaime se agachó para pasarle la mano a Vida, que inmediatamente se puso boca arriba para que le pasaran la mano por la barriga. La habían encontrado medio ahogada, hambrienta y casi muerta. Era bueno ver que las costillas se le estaban llenando y su barriga estaba bastante redonda. Un poco más y algunos dirían que tenía que ponerse a dieta. Algunos, pero no Jaime. Las barrigas (cuando no estaban llenas de parásitos) eran señal de buena salud. Él estaba contento de que él también había ganado peso.

Se oían maldiciones que venían del granero y cuando Jaime miró, vio a Quinto parado con los pies separados y la mano delante del rostro de Tomás. Tomás fue a la oficina del granero mientras Quinto gritaba:

—¡Me largo de aquí! Mi primo gana tres veces lo que yo gano y no tiene a nadie criticándolo todo el día.

Tomás regresó con algo de dinero que Quinto le arrebató de las manos y que contó con mucho alarde. Sin decir más nada salió del granero y se montó en su auto.

Tomás regresó del granero con dos palas, algunos postes para reemplazar los que estaban podridos en la cerca y dos galones de agua amarrados con una soga a su cintura.

—Todo lo que le dije fue que Mr. George quería ver más esfuerzo en su trabajo y él exigió que le pagara. No puedo decir que siento que se vaya.

La nube de polvo que levantó el auto de Quinto ya había desaparecido como si nunca hubiera estado ahí.

—A don Vicente también le caía mal.

Tomás puso su brazo alrededor de su hermano y lo llevó al lugar del trabajo.

—Pues sos vos, mi joven delinquente, él que me va a ayudar a arreglar el corral. ¿Vos seguís diciendo que querés ayudar? Estoy seguro de que mañana vas a desear volver a la escuela.

«No lo creo», pensó Jaime. Aunque no tener a Diego ahí durante varios días era una mejoría.

—¿Qué decía Mister George sobre la residencia permanente? ¿Es eso lo mismo que la ciudadanía? —preguntó Jaime. El viento del desierto lo hizo temblar a pesar de que el sol estaba caliente.

—La residencia permanente es un paso para obtener la ciudadanía. Él dijo que pagaría todos los gastos legales de nosotros tres si yo estaba de acuerdo en trabajar para él por ocho años más. Es un gran trato. Por lo que he oído puede demorar todo ese tiempo en que las cosas se finalicen.

—Pero si haces eso serías como un... —Jaime trató de acordarse de la palabra que Misus había usado en ciencias sociales cuando estaba hablando de las diferentes formas en que las personas inmigraban a un país y las maneras en que los otros se aprovechaban de los inmigrantes—. ¿Cómo se dice? ¿*Intent servant*?

—*Indentured servant* —Tomás le corrigió mientras quitaba la cerca del primer poste que tenían que reemplazar—.

Nosotros lo llamamos «trabajador sin remuneración». Eso no es lo que yo voy a hacer. A los trabajadores sin remuneración no les pagan por el trabajo que hacen. Todo el dinero va para pagarle de vuelta lo que le debe al jefe, que pagó el pasaje de esa persona para venir a este país. Los jefes mantienen a los trabajadores sin remuneración trabajando mucho más tiempo que el contrato original. Yo he oído de personas cuyos hijos y hasta sus nietos han tenido que continuar trabajando para pagar la deuda.

Jaime se acordó de que Misus había dicho algo sobre esto. Aún con lo mucho que él quería a su hermano, y sabiendo que le debía su vida, no creía que a él le gustaría estar forzado a quedarse en el rancho para siempre.

—¿Y qué va a pasar con Ángela y conmigo?

—Esto es un trato entre Mr. George y yo —le aseguró Tomás—. Ustedes están libres para hacer lo que deseen. Universidad, escuela de arte, inclusive casarse, aunque yo recomiendo que para eso esperes a que por lo menos ya te estés afeitando.

Jaime forzó una sonrisa aunque su mente continuaba repitiendo pedazos de la conversación con el jefe: estado legal, ciudadanía, ocho años. Sentía sus pies pesados como amarrados con unos grilletes de hierro invisibles.

—Yo no creo que quiera hacerme ciudadano de los Estados Unidos. No quiero pertenecer a un lugar que encierra a un hombre por como luce. No quiero vivir en un lugar que cree que es mejor que los otros lugares. Quiero continuar siendo guatemalteco.

Durante varios minutos Tomás cavó en la tierra seca y dura alrededor del poste que se movía. Zafó uno de los galones de agua y lo echó en el hoyo poco profundo para soltar la tierra.

—No hay ningún lugar en el mundo que sea perfecto —dijo Tomás mientras observaba el charco de agua marrón—. Vos decís que no querés pertenecer a un lugar que manda a hombres inocentes a la cárcel. ¿Y qué hay de un lugar que asesina a niños de doce años y abusa de las abuelitas?

Jaime levantó la otra pala y la metió en el hoyo. El agua sucia salpicó sus vaqueros. Lo hizo varias veces hasta que la tierra seca absorbió el agua y las piernas de sus vaqueros estaban manchadas de lodo.

—Pero si me quedo aquí, tengo que dejar de ser quién soy y ser igual que los demás.

—La ciudadanía no cambia quién sos. Es solamente un pedazo de papel. —Tomás se turnó para palear—. No dice nada sobre la clase de persona que vos escogés ser.

—¿Y si me olvido del español? —dijo Jaime casi en un suspiro—. ¿Y si crezco y no puedo hablar con mi familia más? Mira a Ángela. La mitad de lo que dice alrededor de nosotros es en inglés.

—Ángela está tratando de encontrarse a sí misma en

este nuevo lugar. Quizás esa sea la mejor manera de aceptar lo que ha pasado. La forma tuya de aceptar quién sos es diferente, y también como vas a continuar viviendo. Eso no significa que tenés que escoger entre el español y el inglés, entre ser guatemalteco o estadounidense. Mira a Mel y Lucas como ejemplos. Su familia ha estado aquí durante generaciones, pero ellos continúan hablando español y mantienen su herencia mexicana. —Tomás sacudió fuertemente el poste podrido. Se astilló y se cayó en la tierra.

—¿Pero por qué Mister George va a pagar para que nosotros tengamos papeles? Ángela y yo no trabajamos para él. —Jaime se arrodilló para sacar los pedazos del poste que estaban en la tierra dura.

—Él ve esto como una inversión. Él sabe que si algo les pasa a ustedes dos, yo me voy volando. —Tomás colocó el poste nuevo en el hoyo que estaba vacío y lo mantuvo derecho mientras Jaime compactaba el fango y la tierra alrededor del poste. Tomás continuó—: Pero si yo me quedo por ocho años más, no tiene que buscar un reemplazo hasta ese momento, o quizás más tiempo si la tarjeta de residencia demora más tiempo o si yo decido quedarme. Además, a mí me gusta este lugar y me gusta trabajar para él. Cuando vivía en Guatemala nunca pensé ser un vaquero, pero todo ha salido bien. ¿Y te podés imaginar cómo sería estar encargado del ganado en las películas? Esa es la vida perfecta.

Jaime se enderezó y se limpió las manos llenas de fango en sus vaqueros.

—Quizás. Pero Jennifer López no trabaja en películas de vaqueros.

Tomás lo agarró por el cuello y lo abrazó antes de continuar con el próximo poste.

CAPÍTULO VEINTITRÉS

Jaime tenía sentimientos encontrados con respecto a que Mel le iba a dar lecciones de cómo montar a caballo. Él siempre pensó que sería don Vicente quién le iba a enseñar. Aprender con otra persona le parecía una traición. Pero por otro lado no iba a dejar pasar la oportunidad.

—Lo primero es que siempre subes a un caballo por el lado izquierdo —Mel dijo mientras miraba el largo de sus piernas para ajustar el estribo. Había ensillado un caballo de color marrón, negro y blanco llamado Picasso que Tomás decía era un buen caballo para que Jaime aprendiera—. Es de la época en que los caballeros llevaban sus espadas en el lado izquierdo para poder sacarlas con la mano derecha.

—Soy zurdo así que llevaría mi espada en el lado derecho —bromeó Jaime.

Mel engurruñó los ojos y lo miró como regañándolo, pero su sonrisa mostraba que no estaba molesta.

—Hasta que no estés montando un caballo con una espada, te vas a subir por el lado izquierdo.

Chequeo mental: averiguar cuán difícil sería llevar una espada. Si Mister George tenía un revólver ¿por qué él no podía llevar una espada? ¡Qué fantástico sería eso!

—Algunas personas montan usando algo para subirse o un amigo lo ayuda, pero es importante aprender a subirse desde la tierra porque algo o alguien no va a estar ahí todo el tiempo para ayudar —dijo Mel.

Jaime puso el pie izquierdo en el estribo como hacía cuando don Vicente lo recogía en la parada del ómnibus. Con una mano en el pico de la montura y la otra mano en la parte de atrás, brincó sobre su pie derecho y lo pasó sobre la espalda de Picasso. Cayó sentado derecho sobre la silla.

—Perfecto —dijo Mel—. Ahora saca los pies de los estribos, desmonta y hazlo otra vez. Pero ahora yo no voy a estar sosteniendo las riendas de Picasso en lo que te subes. Tienes que ocuparte de aguantarlo.

Jaime repitió lo que había hecho antes, pero esta vez tenía las riendas en la misma mano con la que se sujetaba del pico. Picasso se movió cuando Jaime pasó su pierna por encima pero frenó cuando Jaime se sentó derecho y haló las riendas. Al menos no se había caído del otro lado.

Mel le enseñó la postura correcta, dónde poner los pies

en los estribos y cómo sostener las riendas con la mano. De todas las cosas esa era la que se sentía más extraña. Él quería sostener las riendas con la mano izquierda, su mano dominante. Pero Mel le recordó que si alguna vez quería aprender a enlazar, o montar con una espada, él necesitaba su mano dominante libre.

Él tocó a Picasso con los talones y este pasó del paso al trote. Hizo muecas al rebotar duro contra la montura pero no se quejó. Se alzó un poco en los estribos. Mejor. Y completamente incorrecto.

—Presiona los talones hacia abajo y siéntate derecho y encima de la montura —le dijo Mel.

Jaime prestó atención a sus sugerencias. Al mismo tiempo parecía que Picasso trotaba muy aprisa para hacerlo todo al mismo tiempo. Lo hacía correctamente durante algunos pasos pero después perdía el enfoque y brincaba sobre la montura.

—Hala las riendas suavemente y siéntate. La mayor parte de tu control viene de cómo estás sentado.

Picasso cambió para ir al paso. Jaime respiró y se relajó desgarbado. Un segundo después Mel lo regañaba diciéndole que mantuviera los hombros hacia atrás y que estuviera alerto y en control aunque estuvieran caminando.

—Nunca sabes cuándo un conejo puede saltar sobre los cascos del caballo y asustarlo o si se le ocurre que quiere regresar a casa.

Fueron del paso al trote y al paso varias veces y después cambiaron de dirección alrededor del corral e hicieron lo mismo otra vez. Al final de la lección, a Jaime le dolía todo el cuerpo y se preguntaba si podría volver a caminar otra vez. Aún así, no podía esperar a que Mel lo dejara ir más aprisa y él y Picasso pudieran esquivar cactus y perseguir conejos con Vida a su lado.

—¡Muy bien! —dijo Mel—. Vamos a darlo por terminado.

—¿Podemos volver a hacer esto mañana?

Mel sujetó las riendas mientras él desmontaba.

—La escuela y el trabajo primero. Después veremos si hay tiempo para jugar.

—¿Podemos montar fuera del corral?

—Una vez que puedas controlar el caballo puedes ir dónde quieras.

«Puedes ir dónde quieras». De repente, el eslabón que le faltaba para ayudar a don Vicente cayó en su sitio. Era obvio. Mentalmente se pateó por no haberlo pensado antes.

—¿Cuánto tiempo hasta que yo pueda manejar el caballo? —Jaime recogió las riendas de Mel.

Mel caminó a su lado. Con el sombrero parecía más alta que él pero notó que sus ojos marrones estaban justo debajo de los de él cuando ella sonrió.

—Depende de cuánto lo deseas.

Bueno, él lo deseaba desesperadamente. La pregunta

ahora era ¿cómo podría dibujar a Seme con sus ruedas de tanque robóticas encima de un caballo? Porque aún cuando la primera aventura de Seme había terminado destruída por Diego no era suficiente para mantener a una buena criatura caída.

Salieron del corral con Mel cerrando el portón detrás de ellos en lo que Mister George caminaba hacia ellos. Un dolor nervioso apretaba el estómago de Jaime. Cuando Mel se ofreció a enseñarle a montar no se le ocurrió pedirle permiso a Mister George. El sol poniente creaba una sombra en el rostro del dueño. Picasso y todo el equipo le pertenecían a él. Quizás no quería que Jaime lo usara. Jaime paró el caballo y apretó las riendas con más fuerza.

—¿Es esta la primera vez que montas solo? —el dueño preguntó en inglés.

—Primera vez no don Vicente —Jaime asintió en inglés malo—. ¿Es bien yo monte caballo?

—Más nadie lo está montando y lo hiciste bien —dijo Mister George mientras le pasaba la mano a Picasso por las patas como para asegurarse de que estaba sano—. Si practicas todos los días te veo yendo a chequear al ganado solo dentro de varios meses.

—No —Jaime sacudió la cabeza—. *No months. Saturday.*

Mister George dejó de mirar a su caballo para enfocarse en Jaime.

—¿Qué va a pasar el sábado?

Jaime dio un paso hacia atrás y chocó contra el cuello de Picasso. Podía hacerlo. Tenía que ser valiente.

—Ese día voy a don Vicente familia.

Mister George movió su sombrero para poder enfocarse mejor en Jaime.

—¿Qué dices? El viejo no tiene hijos.

Jaime explicó su plan lo mejor que pudo. Un par de veces Mister George lo interrumpió diciendo que la idea de Jaime no tenía sentido y Jaime buscaba otras palabras para explicarse mejor. Cuando Mel se ofreció para traducir, Mister George sacudió la cabeza.

—Si el muchacho quiere algo, tiene que aprender a pedirlo él mismo.

Cuando Jaime terminó esperó para escuchar la respuesta de Mister George.

—No va a suceder —el jefe sacudió la cabeza.

—Pero, señor —se acordó de llamarlo como Tomás lo hacía y que era lo que el dueño prefería—. Es buena idea. Funciona. Saca a don Vicente. Él viene casa.

—El plan es bueno. Es la parte en la que tú piensas ir a caballo, *that won't fly*.

Jaime sacudió su cabeza perplejo.

—No *fly*. En caballo.

Dio palmadas en el cuello de Picasso como había visto varias veces a don Vicente hacer con Pimiento.

—Quiero decir que no lo puedes hacer a caballo.

—¿Por qué?

El dueño se acomodó de una forma que lo hacía lucir aún más grande.

—Primero que nada, no puedes montar solo. Malamente te puedes mantener al trote y yo no puedo prescindir de otro jinete para que te acompañe todo el día. Segundo, los lugares a dónde quieres ir están mucho más lejos de lo que crees. Te llevaría varios días visitarlos a caballo. Y por último ni siquiera sabes a dónde ir.

Los hombros de Jaime se inclinaron sobre el cuello de Picasso. Hacía unos minutos el plan lucía perfecto y los caballos eran el milagro para hacerlo funcionar. Estaba otra vez donde había comenzado.

—Pero yo pienso que la base de tu idea es buena. Tienes que conseguirte a alguien que pueda manejar que no sean ni tu hermano ni ninguno de los otros porque los necesito aquí.

Mister George se tocó el sombrero y se dirigió a la oficina del granero.

Un suspiro que sonaba más como el relinchar de un caballo salió de Jaime mientras conducía a Picasso al granero. Tenía un buen plan, un gran plan. Un plan que convencería al juez de que don Vicente era un hombre en quien se podía confiar y que lo podía dejar salir bajo fianza.

Mel le enseñó cómo sacar la cincha de las correas para

quitar la montura del lomo del caballo. Sacó los cepillos y le enseñó a Jaime cómo uno de ellos se usaba haciendo círculos para soltar el sudor y el pelo y el otro para cepillar el exceso.

Pensó que quizás podría hacer que su plan funcionara si llamaba a las personas. Entonces no importaba que no tuviera quien manejara. Pero él no se llevaba bien con los teléfonos y se preguntaba cuánta gente contestaría. No, tenía que haber otra manera. Alguien en quién él no había pensado.

Cuando Mel dijo que Picasso podía volver al corral de los caballos, Jaime lo llevó caminando. El viento cambió de orientación y podía oler algo delicioso cocinándose en la casa grande. ¡Eso era!

Doña Cici le sonrió cuando entró por la puerta de la cocina sin tocar. —Tienes la nariz como Vicente. Acabo de terminar.

Le dio una cucharada de cajeta caliente, similar al dulce de leche pero hecho con leche de cabra.

Jaime sostuvo la cuchara en su mano para hacer la pregunta.

—¿Sabe conducir un auto?

Ella hizo una pausa mientras hacía las conservas para mirar por la ventana al cielo que se estaba oscureciendo.

—No de noche, mi visión no es buena ya.

—¿Pero está bien durante el día?

—Seguro, mi licencia es aún válida.

Le dijo su plan para ayudar a don Vicente a salir de la cárcel. No lo interrumpió ni le exigió que lo dijera en inglés como había insistido Mister George.

—¿Entonces lo puede hacer? ¿La dejaría Mister George manejar una de las camionetas y tomarse el tiempo libre?

Él terminó la pregunta finalmente y probó la cucharada de cajeta. ¡Qué delicia!

A doña Cici se le cayó la tapa de uno de los pomos con gran estrépito y se volvió hacia Jaime mirándolo severamente.

—El señor no me dice lo que tengo que hacer. Cuando su esposa no está aquí yo estoy a cargo de la casa. Yo soy la que manda.

Jaime sonrió. Sabía que ella iba a estar de acuerdo. Metió un dedo en uno de los pomos y le dieron un manotazo como si fuera un insecto. Doña Cici lo miró regañándolo, pero le preparó unas galletas saladas con un poco de cajeta en cada una y se las dio.

—No más, no quiero que te estropees la comida.

—Por favor déjeme estropearme el apetito para la comida de Tomás.

Doña Cici se rió mientras volvía a sus conservas.

—Déjame sellar estos pomos y vamos a revisar el plan.

CAPÍTULO VEINTICUATRO

«Mr. Mike told me what happened», Sean escribió en su libreta al día siguiente en el ómnibus sobre lo que pasó el otro día en el baño. «*Diego is such a jerk. I know it's not the same, but I got you this*».

El cuaderno nuevo que Sean le regaló a Jaime era simple. La cubierta era azul, hecha con cartón barato y argollas en espiral sujetando las hojas sin líneas. Era exactamente igual al que Tomás le había comprado cuando llegaron, como el que había sido masacrado en el baño.

Sean lo abrió en la cubierta de atrás. En letras robóticas había escrito «*The Adventures of Seme: Seme Rolls Again*».

Jaime le dio las gracias haciendo la señal en que se tocaba la barbilla y extendía la mano y después subía el pulgar.

Comenzó a dibujar el cuento en la última página como si fuera al estilo manga. Pensó en volver a dibujar las imágenes iguales, pero mejorándolas. ¿La primera imagen tenía a Seme con un cactus. . .?

Su mano trazaba una raya de tinta a través del papel cuando una risa chillona se oyó en la parte de atrás del ómnibus. Jaime se encogió y no tenía que mirar para saber quién había hecho ese ruido. Tendría que arrancar la página y comenzar una nueva, pero le dolía perder hasta una página.

No, mejor trabajar con la raya y comenzar algo nuevo. Libro nuevo, cuentos nuevos, nuevo Seme.

Sus compañeros vitoreaban al entrar en el salón cuando vieron que las persianas de la ventana estaban cerradas. Jaime alzó la vista de su escritorio, donde estaba estudiando un mapa de carreteras que doña Cici le había dado. Ella había marcado dónde vivían los amigos de don Vicente y quería pasar los últimos minutos antes de que comenzara la clase calculando el trayecto. Pero eso no era fácil con todo el mundo celebrando al entrar al salón.

—¿Por qué gente contenta? —le preguntó en inglés a Freddie, que estaba recostando contra su silla para estar más cómodo.

—Mrs. Threadworth sólo cierra las persianas cuando vamos a ver una película.

—¿*A movie*? —Dobló el mapa cuando sonó el timbre. De seguro era una razón para celebrar. Y mucho mejor con Diego todavía suspendido.

—Como ya se han dado cuenta, vamos a estar un rato mirando la pantalla. —Misus apagó la luz y se sentó delante de su computadora—. He encontrado unos videos de inmigrantes y refugiados de alrededor del mundo que están compartiendo su historia.

Jaime se encogió en su silla. Sentía que se iba a enfermar. No quería ver lo que otros habían vivido como no quería revivir su propia experiencia.

—Cuando terminemos de ver los videos —continuó Misus—, quiero que escriban sobre una de las personas que han visto en los videos. Imagínense cómo había sido su vida antes y qué pasó después. ¿Cómo esta experiencia les cambió la vida?

La clase gruñó y algunos expresaron su disgusto.

Ahora sí que Jaime se sintió enfermo. No tenía que imaginarse lo que había pasado, él lo había vivido. Y tener que escribirlo en inglés lo hacía aún peor. ¿Qué podía escribir? «Es malo. Muchacho asustado. La familia dice que lo quiere. Aún así dicen adiós».

Pero cuando los videos comenzaron, él no podía apartar la vista de la pantalla. Viejos con los ojos hundidos, mujeres con pómulos salientes y líneas de preocupación en la frente. Un hombre con una barba tupida continuaba hablando sobre un bote. Otra, una mujer con una bufanda alrededor de la cabeza hablaba sobre sus pies. A veces sus palabras eran difíciles de entender pues tenían mucho acento, pero Jaime sentía que los conocía. Había conocido a uno debajo de un puente cerca de Ciudad México, a otro en un ómnibus cerca de la frontera entre Guatemala y México. Todos compartían la misma mirada perdida. Aunque las cosas estaban mejor ahora, sus almas recordaban lo que habían pasado y sentían que las cosas nunca iban a estar bien. El próximo video enseñaba a una niña hondureña con pelo negro corto y ojos grandes y asustados mirándolo a través de la pantalla.

—*My name is Jessica*. . .

Jaime se lanzó de su escritorio al lado de la pared hacia la pantalla en el centro del salón antes de darse cuenta de que era el pizarrón y no la persona en sí. Una persona que él conocía realmente.

—¡Es Joaquín!

Se movió de estar frente a la pantalla grande al escritorio de Misus y golpeó la barra de espacio de la computadora para parar el video. Un par de muchachos protestaron pero él los ignoró y continuó mirando fijamente a la persona delante de él. Era imposible. La última vez que había visto a esta persona de once años había sido cuando estaba subido encima de un vagón del ferrocarril que iba a Mexicali. Habían estado juntos durante varios días antes de eso.

Esta persona había ayudado a salvarle la vida a Vida y se había pegado a Ángela como si fuera una extremidad. No importaba lo que los gringos decían de que todos los latinos lucían igual, Jaime sabía que no era una persona que se parecía. Era Joaquín. ¡Vivo!

—¿Qué está pasando? Jaime, ¿estás bien? —Misus preguntó con voz medio preocupada, medio molesta.

—Es Joaquín —él repitió en inglés—. Él, ella *is my friend*.

—Yo creo que estás confundido. Esta niña se llama Jessica.

—No. ¡Es Joaquín! —movió sus brazos en el aire para que lo entendieran—. Lo conozco a él, a ella.

Misus sacudió su cabeza.

—No lo creo, Jaime. Yo saqué esto del internet. Viene de YouTube.

—Pero es verdad. Se vistió como varón. La conozco. Ella es amiga.

—Bien, Jaime, es tu amiga —Misus dijo aunque ella no le creía. Le puso la mano en el hombro y trató de llevarlo de vuelta a su asiento—. Ahora, por favor siéntate.

Le quitó la mano y se inclinó aún más cerca de la computadora. Arrastró la burbuja del tiempo hacia atrás como dos segundos para comenzar el video desde el principio.

—*My name is Jessica. . .*

—Ves, Jessica —alguien gritó en la oscuridad.

—¡Shh! —Jaime movió la burbuja para atrás un segundo. Misus hizo un comentario que Jaime no trató de entender.

—Vengo a este país de Honduras —la niña continuó en un inglés tan cortado como el de Jaime. La nariz de Jaime estaba tan cerca de la pantalla de la computadora que tenía los ojos casi bizcos, distorsionando el rostro de ella que le era familiar. Ella sonaba diferente al niño que él conocía, pero a la misma vez era idéntico. Como Joaquín, era tímido, temeroso y casi ni hablaba. Ahora, como una niña, Jessica decía muchas palabras. Él había oído esto antes. A las personas tímidas se les hacía más fácil hablar a una cámara que a otra persona.

—No tengo buena vida en Honduras. Mi mamá y yo vamos. Vivir con tía en El Norte. Pero mamá murió. Hombres malos la mataron. Yo veo todo.

La niña miró a otro lado en lo que se secaba los ojos en su hombro. Jaime había supuesto que su mamá había muerto, pero no tenía idea de que ella había presenciado el asesinato. Se había imaginado el asesinato de Miguel varias veces, pero no se podía comparar con estar ahí presenciándolo, viéndolo todo, sabiendo que no se podía hacer nada para detenerlo.

La niña en el video demoró unos segundos en recuperarse.

—Me visto como varón. Varones son más seguros. Amigos creen que era varón.

—¡Amigos! *That is us*! —exclamó Jaime, lo que hizo que tuviera que arrastrar la burbuja otra vez para atrás. La mitad de la clase gruñó y Misus trató otra vez de que se sentara. Pero no lo consiguió.

—Amigos creen que era varón. Amigos ayudaron, entonces dejé amigos y voy sola. Es difícil. Voy encima de trenes. Había frío. Me solté. Caigo en tierra. Camino mucho tiempo. Como hierba.

Jaime deseaba tener más detalles sobre lo que había sucedido después de separarse. Quería saberlo todo: cómo había sobrevivido el tren, la Bestia. Si alguien se dio cuenta durante el trayecto de que era una niña. Si alguien la había lastimado.

—Encuentro teléfono y llamo tía. Dijo tenía que cruzar frontera. Tengo dejar que la migra me encuentre en El Norte. Dijo única manera.

Ella respiró profundamente y Jaime también tomó aliento. ¿Por qué su tía había dicho que era mejor que la migra la encuentre? ¿Quién querría estar en un centro de detención? No tenía sentido.

—Tía dijo gente muere en desierto. Centro de inmigrantes en El Norte es mejor.

Joaquín/Jessica paró otra vez y cuando continuó Jaime se dio cuenta de que se había saltado la parte sobre cómo había cruzado la frontera y cómo la encontraron. Sabía por qué lo había hecho: era muy doloroso. Además, no se decían los secretos de inmigración en YouTube para que la migra no pudiera impedir que otros hicieran lo mismo.

—Centro tiene muchas personas. Muchos enfermos. Bebés lloran. Mucha gente. Migra dijo voy con tía. Necesitan espacio para más personas. Tía única familia. Mamá muerta. Ninguna familia en Honduras. Ahora vivo con Tía. Voy a escuela. Aprendo inglés. En futuro yo voy a universidad y consigo trabajo. Pero hoy necesito dinero. Dinero para abogado de inmigración para quedarme. Yo buena persona. Yo no quiero tener miedo.

Entonces comenzó a cantar el himno nacional. Jaime lo reconoció de las películas aunque no se sabía la letra. Pero aún más sorprendente que eso era la voz de ella. Rica y pura, sin perderse ninguna nota. Podía cantar cualquier canción en el mundo y hacer que sonara hermosa.

El video terminó con una dirección de Internet para la campaña de recaudación de fondos. Jaime agarró papel y pluma y escribió la dirección y la del video.

—Esa es mi amiga —insistió Jaime y Misus no tenía la energía para discutir con él—. ¿Cómo hago contacto con ella?

Freddie levantó la mano como si Jaime fuera el maestro y él tuviera la respuesta.

—YouTube te deja añadir comentarios en los videos. Pon la dirección de tu correo electrónico y quizás ella lo vea.

¡Magnífico! Jaime supuso que no podía culpar a Freddie por tener mal gusto para seleccionar sus compañeros de Pokémon.

—*Can you please*? —las palabras acababan de salir de la boca de Jaime cuando Freddie ya estaba a su lado en la computadora de Misus.

—Muchachos. . . —Misus hizo otro intento de estar en control, pero no le hicieron caso.

—¿Cuál es la dirección de tu correo electrónico de la escuela y tu contraseña para entrar en el sistema? —Freddie señaló hacia la pantalla.

Jaime escribió su información. Unos segundos después Freddie señaló la caja de comentarios.

—Escribe aquí lo que deseas comunicarle.

Jaime comenzó a golpear las teclas con dos dedos. No sabía cómo poner los acentos en español y se le olvidaron las letras mayúsculas y la mayor parte de la puntuación. Pero eso no era importante.

«joaquín soy jaime! estas vivo! yo y angela nos acordamos de vos mandame un correo electronico cuando recibas esto» e incluyó su dirección de correo electrónico de la escuela.

—¿Ella ve esto?

Freddie se encogió de hombros y a la vez asintió.

—Yo creo que YouTube manda notificaciones sobre los comentarios. Aún si no lo hacen, si yo tengo un video para recaudar dinero, yo chequearía los comentarios. Pero también puedes recibir propaganda por correo.

No importaba. Nunca pensó que volvería a ver a Joaquín y ahora sabía que estaba ahí en alguna parte. Cuando viajaban juntos, ¿no había ella mencionado algo sobre San Diego? ¿Dónde estaba San Diego? Él haría lo que fuera necesario para estar en contacto.

Cuando regresó a su escritorio, sacó su teléfono y lo escondió debajo del escritorio para mandarle un mensaje de texto a Ángela. No importaba que no habían hablado en mucho tiempo y cuando ella hablaba lo hacía en inglés. No le importaba que se estuviera comportando de manera extraña. Quizás el tener noticias de su antiguo amigo hiciera que ella volviera a sonreír y volviera a ser ella misma. Porque si no, él sabía que no había esperanzas de que su prima regresara a ser como era antes.

CAPÍTULO VEINTICINCO

«¡Joaquín está vivo! ¡La acabo de ver en un video!». Como su teléfono estaba programado para escribir en español pudo escribirle a Ángela rápidamente y con los acentos. Cuando terminó se aseguró de que su teléfono estaba en silencio antes de mirar a Misus de manera inocente.

Una luz parpadeó en las piernas de Jaime. Pero no era la respuesta por texto de Ángela. Era un correo electrónico. Tomás debía de haberlo conectado cuando le programó el teléfono.

El correo venía de JJMorales, tema Hola. Probablemente una propaganda pero aún así lo abrió.

«¡¡JAIME!! ¿Sos vos realmente? ¿Cómo está Ángela? ¿Están Xavi y Vida aún con ustedes? ¿Podemos hablar después de la escuela?».

«¡Sí!», escribió Jaime.

Cuando apretó el botón para mandar el mensaje, el teléfono levitó de sus manos a las de Misus.

—No se usa el teléfono durante las clases. *You know that.*

—¡Pero Misus, era Joaquín!

—Te lo devuelvo al final del día. Ahora, clase, guarden los libros para la prueba de matemática.

Jaime se quedó mirando a Misus sin poder creerlo. ¿Cómo ella había podido hacer eso? Ahora que se había podido reunir con su amiga. Enfocó en todas las cosas que le quería decir, las cosas que le quería contar, las cosas que le quería preguntar. Entonces pensó en Xavi. Él no quería tener que decirle que Vida había vuelto sin Xavi.

El último timbre sonó y Misus se paró en su lugar habitual al lado de la puerta para darle la mano a todos cuando salieran. Cuando Jaime llegó a ella, Misus sacó el teléfono del bolsillo de su suéter y lo agitó como una advertencia.

—Mañana no uses el teléfono durante la clase.

—*Yes*, Misus.

Se lo puso en la mano y su rostro se suavizó de su habitual expresión severa.

—Me alegro de que tu amiga esté viva. Me da esperanza para otros inmigrantes y refugiados.

—*Yes*, Misus — asintió Jaime. Le daba esperanza a él también.

Jaime metió su nariz en el teléfono y estuvo a punto de chocar varias veces contra otros muchachos mientras caminaba hacia el ómnibus. Había más correos electrónicos de Joaquín.

«¿Cuál es tu número? Este es el mío. ¿Tenés Skype en tu teléfono?».

«Se me olvidó que tengo clases de natación después de la escuela. ¿A la hora de la cena?».

Cuando llegó al ómnibus le pidió a Sean que esperara para él poder contestar.

«La maestra me regañó por usar el teléfono en su clase. No sé si tengo Skype, le tengo que preguntar a Tomás. Llámame cuando estés libre. La recepción donde yo vivo no es buena pero sigue tratando. ¡Te veo entonces!».

Fue cuando mandó su correo que se dio cuenta de que Ángela aún no había contestado su texto.

Bien, ella lo podía ignorar a él. ¿Pero desquitarse con Joaquín quien era tan amable? No era nada bueno. Le mandó otro texto por si no había recibido el primero.

«Joaquín me ha estado mandando correos electrónicos todo el día. Vamos a hablar a la hora de la comida. Trata de estar en casa. Por fa».

Incluyó el ruego que Ángela usaba cuando quería algo desesperadamente. Aunque siempre había funcionado con Jaime, no tuvo el mismo efecto en ella.

• • •

Ángela no contestó y no llegó a tiempo.

Tomás conectó el teléfono de Jaime con su propia cuenta de Skype pero le recordó que sin wifi el tiempo que lo podían usar era limitado cada mes así que la llamada solo podía durar quince minutos o menos.

—No queremos perder una llamada de Skype de nuestros padres cuando ellos la puedan pagar —le recordó Tomás. Su propio teléfono sonó con un mensaje. Lo abrió con una sonrisa y respondió rápidamente antes de volverlo a poner en su bolsillo.

Jaime se movió de posición en la mesa. Chequeó el volumen en el teléfono y se aseguró de que tenía recepción. Dos barras. Tomás dijo que eso era lo mejor que había aquí.

—¿Cuándo creés que Joaquín va a llamar? —Su amiga sólo había dicho a la hora de cenar y aunque Jaime había mandado la información sobre su dirección de Skype aún no había recibido respuesta.

Tomás volvió a chequear su teléfono y mandó otro texto antes de contestarle.

—Dijiste que creés que Joaquín está en San Diego. Si ese es el caso tienen una hora menos que nosotros.

¿Entonces tendría que esperar aún más? No sabía si podía esperar tanto.

El teléfono de Tomás sonó por tercera vez. Jaime chequeó su propio teléfono. Las barras seguían pero no había ninguna llamada de Skype entrando.

—¿Quién te está mandando tantos mensajes de texto? —preguntó Jaime.

—Gen.

—¿Miz Macálista? Pero yo no hice nada malo. —¿Habría Misus mencionado que Jaime estaba usando el teléfono en la clase durante una reunión de maestros? ¿O que él la había ignorado cuando ella había querido que se sentara durante el video de Joaquín?

—Todo está bien, hermanito. —Y Tomás se fue con su teléfono y Vida para afuera. ¡Qué extraño!

Jaime sacó el cuaderno nuevo que Sean le había dado para continuar con la tira cómica. Borró las ruedas de tanque de Seme del último dibujo que había hecho en el ómnibus sólo para volverlas a dibujar en el mismo lugar. Hizo esto en otros lugares, haciendo pequeños cambios cuando al fin su teléfono sonó con una llamada de Skype. Dejó caer el lápiz en la mesa y tocó el icono del video de la forma que Tomás le había enseñado, teniendo cuidado de no moverse del lugar dónde tenían mejor recepción.

Y ahí él, ella, estaba. No en carne y hueso pero en tiempo real en la pantalla, gracias a la tecnología. Pelo negro corto, que ya no lucía que había sido cortado en la oscuridad, recogido con una hebilla rosa que la hacía lucir más como una niña. Ojos grandes y asustados que habían mirado a Ángela como a una madre que hacía tiempo había perdido.

—¡Hola!

—¡Hola!

Por unos segundos sólo se miraron, sonrieron y se saludaron con la mano. Al fin Jaime rompió el silencio.

—¿Bueno, ah, cómo estás?

—¿Bien, y vos?

—Bien.

Más silencio. Jaime miró al reloj. Ya habían perdido tres minutos sin decir nada. Tenía que decir algo.

—En el video dijiste que tu nombre es Jessica pero para mí sos Joaquín.

Tenía una sonrisa tímida y bonita. Una sonrisa que sólo recordaba ver cuándo Vida los encontró a él y a Ángela durmiendo debajo de un auto abandonado. En el poco tiempo que estuvieron juntos no había habido razón para sonreír.

—Los dos están correctos. Mi nombre completo es Jessica Joaquín Morales Ortega. Joaquín por mi padre que murió antes de yo nacer. Me podés seguir llamando Joaquín si así lo preferís.

Jugó con la hebilla rosa y una pregunta salió de los labios de Jaime antes de él darse cuenta.

—Sos en realidad una niña o un niño o… bueno, no importa. Yo sólo… —paró antes de continuar metiendo la pata. Él sabía de personas que eran de sexo diferente del que le habían asignado al nacer y preferían ser «él» en vez de «ella» o viceversa. Estaba bien. Los podía llamar como ellos quisieran y él no tenía que saber los detalles. Joaquín era su amigo o amiga y eso era lo que importaba.

Ella volvió a sonreír con timidez.

—Está bien. Sí, soy una niña. Me hice pasar por un niño para estar más protegida después de que mi mamá murió. Cuando sos un niño, las personas tienen más confianza en tus habilidades. No te retan tanto. Como una niña, algunas personas fueron buenas conmigo pero otras trataban de aprovecharse de mí. No me gusta que la gente me trate de manera diferente. No importa que sea un niño o una niña, soy yo misma.

Lo que dijo tenía sentido. ¿Acaso él no había asumido automaticamente que Mel como mujer iba a trabajar en la cocina y no como vaquera?

—¿Cómo está Ángela? — preguntó Joaquín.

Jaime giró sus ojos y explicó cómo Ángela lo ignoraba y cómo tenía unos amigos con los que siempre se estaba luciendo.

—¿Y Xavi y Vida? ¿Están aún con ustedes?

Jaime miró por la ventana. No podía ver a la perra pero eso no quería decir que se hubiera ido. ¿Habría alguna posibilidad de decir lo mismo de Xavi? Respiró profundamente.

—Nos atacaron y nos separamos. Vida regresó. Ella está con nosotros aprendiendo como trabajar con el ganado y duerme con Ángela todas las noches. Está afuera ahora con

Tomás. Pero Xavi. . . —sacudió la cabeza sin poder decir más nada. Aún después de tantas semanas no quería pensar en lo que le podía haber pasado a su amigo.

—¿Creés vos que hubiera sido distinto si Xavi hubiera venido conmigo? —La voz se calló. Era más como el Joaquín que él conocía.

—No sé —dijo Jaime—. Pero lo extraño.

—Yo también.

—Pero Ángela no.

—Estoy segura que sí.

—No. Nunca quiere hablar de él o. . . —Jaime estuvo a punto de decir que no quería hablar de nadie que había estado en el viaje, pero no quería herir los sentimientos de Joaquín—. Tiene un novio nuevo. Se sentó en sus piernas el otro día en el ómnibus. En mi familia sólo se hace eso con un novio. Y aún así sólo si tenés como veinte años y estás comprometida.

—Quizás es más fácil para ella olvidarse de todo lo que pasó.

Jaime sacudió la cabeza.

—Yo no puedo olvidar.

—No, yo tampoco. —Joaquín recostó su barbilla contra sus brazos, que estaban sobre el escritorio—. ¿Pero además de eso, estás bien?

—A veces —Jaime admitió—. Y entonces me acuerdo de que no estoy en casa.

• • •

—¡Ángela! —Jaime corrió hacia la puerta del chofer con Vida en sus talones y trató de sacar a su prima del auto de sus amigos—. Acabo de hablar con Joaquín.

—¿Quién es Joaquín? —Tristan se inclinó desde el asiento del pasajero.

Jaime lo miró con disgusto.

—Ángela, vamos.

—Necesito decir adiós a mis amigos —le respondió en inglés.

—No —Jaime insistió halándola por el brazo y hablándole en español—. Tengo mucho que contarte.

—Está bien, suéltame. Ya voy —dijo otra vez en inglés. Agarró sus cosas e hizo un sonido como de buches a Tristan.

Él le lanzó un beso al aire.

—Te quiero, *babe*.

Jaime consideró alcanzar a Tristan dentro del auto y sacudirlo, pero se contuvo.

—Yo también te quiero. *Bye guys*. —Ángela cerró la puerta cuando el nuevo chofer se hizo cargo. En cuanto la música comenzó a retumbar dentro del auto y éste se alejó, Ángela se volvió hacia Jaime con el rostro pegado al de él. En el atardecer su rostro lucía rojo.

—¿Cuál es tu problema? ¿Por qué estás empecinado en hacerme lucir mal delante de mis amigos y arruinar la única cosa que está funcionando para mí? —le gritó. En español. ¡Al fin!

Jaime se mantuvo firme.

—Esos muchachos no son tus amigos. Te faltan el respeto a tí y a los demás.

—Vos sos el que me falta el respeto.

—¿Yo? Te digo que Joaquín, nuestra amiga, está viva y que hablé con ella y ni siquiera preguntas por ella. Estás todo el tiempo besando a Tristan. Es como si nada te importara. Todo lo que pasamos para llegar aquí, la gente que conocimos, Joaquín, Xavi. Nadie ni nada te importa.

—¿Cómo podés decir eso? —dijo Ángela en voz baja y amenazadora.

Jaime alzó las manos en el aire.

—Porque es la verdad. Ya no me hablas. Y cuando lo haces, es en inglés.

Ángela lo miró como dando a entender que estaba loco y entró en el remolque tirando la puerta tan duro que rebotó y se volvió a abrir. Vida se quedó junto a él, mirando del remolque hacia él sin poder entender lo que pasaba.

Ángela regresó unos segundos después con algo en la mano. Lo sacudió delante de Jaime antes de dárselo en la mano.

—¿Qué es esto? —Jaime comenzó a preguntar pero paró en seco. Era una carta con sello de El Salvador. Sólo había una persona que ellos conocían en El Salvador.

Su mano le temblaba al sacar la carta del sobre. Estaba escrita en cursivo con letras sofisticadas, lo que hizo que le costara trabajo poder leer lo que decía.

Mi querida Ángela:

No le puedo decir el placer que me dio el recibir su carta. Yo recibo muy poca correspondencia y fue solo por un milagro que su carta me llegó. Yo he atendido al cartero con problemas que ha tenido con la salud y por lo tanto sabe donde vivo. El hecho de que usted hizo el esfuerzo de tratar de conseguirme demuestra que esuna persona que se interesa por los demás. Por eso no me extraña que se haya hecho amiga de mi nieto Xavier.

Xavier siempre se ha interesado por el bienestar de los demás yes muy protector de aquellos que él quiere. Él se fue para mantenerme a salvo y el hecho de que haya salvado a la perra no me sorprende. Ustedes dos hacen una gran pareja. Espero poder conocerla a usted en persona algún día.

No he sabido nada de Xavier desde el día en que se fue. Sé que el viaje de él no ha sido fácil. Pero sé que el mundo no lo ha perdido. Ningún pájaro negro ha volado en círculos sobre mi casa, la señal segura de muerte en la familia. Ese muchacho tiene una línea de vida fuerte y larga en la palma de su mano y tiene aún muchas cosas importantes que realizar en la vida. Algún día me mandará noticias de que está a salvo.

Mientras tanto manténgase positiva y en contacto conmigo. Una señora vieja como yo no recibe mucha correspondencia y sería bueno oír más cuentos del tiempo que usted y mi nieto estuvieron juntos.

Amor y bendiciones,
Encarnación Alfaro

Jaime leyó la carta dos veces y después leyó algunas secciones tres veces. «El mundo no lo ha perdido». «Una línea de vida fuerte y larga».

Le demoró varios minutos antes de encontrar su voz.

—¿Por qué no me lo dijiste?

Ángela dobló la carta con cuidado y la volvió a colocar dentro del sobre.

—Tomás me la dio ayer y no quería que te hicieras ilusiones.

—¿Creés que ella está en lo cierto? ¿Que Xavi está vivo? —Jaime recordó los miembros de la pandilla que los persiguieron en camionetas con bates de pelota y machetes. Él se acordaba de cómo Xavi había salvado a Vida y de cómo ella lo quería. La perra no hubiera regresado si Xavi no se hubiera ido.

Pero quizás «ido» significaba que «se lo llevaron» en una de esas camionetas…

—No sé —suspiró Ángela—. ¿«Ningún pájaro negro ha volado en círculos sobre mi casa»? Eso no quiere decir nada.

Quizás, o quizás no. ¿Quienes eran ellos para saber lo que las cosas significaban? ¿Y no había visto él a un pájaro negro salir volando cuando abuela murió?

—Ella es una curandera. Tiene poderes como una bruja.

—Eso es lo que ella cree.

—¿Vos no lo creés?

—No sé qué pensar. Sé que sería más difícil creer lo que dice y después descubrir que estaba equivocada. —Las lágrimas corrían por las mejillas de Ángela.

Jaime se agarró a lo primero que pensó para tratar de animarla.

—Quizás algún día venga montando sobre el a risco en un caballo blanco y…

—¿En serio? ¿Un caballo blanco? —Ángela giró los ojos—. Aunque sería increíble —y una sonrisa asomó a su rostro lloroso.

Jaime hizo una mueca antes de volver a enfocarse en la carta.

—Cuéntamelo todo. ¿Cómo la encontraste?

—¿Te acuerdas de cómo fuimos a la biblioteca los primeros días después de llegar aquí? Vos y Tomás . . .

—Miramos los DVDs —Jaime se acordaba. Estaba asombrado de que la biblioteca rural los dejara sacar prestados hasta seis DVDs (y muchos libros) sin pagar nada.

—Bueno, me pasé todo el tiempo tratando de encontrarla a través de Google. Sabía que era una curandera y Xavi había mencionado una vez el nombre de su pueblo. No pude encontrar nada, ni siquiera su nombre. Así que escribí una carta dirigida a «La Curandera» y la mandé al pueblo sin ninguna dirección de calle. Nunca pensé que llegaría a ella y mucho menos que ella me escribiría. —Ángela tocó el sobre.

—¿Le vas a volver a escribir?

—Sí, después de un tiempo. Es muy difícil ahora.

Se imaginaba a una vieja con una taza de té y el pelo gris, largo y enmarañado, sosteniendo la carta de Ángela mientras observaba que no había señales de pájaros negros en el cielo. Ese pensamiento lo reconfortaba, y esperaba que también reconfortara a la abuela de Xavi.

—Entonces sí te importa.

—Es más fácil simular que no me importa. No quiero vivir de ilusiones. Me alegro de que Joaquín esté vivo, pero Miguel y nuestra abuela no lo están. ¿Y quién sabe de Xavi? Todo es muy injusto.

Jaime puso su brazo alrededor de su prima y ella descansó su cabeza en su hombro. Él la mantuvo así por unos minutos hasta que sintió que la manga del uniforme de la escuela estaba húmeda.

—¿Vos creés que Miguel y abuela nos culpan por sus muertes? ¿O Xavi por lo que le sucedió?

Pasaron varios minutos, hasta que al fin Ángela sacudió la cabeza.

—Honestamente, no lo creo. Miguel y abuela pelearon para proteger a su familia. No lo hubieran aceptado de otra manera. Y Xavi velaba por todos. No creo que hubiéramos podido cambiar cómo ellos pensaban. Así que no. No creo que nos culpen.

—Eran muy testarudos — admitió Jaime.

Ángela se separó de su hombro.

—Abuela lo era. Pero Miguel insistía constantemente hasta que conseguía lo que quería. Igual que vos, jodón.

Jaime sonrió. Seguro que podía ser un fastidio, pero si eso significaba sacar a Ángela de su depresión, pues él sería el mayor fastidio. Después de todo, lo había aprendido de Miguel.

—¿Y qué fue lo que Joaquín dijo? ¿O me imagino que debe de tener otro nombre? —preguntó Ángela.

—Ven adentro. —Jaime le agarró la mano y se apresuraron para entrar en el remolque y ver el video de Joaquín en YouTube—. Doña Cici trajo una bandeja de enchiladas de pollo y queso que huelen deliciosas. Y no te atrevas a decir que no te gustan. Ella usó un chile verde que no es muy picante.

Ángela dejó de resistir.

—Qué rico. Y para que conste, Tristan y yo no somos pareja. A él le gustan los muchachos.

CAPÍTULO VEINTISÉIS

Diego estaba en el parqueo de la escuela con los brazos cruzados cuando llegó el ómnibus de Jaime.

Sean le haló la camisa a Jaime y señaló, pero ya un escalofrío le había bajado a Jaime por la columna.

—Ya era hora de que llegaras —dijo Diego en inglés.

—Yo pensé que estabas suspendido —le contestó Jaime en español.

—Lo estoy.

Jaime se preparó para los insultos. Los comentarios insidiosos de que nadie lo quería y de que no tenía un hogar de verdad. Los comentarios que él se había dado cuenta que eran su miedo más profundo.

Pero Diego no dijo nada de eso. Miró a varios maestros parados en la puerta de entrada y después a Sean, que estaba al lado de Jaime como un guardaespaldas.

—¿Te puedes ir? —le dijo Diego a Sean en inglés, y después se sonrojó cuando Sean no le hizo caso y solamente movió el peso de su cuerpo de un pie al otro.

—¿Qué querés? —preguntó Jaime en español, sintiéndose con más valor al tener a su amigo a su lado.

Diego torció su rostro en una mueca y le enseñó un cuaderno. La cubierta estaba hecha de algo duro y por encima tenía una tela a rayas morada, verde y azul en vez de la cartulina fina. Aún sin abrirlo, Jaime sabía que las páginas eran gruesas y que la pintura no se correría a través de la hoja.

—Para ti —dijo al fin en español.

Jaime sacudió la cabeza.

—No lo quiero.

—*Oh, come on* —Diego volvió a cambiar para el inglés—. Yo pagué treinta y cinco dólares por esto de mis ahorros para un Lego Death Star. Es un cuaderno de verdad para artistas. No como el que compraste en Walmart.

Jaime lo miró con la boca media abierta, no porque no hubiera entendido. Entendió todas las palabras de su disculpa.

—No te das cuenta —dijo Jaime en español—. No puedo reemplazar esos dibujos. Yo hice un dibujo de mi abuela el día que se murió para acordarme de ella. Sean y yo nos pasamos días trabajando en un proyecto juntos. Nada de eso lo puedo reemplazar.

—Lo siento. No lo sabía. —Diego miró hacia abajo como si realmente lo sintiera, pero Jaime dudaba que de verdad entendía—. ¿Tu abuela se murió de verdad?

—Sí, hace unas semanas.

Unas luces parpadearon en el reloj de Sean y un segundo más tarde sonó el timbre. De un auto viejo del tamaño de un bote, Carla y dos familiares salieron. Los otros corrieron hacia la puerta de cristal, pero Carla fue hacia los tres muchachos, que no se habían movido.

Diego se movió de un pie al otro mientras le ponía el cuaderno debajo de la nariz de Jaime.

—Bueno, llévatelo de todas maneras. Mi padre me mata si no lo haces. Sé que no cambia nada, pero, ah, tus dibujos eran muy buenos.

El cuaderno le suplicaba a Jaime que lo aceptara y le pasara la mano sobre la cubierta de tela. ¿Sería suave o áspera? El libro le pedía que pasara las hojas y las oliera. Cuando finalmente se decidió, fue porque no quería que el padre de Diego se enfureciera. Entonces sería responsable por el asesinato de otra persona.

Jaime tocó la cubierta, que era suave, y sintió la textura gruesa de las hojas adentro. Se lo pasó a Sean y a Carla para la aprobación de ellos.

—Aún así no te perdono —le dijo Jaime.

—Y tú sigues cayéndome mal. —Diego sacó una foto con su teléfono del cuaderno cuando regresó a las manos de Jaime. Probablemente para demostrarle a su padre que lo había entregado.

Y al fin se fue.

CAPÍTULO VEINTISIETE

En el día que Jaime pensaba llevar a cabo su plan, Tomás y Ángela salieron a primera hora. En la camioneta de Tomás. ¿Cómo pudo él hacerle esto? Tomás sabía cuán importante era el plan. Iba a hacer la diferencia entre lograr que don Vicente saliera de la cárcel o se pudriera ahí. Jaime le mandó un texto a su hermano para saber dónde estaban y cuándo regresarían, pero no le contestó.

—¿Usted cree que Mister George la dejaría manejar su camioneta? —le preguntó Jaime a doña Cici mientras ella colocaba delante de él un plato de sopa de farina con azúcar, canela y pacanas tostadas.

—No, y ni quiero. Esa cosa es enorme y no quiero hacerle una abolladura.

—¿Hay otro auto que podamos usar? —Mel y Lucas

tenían uno pero no lo había visto estacionado al lado del granero donde estaba su remolque. El otro vehículo que había era el tractor y Jaime dudaba que doña Cici quisiera conducir eso por la carretera.

—Sé paciente. Iremos cuando regresen. Come ahora, que aún estás muy delgado.

Acababa de lavar su plato de sopa después de repetir dos veces cuando escuchó el ruido de la camioneta a través de la ventana abierta de la cocina. Jaime corrió para encontrarse con la vieja camioneta que Tomás usaba, pero era Ángela la que estaba detrás del timón.

Ella se volvió para mirar a Jaime. Tenía los labios apretados con determinación y por su corta estatura parecía que tenía más pelo que ojos mirando por encima del timón.

—Yo manejo —dijo.

—Me alegro por vos —le respondió Jaime. —Ahora sal de la camioneta para que la podamos usar.

—No, quiero decir que yo soy la que va a llevarlos a vos y a doña Cici.

Jaime se ahogó.

—No podés. No tenés suficiente edad. . .

—La edad para conducir en Nuevo México es quince años.

—Pero no te lo permiten.

Ángela movió un carnet delante de su rostro.

—Tomás y yo fuimos a conseguir mi permiso. Puedo conducir con un adulto que tenga licencia.

Jaime miró el carnet sin poder creerlo.

—Pero no tenés papeles.

—La autorización para conducir no requiere estado legal.

—Vos no sabés conducir —insistió Jaime.

Ángela cruzó los brazos sobre el pecho.

—He estado tomando clases para aprender a conducir desde que empecé en esta escuela.

—¡Nunca dijiste nada!

—Nunca preguntaste.

Se miraron durante varios minutos hasta que Ángela movió los ojos y suspiró.

—Mira, yo quiero ayudar a don Vicente también. Déjame hacer esto.

¿Cómo podía rehusar? Se había olvidado de lo bueno que era tenerla de su lado.

Diez minutos más tarde, Ángela, Jaime y doña Cici se apiñaron en la camioneta de Tomás con Ángela abrazando el timón.

—¿Podés venir con nosotros? —le preguntó Ángela a Tomás.

Él sacudió la cabeza mientras se inclinaba sobre la ventanilla.

—¿Y si nos paran y nos preguntan si tenemos papeles? —preguntó Jaime.

El rostro de Tomás se ensombreció. Jaime se dio cuenta de que aún se culpaba por lo de don Vicente.

—Eso pasa alrededor de cien millas de la frontera. Ustedes no van a ir cerca de ahí. Ángela tiene su permiso y doña Cici su licencia. Van a estar bien.

Ángela asintió y chequeó los espejos.

—Los cinturones de seguridad.

—Ya los tenemos puestos —dijo Jaime halando el cinturón alrededor de sus piernas.

Ángela respiró profundamente.

—¿Bueno, adónde vamos primero?

—A visitar a Sani. —Doña Cici movió su brazo hacia la izquierda—. Es el amigo más antiguo de Vicente.

Cuando llegaron a la carretera, Ángela continuaba yendo tan despacio como si todavía estuviera en el camino de tierra lleno de baches.

—Yo pudiera ir a caballo más aprisa que esto —le dijo Jaime.

—Cállate —pero Ángela aceleró y ya iba más aprisa que un caballo.

Viraron varias veces hasta que doña Cici señaló una entrada llena de surcos. La camioneta brincaba y sonaba mientras los pasajeros chocaban uno contra el otro. Al final llegaron a un área en la que había cinco casas hechas de ladrillos de adobe y madera. Un grupo de perros corrieron a saludarlos, ladrando y tratando de morder las gomas. Ángela agarró el timón y no apagó el motor, como si tuviera miedo de que la atacaran.

—Estoy nervioso —dijo Jaime, aunque no tenía nada que ver con los perros. Apretó el cuaderno que le había dado Diego contra su pecho. Él sabía lo que quería dibujar y había trabajado toda la noche en la primera imagen. Parecía acertado que el padre de Diego hubiera colaborado con su plan—. Realmente espero que resulte.

—Va a resultar —le aseguró doña Cici. Ella se inclinó hacia la bolsa de lona que estaba a sus pies y volvió a contar sus pomos de mermelada y cajeta.

—Yo me quedo aquí —dijo Ángela. Jaime no trató de convencerla. Antes de rescatar a Vida, Ángela odiaba a los perros.

Jaime tenía que admitir que estos perros no lucían amigables, pero doña Cici lo tenía todo planeado. De su bolsa sacó unos huesos de médula y se cercioró de que cada perro tuviera uno antes de bajarse de la camioneta, con Jaime detrás de ella.

Un hombre con pelo negro y largo salió de una de las casas y los saludó con la mano cuando los vio.

—Cici, qué sorpresa. Vamos a hacer un poco de té. ¿Estás aquí para ver a Sani?

—Sí, y a todos ustedes, por supuesto —dijo en un inglés con acento pero correcto. Grupos de dos o tres salieron de las distintas casas. Algunos la abrazaron durante varios minutos mientras otros le sonrieron. Doña Cici le dio a cada uno un pomo de conserva de su gusto.

—No nos tienes que traer regalos cuando vienes.—Una mujer con una larga trenza gris abrazó contra su pecho el pomo de conserva—. Es un regalo que nos visites. Hacía ya mucho tiempo.

—Mi mamá siempre decía que era mala educación visitar sin traer nada —dijo doña Cici sonriendo—. Y tenemos demasiado para comer nosotros, así que me están haciendo un favor.

—¿Trajo alguna cajeta? —una voz familiar preguntó. Jaime se viró y se encontró mirando a unos ojos marrones enmarcados por espejuelos violeta.

—Carla. ¿Tu casa? —Jaime señaló hacia el grupo de viviendas delante de ellos.

—Sí, Sani es mi bisabuelo. Ven, te voy a presentar. —Recibió un pomo de cajeta y se encaminó a la vivienda más antigua, hecha de bloques de adobe. Frente a la puerta un gato gris lloraba mientras se rascaba contra la jamba de la puerta. Carla levantó el gato y se lo puso alrededor del cuello como si fuera una bufanda. El gato ronroneó tan alto que Jaime se preguntó cómo no le dolían los oídos.

—¡No entres los animales en la casa, Carla! —dijo la mujer con la trenza gris que estaba hablando con doña Cici. Carla simuló no oírla.

La temperatura se refrescó inmediatamente del calor de afuera al entrar en la casa. Un hombre con pelo largo y blanco y el rostro arrugado estaba sentado en un sofá enfrente de un cajón de televisor que parecía pertenecer en un museo de los cincuenta.

—Sani, este es Jaime. Está en mi clase y vino con Cici —dijo Carla con la cabeza hacia un lado de manera que su cabello cubría parcialmente su accesorio felino.

El viejo se viró y Jaime dio un paso atrás al sentir su intensa mirada. Tenía que hacerlo. No se podía echar para atrás.

—*Hello*, Mister Sani. Yo amigo de don Vicente y yo. . .

El viejo movió la mano para que parara. Se empujó para levantarse del sofá y fue cojeando hacia la tele para apagarla a mano. Cuando habló lo hizo en español perfecto.

—Parece que estás tratando de venderme algo y yo odio que la gente crea que ellos saben lo que yo quiero comprar.

Jaime se atragantó.

—Perdón, don Sani.

—Sani ya es un nombre de respeto, así que no me tienes que llamar «don» o «señor». ¿Qué es esto de que Vicente consiguió que lo metieran en la cárcel? ¿Cómo pudieron esos bastardos dar con él a caballo?

Jaime le contó cómo fue que arrestaron a don Vicente

y lo que él quería hacer para ayudarlo. Le dio al hombre su cuaderno y le enseñó el primer dibujo que había hecho y cómo pensaba usarlo en el juicio.

Sani lo escuchó con interés mientras estudiaba el dibujo de Jaime.

—Me gusta tu plan y quiero ayudar. ¿Vicente te dijo que lo conocí cuando estábamos acorralando unos caballos mustang?

Jaime asintió.

—Me dijo que eso fue lo que hizo que se interesara en los caballos.

—Ambos éramos jóvenes y estúpidos y estuvimos de acuerdo en trabajar acorralando los animales a cambio de un caballo. A Vicente no le importaba que no tenía un hogar ni manera de mantenerse. Él sólo quería un caballo, cualquiera. Me preocupaba lo que dirían los mayores si yo llegaba a la casa con dos caballos y un hermano nuevo. —Sani se acomodó en el sofá—. Pero encontró un hogar con ese gringo y nos venía a visitar a nosotros, su otra familia, todos los fines de semana. Eran tiempos diferentes. Menos carreteras y cercas. Menos personas pensando que saben cómo gobernar el mundo.

Sani continuó con cuentos sobre don Vicente, las cosas que los dos habían hecho juntos. Mientras escuchaba, Jaime hacía bosquejos de las palabras de Sani con líneas rápidas y notas artísticas que más tarde usaría para hacer dibujos completos.

Antes de que se diera cuenta, la bocina de la camioneta sonó. El reloj decía que habían estado ahí casi dos horas y aún le quedaban los otros para visitar.

Jaime le dio las gracias a Sani y salió afuera cuando Ángela sonaba la bocina otra vez. Doña Cici salió de una de las otras viviendas, donde estaba visitando a sus amigos.

—Ya sé que sos la que manda —gruñó sobre la personalidad exigente de Ángela mientras abría la puerta de la camioneta.

La familia de Carla los despidió con pan frito tradicional de los Navajo, como una tortilla de harina gruesa, frita y que chorreaba miel, antes de que se fueran a visitar los otros que doña Cici había dicho que podían ayudar con el plan de Jaime. Algunos no estaban en la casa pero los que sí estaban le contaron con mucho gusto a Jaime lo que quería saber y le mandaron recuerdos a don Vicente. El sol se estaba empezando a poner cuando regresaron por fin al rancho. Ángela se estaba quejando de que su cuello y su pierna estaban rígidos de tanto conducir y doña Cici roncaba en el otro lado de la cabina.

Una vez de vuelta en el remolque, Jaime se sumergió en su cuaderno, transformando los bosquejos en dibujos reales y añadiendo detalles que no había tenido tiempo de dibujar. Con cada línea se preguntaba si esto sería suficiente y si volvería a ver a su amigo.

CAPÍTULO VEINTIOCHO

—¿A qué hora vamos mañana? —le preguntó Jaime a Tomás mientras él y Ángela secaban los platos después de su comida de arroz instantáneo, garbanzos de lata y lascas de pavo.

—Nosotros no vamos a ningún lugar mañana.

Jaime parpadeó. ¿Cómo no podía acordarse?

—Para la audiencia. Mayo dieciséis. Eso es mañana. ¿A qué hora?

—*Nosotros* —Tomás enfatizó y repitió— no vamos a ningún lugar.

¿De qué estaba él hablando?

—¿Mister George no te va a dejar ir?

—No. Yo no te dejo ir.

—¿Qué? —Tiró el paño en el suelo en señal de protesta. ¿Desde cuándo Tomás representaba el papel del guardián estricto?— ¿Es esto para que no falte a la escuela? Ya le dije a Misus que iba a estar ausente. Ella me dio la tarea extra y ya la hice. Está bien.

Tomás sacudió la cabeza.

—No, no está bien.

—Pero yo tengo que ir. He trabajado mucho en esto. Tengo testimonios que presentar.

—Y don Vicente te lo agradece. Yo los puedo presentar si querés pero vos no vas. Hasta doña Cici sabe que no puede ir con nosotros a un centro de detención.

—No te das cuenta. . . —Jaime suplicó, pero Tomás agarró el plato de plástico de sus manos y lo lanzó a través del remolque como si fuera un Frisbee. Chocó contra la pared y se cayó boca abajo sobre el cojín que se convertía en la cama de Ángela.

Tomás señaló con el dedo en el rostro de su hermano.

—No, vos no te das cuenta. La audiencia es en el centro de detención. Es en el mismo lugar donde han tenido a don Vicente preso por tres semanas y donde tienen a todos los individuos indocumentados que encuentran. Si vos vas ahí sin papeles es como si te entregaras.

Esto no podía estar sucediendo. No después de todo lo que él había hecho.

—Mister George dijo que con esa visa especial de inmigrante no me deportan.

—Pero aún no lo hemos hecho. Necesito convertirme en tu guardián legal primero y lo vamos a hacer después de la audiencia.

Jaime plantó sus pies en el suelo y cruzó los brazos.

—Pues, como no sos mi guardián legal no me podés decir lo que tengo que hacer y yo quiero ir.

Tomás agarró a Jaime por el cuello de la camisa y lo haló tan cerca que podía oler el pavo y los garbanzos en su aliento.

—De ninguna manera. Eso es un billete de ida directo para Guatemala a que te asesinen los Alfas en cuanto llegues.

Tomás lo soltó, murmuró varias maldiciones y sacó su teléfono.

—Lee esto.

Le tiró el teléfono a Jaime. Ángela puso su barbilla en el hombro de él para leerlo también.

> *Querido Tomás:*
>
> *Las vidas de Jaime y de Ángela están en grave peligro. Si se quedan aquí morirán. Si se van con vos puede que sobrevivan. Debemos de arriesgar las vidas de nuestros queridos hijos para mantenerlos a salvo. Parece una imbecilidad y quizás lo es, pero por favor comprende que es la única manera. Te estamos*

pidiendo más de lo que ningún padre debe de pedirle a un hijo o a un sobrino.

Estamos desesperados. Somos padres sin otra opción. Padres que aman tanto a sus hijos que los tienen que dejar ir.

Jaime subió la pantalla del teléfono y aguantó la mano a Ángela. Ella no se la quitó.

Siento que estamos perdiendo a todos nuestros hijos, pero sé que estás seguro y quiero lo mismo para Jaime y Ángela. Los queremos tanto que preferimos estar separados para no perder a más nadie.

Por favor ocúpate de ellos, Tomás. Sé el padre que nosotros no podemos ser.

Con mucho amor,
Mamá y tía Rosario

—Así que sí nos quieren —dijo Ángela en voz baja mientras Jaime bajó la pantalla para volver a leer el correo electrónico—. Me preocupaba que no nos querían. Que deseaban deshacerse de nosotros.

—Yo pensaba lo mismo. —Jaime lo expresó también

en voz baja y avergonzado. ¿Cómo se había atrevido Diego a poner esa idea en su cabeza? ¿Pero cómo había sido él tan crédulo de creer nada de lo que decía Diego?

—Mándame esto a mi correo. —Jaime le dio el teléfono a Ángela después de leerlo la segunda vez.

—¿Ya ves? —dijo Tomás cuando le devolvieron el teléfono—. Están confiando en mí para que me haga cargo de ustedes. No lo puedo hacer si estás tratando de meterte en problemas.

—Yo no me quiero meter en problemas. Sólo quiero ayudar a don Vicente —insistió Jaime. Sabía el riesgo que había, el peligro en que estaría. Pero él no había estado ahí para Miguel y abuela. No importaba lo que los demás dijeran, él había tomado parte en sus muertes. Con don Vicente tenía una oportunidad. Podía arreglar las cosas.

—No va a suceder. Abuela se retorcería en la tumba y mataría a nuestros padres ver que, a pesar de todo el esfuerzo que hicieron, lo desperdicias.

Tomás maldijo y, con un gesto de disgusto hacia Jaime, salió como un relámpago por la puerta.

Jaime se mantuvo parado en el mismo lugar, reviviendo la escena.

Ángela lo abrazó, lo cual le hizo darse cuenta de que estaba temblando.

—Está asustado. Asustado por todos nosotros. Hay mucha incertidumbre.

Jaime entendía eso. Él conocía el miedo, la impotencia. Él recordaba muy bien lo que él y Ángela habían pasado para llegar ahí, cosas que no habían compartido con nadie porque eran demasiado dolorosas. Pero también sabía que nunca se perdonaría si no hacía nada.

—¿Puedo dormir en tu cama esta noche? —preguntó.

—Cepíllate los dientes y busca tu almohada. —Ella lo besó en la parte de arriba de la cabeza como sus madres solían hacer.

Su cama era para una persona, no dos adolescentes y una perra. Pero Jaime se había pasado la mitad de su vida durmiendo en casa de Ángela y la otra mitad con ella y Miguel cuando tía trabajaba hasta tarde. No había nada extraño en esto. Al contrario, era lo más cómodo que él se había sentido en mucho tiempo. Excepto esa noche que él creía que la había perdido para siempre, él había dormido al lado de ella durante todo el viaje. Ahora se daba cuenta de lo mucho que había echado de menos su respiración suave y su presencia. Cuando ella le quitó un mechón de pelo del rostro, algo que sus mamás habían aprendido de abuela, él se preguntó si ella también lo había echado de menos.

No escuchó a Tomás entrar en el remolque esa noche pero sí lo oyeron salir al amanecer.

—Van para la audiencia —dijo Ángela como si supiera que él tampoco estaba dormido.

Digirió la información por medio segundo antes de salir de la cama, y se puso los vaqueros y el suéter encima de la camiseta con la cual había dormido.

—Llévate el teléfono.

Él asintió. Colocó el teléfono en su bolsillo y se puso el cuaderno que Diego le había dado en la cinturilla.

—Mi obra es mañana en la noche. Por favor no te la pierdas —dijo Ángela.

—No me la voy a perder.

—Ten cuidado.

Sostuvo la mirada de ella, mirándola a los ojos, que eran como los de sus mamás, pero al mismo tiempo eran suyos, únicos. No podía ser más familia aunque lo tratara.

—Te quiero —dijo Jaime.

—Yo también te quiero.

Y salió del remolque sin volver a mirar.

Un par de siluetas se movían dentro de la luz del granero. Jaime se imaginaba que Tomás le estaba dando instrucciones de última hora a Mel y a Lucas sobre el ganado y los caballos. La camioneta de Tomás estaba frente al remolque a unos metros de dónde estaba Jaime. Nadie lo vería. Pero Jaime presentía que no iban a usar la camioneta vieja y destartalada de Tomás. Seguro que irían en el vehículo impecable con seis gomas que estaba parqueado frente a la casa grande a cien metros de él.

No había tiempo de pensar nil de planear. En cualquier momento, Tomás se iba a virar y vería a Jaime desde el granero. Y Mister George saldría de la casa grande para arrancar el vehículo.

Jaime se puso el gorro sobre la cabeza para esconder su cara. Era una superstición que tenía de cuando era pequeño, que pensaba que si él no los podía ver entonces no lo podían ver a él, y se encogió mientras corría hacia la camioneta lujosa. Se agarró con las manos de los lados y se lanzó en la cama. Cayó en los bordes duros del forro negro de la cama y se encogió en una bola apretada en la esquina de la sombra que creaba la cabina.

No más de unos segundos después, Mister George abrió la puerta de la cocina. Jaime mantuvo su rostro oculto pero supo quién era por los pasos.

—Tom, vámonos —gritó hacia el granero.

—Por favor, Mr. George —dijo doña Cici desde lejos, probablemente desde la puerta—, traiga a mi esposo de vuelta a casa.

—Más vale que empieces a cocinar porque vamos a celebrar esta noche. —La voz de trueno sonó justo encima de Jaime. Al igual que con la serpiente de cascabel, no se atrevió a moverse ni un poquito.

El dueño se subió a la camioneta y se dirigió al granero. Casi ni paró cuando Tomás se subió. El rugir del motor de diésel ahogaba cualquier otro ruido mientras iban por el camino que llevaba a la carretera. Continuaba agarrándose contra la sombra debajo de la cabina, pero Jaime se estiró contra el ancho de la camioneta para evitar rodar de un lado al otro y golpearse la cabeza. La camioneta de Mister George tenía mejor suspensión que la de Tomás, pero aún así el camino tenía muchos baches.

Doblaron en la carretera y ahora el terreno era suave como el hielo. Se acostó de espaldas, puso sus brazos debajo de su cabeza y observó cómo el cielo se iluminaba.

No habían manejado por más de media hora cuando Mister George paró en el lado de la carretera. La camioneta se inclinó sobre el lado dónde estaba Tomás y Jaime se volvió a encoger como un armadillo tratando de ser invisible.

Pero no funcionó.

—¿Por qué no viajas al frente con nosotros?

Jaime no se movió. Quizás Mister George estaba hablando con uno que quería un aventón que habían pasado al lado de la carretera. Pero un codazo fuerte en el hombro le dijo lo contrario.

—Vamos. Entra.

Como no podía hacer más nada, Jaime se estiró y aceptó la mano que Mister George le ofrecía para bajarse de la cama de la camioneta.

En el asiento del pasajero, Tomás tenía los brazos cruzados sobre su mejor camisa y su única corbata. Su rostro estaba más furioso que anoche.

—¿Qué diablo pensás? —silbó antes de que Mister George subiera detrás de Jaime.

—*I help don Vicente* —dijo Jaime con la barbilla levantada. Tomás se viró, pero no antes de murmurar unas cuantas palabras escogidas que si abuela las hubiera oído le hubiera lavado la boca.

—Bienvenido, hijo. —Mister George puso su mano sobre el hombro de Jaime antes de acelerar.

—No está bienvenido. No está bien —dijo Tomás despacio en inglés para que Jaime entendiera—. Te vas a quedar en el auto. Te quedás en el auto.

—Oye, Tom, no puedes hacer eso —razonó Mister George—. Si dejas un niño en un auto por varias horas, eso está considerado abuso.

Tomás maldijo otra vez y se viró hacia la ventanilla. Jaime no había entendido todo lo que el ranchero había dicho pero sí lo esencial. Él iba a ir a la audiencia y no había nada que Tomás pudiera hacer para impedírselo.

Se volvió hacia Mister George; cualquier cosa para no pensar si Tomás estaba en lo cierto y él se había condenado a sí mismo a prisión, deportación y asesinato.

—¿Cómo me vio? —Jaime señaló hacia la cama.

—Noté tu escuálido bulto cuando fuí a abrir la puerta en el rancho.

—¿Sabía que estaba ahí y lo dejó venir con nosotros? ¿Cómo pudo? —dijo Tomás con los labios apretados. Se pasó la mano por su pelo engomado.

—Yo sé que es tu hermano y que estás preocupado, pero yo sigo siendo tu jefe. No me puedes hablar así —lo regañó Mister George mientras movía su enorme sombrero de vaquero—. Lo dejé venir porque sabía que tú hubieras hecho lo mismo si estuvieras en sus zapatos. Ustedes hermanos Rivera no se detienen ante nada para ayudar a las personas que quieren. Quisiera pensar que es una buena cosa.

Jaime sólo entendió parte de lo que dijo Mister George, pero sabía que era importante, que era un cumplido. De todas maneras hizo que Tomás dejara de hablar y de maldecir por el resto del camino.

No había nada cerca del centro de detención excepto arbustos marrones más escuálidos que los que había en el rancho. Una cerca alta de púas rodeaba el edificio.

Jaime se atragantó. Quizás debía de esperar en la camioneta. Tomás tenía razón. Jaime no quería que lo detuvieran y tuviera que quedarse ahí. Ángela debía de haber venido con ellos. Lo hubiera abrazado y le hubiera hecho sentir que nada era imposible con ella a su lado.

«Vos podés hacer esto. Has llegado muy lejos para quedarte en la camioneta». Una voz que sonaba como una mezcla entre Ángela y abuela retumbó en su cabeza. Se bajó de la camioneta y respiró profundamente.

—Es mejor dejar los teléfonos. Ahora que todo el mundo tiene el equipo para grabar no creo que los dejen entrar —dijo Mister George. Jaime titubeó. Si se metía en problemas, no podría llamar pidiendo auxilio. Si trataba de entrar a escondidas el teléfono, definitivamente iba a estar en problemas. Con un suspiro dejó el teléfono en la guantera al lado del de Tomás.

Mister George metió su pistola debajo del asiento, puso su sombrero en el tablero y caminaron juntos hacia el centro de detención. Al atravesar la cerca de púas, Tomás agarró a Jaime de la mano.

Dentro del edificio, Mister George y Tomás enseñaron su identificación, pero el guardia no le pidió a Jaime ninguna identificación y le indicó que pasaran por el detector de metales. El equipo pitó y una furiosa luz roja parpadeó. La expresión de pánico y horror en el rostro de Tomás reflejaba lo mismo que el rostro de Jaime.

El guardia ni siquiera subió las cejas.

—¿Tienes algo en los bolsillos?

Con el corazón latiendo fuertemente, Jaime sacó el cuaderno de la cinturilla. El guardia, con expresión aburrida, hojeó el cuaderno y se lo devolvió a Jaime después de que él pasó por segunda vez por el detector sin que pitara. Él y Tomás al mismo tiempo suspiraron con alivio y exclamaron:

—Gracias a Dios.

En el área de espera se encontraron con la abogada de Mister George, Hope Mariño, que saludó a Mister George dándole la mano y a Tomás y a Jaime con el beso tradicional en la mejilla. Era más alta que Tomás y podía ser tomada por gringa, pues tenía el pelo marrón claro y la piel tan pálida que se quemaría si el sol le guiñaba.

—Tú debes de ser Jaime, mucho gusto —dijo en español perfecto con acento caribeño.

—¿Yo le puedo preguntar algo? —le preguntó Jaime a la abogada en voz baja.

—Claro que sí, mi'jo. ¿Qué deseas? —le susurró.

Los hombros de Jaime se relajaron un poco. No, definitivamente no era una gringa. Era una de ellos, una latina, con toda la confianza en sí misma y la determinación que él conocía de su propia familia.

—¿Estoy seguro estando aquí?

Ella se rió. No con una sonrisa malvada, sino con que era dulce y le daba alivio.

—Esto no es una película. Nadie va a organizar una escapada de la prisión ni tomarte como rehén.

—Pero. . .

—Esta audiencia es sobre Vicente. Nadie se va a fijar

en tí. —Apretó la mano de Jaime y comenzó a hablar en inglés con Mister George para explicarle el procedimiento de la audiencia.

Un guardia diferente los llevó a una sala blanca y vacía. Detrás de ellos las puertas se cerraron con el ruido siniestro del cerrojo que cerraban con llave.

Estaban atrapados.

Tomás abrazó a Jaime. La diferencia en estatura no era tan obvia ahora, pero él aún se sentía como un niño pequeño que necesitaba que su hermano mayor lo protegiera.

Unos segundos después, aunque le pareció que habían sido horas, la puerta del otro lado de la sala vacía se abrió con un zumbido. El guardia los llevó por el pasillo hasta la corte.

Quizás era porque este era un centro de detención en vez del edificio de la corte, pero no lucía nada como las cortes lujosas de la tele. Había un escritorio al frente, dos mesas y dos hileras de sillas plegables. No había jurado, ni muebles lujosos. Bien, intimidaba menos.

La señora Mariño les señaló unas sillas en la parte de atrás mientras la audiencia que iba a tener lugar antes de la de ellos se llevaba a cabo. Del otro lado del pasillo y varias filas más arriba, una docena de hombres con monos naranja estaban sentados en un grupo supervisado por dos guardias. Jaime buscó a don Vicente y tuvo que mirar varias veces antes de lograr encontrarlo.

Después de tres semanas en la cárcel, y sin su sombrero de vaquero, el amigo de Jaime estaba irreconocible. Tenía mechones de pelo blanco en parches como si la calvicie no supiera esparcirse de forma pareja. La arrugada piel marrón le colgaba en el rostro, creando gruesos mofletes que no había tenido antes. Y estaba todo encorvado. Algo que después de siglos montando a caballo Jaime nunca pensó que él sería capaz de hacer.

Quería correr a su lado y consolarlo como él había hecho cuando abuela murió. Si Jaime pudiera solamente contarle todo lo que había sucedido, de los nuevos rancheros y aprendiendo a montar. Sobre el hecho de haber encontrado a su amiga Joaquín y lo que le pasó a ella en otro centro de detención. Quería decirle que nada en el rancho era lo mismo sin él.

Como si sintiera a Jaime mirándolo fijamente, don Vicente miró sobre su hombro. Jaime y Tomás lo saludaron con la mano y Mister George asintió. Don Vicente parpadeó varias veces como si estuviera afuera y el brillo del sol lo cegara. Jaime seguía saludando con la mano y sonriendo. Varios de los otros presos hicieron muecas y uno saludó de vuelta. Al fin don Vicente pareció confiar en sus ojos y sonrió. Se aguantó de la silla vacía enfrente de él y se enderezó con los hombros cuadrados y la espalda derecha.

Aún con el vocabulario legal y las palabras que nunca podría pronunciar, Jaime se dio cuenta de que la audiencia delante de ellos no iba bien. Cuando el cliente de la otra abogada, Juan García, fue llamado, dos hombres con monos naranja se pararon. Ambos se llamaban Juan García y eran de México, pero la abogada no sabía cuál era su cliente.

—Qué desastre —susurró la señora Mariño en su oído mientras sacudía la cabeza.

La otra abogada estuvo de acuerdo en representar a ambos, pero Jaime pensó que estarían mejor representándose a sí mismos. Los papeles de esta abogada estaban todos desorganizados, la jueza tenía que repetir las cosas que decía, a lo cual la abogada continuaba diciendo «*I don't know*». Hasta Jaime sabía que esto no era bueno.

Cuando la jueza tomó su decisión, la señora Mariño volvió a sacudir la cabeza. Todos se levantaron de sus asientos cuando la jueza salió del cuarto.

—¿Qué pasó? —preguntó Jaime cuando se volvieron a sentar.

—La jueza tiene que orinar —contestó Tomás.

—No, quiero decir con respeto a esos dos llamados Juan García.

—No les fue nada bien —contestó la señora Mariño—. Los inmigrantes no son como los criminales. No necesitan tener un abogado público y es difícil llegar a ningún lado sin un abogado. Pero esta tipa —usó sus labios para señalar a la otra abogada— es una desgracia. A uno de los Juan lo arrestaron robando comida y ella no lo pudo sacar. La fianza del otro Juan fue aprobada por veinte mil dólares. Su familia jamás podrá recaudar esa cantidad. Los dos están atrapados aquí o en el lugar donde los transfieran. Esa jueza es estricta y esa abogada no ayudó en nada.

Se volvieron a levantar de sus asientos cuando la jueza regresó. La señora Mariño parecía mirar a todos los hombres con mono naranja y resistió la tentación de suspirar. Jaime suspiró por ella mientras apretaba sus manos sudadas. Las palabras de la señora Mariño, «Esta jueza es estricta», continuaban repitiéndose en su cabeza.

Pero en cuanto llamaron el caso de don Vicente y la señora Mariño comenzó a hablar, la diferencia entre las dos abogadas se hizo notable, aunque Jaime no entendía la mayor parte de lo que decía.

—Su excelencia, mi cliente, el señor Delgado, es honesto y muy trabajador. Es la clase de persona que todos quieren tener como vecino y es un verdadero valuarte para la comunidad.

La jueza asintió y miró a algunos de los papeles que tenía.

—¿Cuántos años ha vivido el señor Delgado en los Estados Unidos?

—Más de sesenta años, su excelencia —contestó la señora Mariño sin tener que buscar en sus papeles—. Hay un documento que muestra que participó en una redada de mustangs hace sesenta y dos años.

Desde donde estaba Jaime parecía que la abogada le

daba a la jueza una copia de un artículo en un periódico viejo. La fotografía que estaba en la casa grande. Era la que tenía a un grupo de hombres recostados contra una cerca mirando fijamente a los mustangs, que tenían los ojos muy abiertos. ¿Cómo sabía ella que eso había sucedido hacía sesenta y dos años?

—¿Ha estado él trabajando todo este tiempo?

—En el Rancho Dundee. Mr. George Dundee Senior lo contrató el día que tomaron esa foto.

—¿Pero él nunca pagó los impuestos?

Por primera vez la señora Mariño titubeó.

—No, su excelencia. Él nunca ganó lo suficiente.

El silencio descendió sobre el cuarto mientras la jueza revisaba sus papeles. El aliento se paralizó en la garganta de Tomás.

—¿Qué pasó? —susurró Jaime. Él pensaba que todo iba bien.

—Al gobierno no le gusta que la gente no pague impuestos —explicó Tomás en voz baja—. Aunque no tengas documentos, se espera que pagues un porcentaje de lo que ganas.

Jaime agarró la mano de su hermano y se la apretó. No podía haber terminado.

—Su excelencia, si pudiera —Mister George se paró y señaló hacia el frente de la sala. La jueza asintió con la cabeza invitándolo a que fuera al frente.

—George Dundee Junior —se presentó el ranchero—. Vicente Delgado ha vivido con mi familia más tiempo del que yo pueda acordarme. Es verdad que nunca ganó lo suficiente para pagar impuestos porque nunca ha aceptado renumeración suficiente. Pues yo le pago de otras maneras. Cuando admira una yegua, yo le consigo su potro. Si su esposa dice que le duele la espalda, les compro una cama nueva. La cocina siempre está llena de comida. La tienda de comestibles local me pasa la cuenta de cualquier ropa que él compre. Los tengo a él y a su esposa en el plan médico de mi familia. No hay nada en el mundo que yo no le daría, pero a él no le interesan las cosas materiales.

La jueza se inclinó hacia el frente y se dirigió a don Vicente en inglés.

—¿Es esto verdad?

Don Vicente se paró para hablar con la jueza. Su voz salió más ronca de lo normal.

—¿Para qué necesito dinero si tengo todo lo que quiero?

Inmediatamente un hombre de baja estatura y con un bigote fino que estaba sentado al lado de la jueza tradujo al inglés: *For what do I need money when I have everything I desire?*

La jueza asintió para que Mister George y don Vicente se sentaran y se dirigió a la señora Mariño para continuar con el caso.

La señora Mariño presentó más hechos y papeles y cada vez que la jueza hacía una pregunta, ella inmediatamente tenía la respuesta. La jueza la escuchaba con interés, miró las formas y asintió que estaba de acuerdo varias veces.

Y entonces el corazón de Jaime se paralizó cuando escuchó su nombre.

—Jaime Rivera. —La señora Mariño lo miró y continuó hablando despacio y en un inglés que se podía entender—. Mr. Dundee me dijo que querías ayudar. Por favor ven a contarle a la jueza sobre Vicente Delgado.

Tomás agarró el brazo de Jaime y sacudió la cabeza. Jaime apretó su cuaderno contra el pecho y se paró. Caminó al frente de la sala y sintió que todos los ojos lo miraban. Tomás y Mister George, la señora Mariño y la abogada que era un desastre, don Vicente y todos los presos, los guardias y la jueza.

Cuando pasó por el lado de la señora Mariño, ella susurró:

—Puedes usar al intérprete si quieres.

Ella señaló hacia el hombre con el bigote que había traducido para don Vicente.

Jaime sacudió la cabeza. Si él iba a hacer esto, tenía que ser de esta manera.

No había ninguna Biblia para hacer un juramento como hacían en la tele. Jaime estaba parado frente a la jueza dándole la espalda al resto de la sala. Sus piernas empezaron a temblar.

—¿Cuál es tu nombre? —preguntó la jueza en inglés.

—Jaime Rivera.

—¿Y quién eres tú?

Respiró profundamente e hizo un esfuerzo para hablar en su mejor inglés.

—*I don ... sorry, I am don Vicente's friend and family.*

—¿Y qué tienes que decir de él?

Jaime miró al cuaderno que tenía en sus manos. Sus piernas dejaron de temblar, pues sabía que esto era algo que él podía expresar correctamente. Abrió su cuaderno y le enseñó a la jueza los dibujos sobre la vida de don Vicente basados en los cuentos que había escuchado de la gente de la comunidad.

—Yo no hablo bien inglés —explicó—. Pero yo escucho. Gente habla sobre la vida de don Vicente. Yo dibujo lo que la gente habla, ah, dice.

Señaló el primer dibujo, sobre lo que el padre de Diego le había dicho en la oficina del director.

—Este dibujo, auto atascado en nieve. Don Vicente y caballo salvan al hombre de nieve. Llevan hombre a casa. Salvan vida.

Se saltó uno y siguió a la próxima página. Este cuento había venido de la oficina del alguacil local. Jaime había titubeado de hablar con alguien de la ley, pero doña Cici insistió que el cuento era crítico y que el alguacil era amable. Lo era. Les dio a todos donas con mermelada y Fanta de naranja.

—Policía busca perdido niño. Don Vicente vio pie . . .

Hizo una pausa, pues no estaba seguro de cómo decir la palabra que necesitaba.

—Sí. —La jueza miró sus papeles y sacó una carta—. El alguacil local escribió una carta diciendo cómo Mr. Delgado encontró las huellas en un arroyo seco que llevó a Search and Rescue a encontrar al excursionista perdido.

—Sí, ayudó a encontrar niño. —Quería explicar que don Vicente entendía el campo y los animales, comprendía cosas que más nadie sabía. Pero eso era muy complicado para explicar.

Decidió seguir con el próximo dibujo. Esa persona no estaba en la casa, pero doña Cici le contó el cuento.

—Este caballo tenía problemas con bebé. Caballo y bebé no mueren.

—Cuéntame sobre éste —la jueza señaló al dibujo favorito de Jaime, él que se había saltado porque lo quería dejar para el final, él que había hecho después de visitar a Sani, el bisabuelo de Carla.

—Don Vicente siempre ayuda gente, dice todas personas son su familia. Aquí don Vicente hizo. . . arnés. . .

El intérprete respondió enseguida con la palabra en inglés.

—*Harness*.

—Sí, hizo *harness* y puso televisión en caballo. Llevó la tele a su amigo enfermo. Sesenta años y amigo todavía tiene tele.

Una risita se escuchó en la parte de atrás del cuarto. Mister George sacudió la cabeza sin poder creerlo. Acababa de darse cuenta de lo que había sucedido con el regalo de bodas que sus padres le habían dado al viejo.

La jueza sonrió mientras continuaba hojeando los otros dibujos y testimonios. Cuando llegó al final le entregó el libro a Jaime.

—¿Tú dibujaste todo esto?

—*Yes, judge.*

—Eres muy bueno en demostrar sucesos a través de tu arte.

—Gracias. Quiero demostrar don Vicente buen hombre. Hombre importante.

La jueza se inclinó un poco y se subió los espejuelos de leer mientras lo miraba.

—¿Y por qué lo llamas «don Vicente»?

Jaime parpadeó.

—En español «don» es por respeto, «doña» es respeto para mujer. Todos respetan y quieren a don Vicente.

La jueza asintió.

—Puedes volver a tu asiento.

Jaime se mantuvo parado y extendió su mano como hacía con Misus en la escuela.

—*Tank you, doña judge.*

Ella giró la cabeza sorprendida antes de aceptar su mano. Mientras regresaba a su asiento Mister George hizo como que aplaudía mientras Tomás trataba de esconder su pena con la mano.

—Tenés suerte de ser un niño simpático —murmuró Tomás.

—Sólo estaba tratando de ser cortés —susurró Jaime.

La jueza volvió a mirar por última vez los papeles que tenía enfrente de ella antes de dirigirse a todo el salón.

—Después de revisar este caso, leer las referencias y haber tenido la experiencia de ver estos dibujos tan cautivadores, es mi decisión soltar a Vicente Delgado con la fianza propuesta de cuatro mil dólares.

Un chillido explotó en la corte. Los presos que entendían inglés le dieron palmadas en la espalda a don Vicente. El viejo se paró, le dio la mano a la señora Mariño y salió de la corte con un guardia.

—¿Qué pasó, a dónde va? —preguntó Jaime.

—Se va a poner su propia ropa —Tomás puso su brazo alrededor de Jaime en su forma ruda de bromear—. ¿Vos no pensaste que le iban a dejar quedarse con el mono anaranjado?

La señora Mariño recogió sus documentos y con una sonrisa de orgullo se dirigió hacia ellos. Todos los presos le extendieron la mano. Ella les dio su tarjeta de presentación a cada uno mientras la otra abogada escondía su mal humor detrás de su avalancha de documentos desorganizados.

Salieron de la misma manera que entraron: a través del

salón blanco con cerrojo y pasaron por el lado del detector de metales a la sala de espera al lado de las puertas de entrada. Había una oficina con una ventanilla donde Mister George entregó el cheque que el banco le había dado el día anterior y firmó los papeles que le presentaron.

—Bravo, Jaime. Estuviste muy valiente —dijo la señora Mariño poniéndole la mano en el hombro—. Nos vamos a ver pronto cuando comencemos a preparar tu aplicación para la visa para Jóvenes Inmigrantes Especiales.

Jaime abrió la boca para decir algo pero la cerró. La señora Mariño debió de haberle leído la mente porque le susurró:

—Tomás me dijo que no sabes si te quieres quedar aquí.

Jaime cambió de un pie para el otro. Él no quería ser un ingrato después de todo lo que su familia y Mister George habían hecho, pero…

La señora Mariño miró a Jaime a los ojos y dijo:

—El que te consigamos los papeles no quiere decir que te tienes que quedar aquí para siempre. Quizás las cosas en Guatemala cambien y no haya riesgo para que tú regreses o puedas visitar a tus padres.

—¿De verdad puedo visitar a mis padres? —repitió sus palabras asombrado.

—Claro —ella le aseguró—. Una vez que tengas los papeles arreglados puedes irte y regresar a los Estados Unidos cuando quieras. Puedes decidir no regresar si no quieres, pero esa sería tu decisión en vez de que la decisión sea tomada por otros.

La posibilidad de poder visitar a sus padres en un futuro lo cambió todo. Poder volver a verlos y poder regresar a vivir a salvo con Tomás si así lo quisiera. Él pensó que eso sólo podía ser posible en su imaginación.

—¿Necesito preocuparme sobre si cumplo los requisitos para esa visa de jóvenes? —preguntó Jaime.

—¿Confías en mí?

—Sí, definitivamente.

Ella guiñó el ojo.

—Entonces no te tienes que preocupar mi'jo. Nos vamos a asegurar de que te puedas quedar todo el tiempo que quieras.

Se despidió de Mister George y de Tomás y salió.

La cárcel no había favorecido a don Vicente. Aún con su sombrero de vaquero lucía muy viejo y muy débil. No se parecía en nada al hombre que se pasaba todo el día a caballo y toda la noche con vacas pariendo. Su pecho estaba hundido como una grieta hueca. Pero parecía que había ganado peso y tenía una barriga. Su correa de cuero con cuentas que Sani le había hecho estaba dos huecos más suelta. Jaime volvió a notar que no estaba tan derecho como antes, lo cual hacía que luciera más bajito y más frágil.

Mister George lo saludó primero, estrechando su mano y dándole una palmada en el hombro.

—*We've missed you,* Cente.

—Gracias, hijo. Por todo.

Estuvieron así durante unos segundos, hasta que Mister George asintió y retiró su mano.

Entonces Tomás le dio un fuerte abrazo al viejo y no ocultó las lágrimas.

—¿Se imagina la locura que ha sido todo sin usted? No me vuelva a dejar, ¿me oye?

—La próxima vez házme caso cuando te diga que el ganado de Manuel Vega no vale papas.

Tomás escondió su rostro en el hombro del viejo.

—Lo siento. No debí de haber tomado esa carretera. No fue mi intención que...

—No te echo la culpa. —Don Vicente le dio unas palmadas en la espalda, lo mismo que hacía con Pimiento—. ¿Quién iba a saber que estaban ahí? Yo estaba muy gruñón. Sé que me querías llevar de regreso a casa más rápido.

—Lo siento. Le voy a compensar.

—No hay nada que compensar. Vamos para casa ahora. Eso es todo lo que importa.

Tomás lo soltó y parpadeó como si estuviera de acuerdo, pero Jaime conocía a su hermano. Sabía que haría cosas aunque fueran pequeñas para que supiera que lo apreciaba.

Jaime caminó despacio hacia el viejo y puso sus brazos

alrededor de él. Los huesos de su espalda y de su columna pincharon las manos de Jaime. Don Vicente frotó la espalda de Jaime como si fuera Jaime el que necesitaba consuelo.

—Fuiste muy valiente al venir aquí. Le caíste bien a la jueza —dijo el viejo vaquero.

Jaime sonrió.

—Quería hacer algo. Tenía que tratar.

—Y tuviste éxito. Tu arte es conmovedor. —Don Vicente buscó en su bolsillo y sacó no sólo los dos dibujos que Jaime le había mandado por correo, sino también el dibujo que Jaime había hecho rápidamente antes de que se fueran para ver al ternero semental. El dibujo de don Vicente en Pimiento.

—¡Lo conservó!

—Era lo que me ayudaba a despertar cada día y no irme en el atardecer.

CAPÍTULO VEINTINUEVE

Pararon para comprar comida en el viaje de regreso (hamburguesas para don Vicente y Mister George y pizza para Tomás y Jaime. ¡Pizza!) y continuaron hacia el rancho. Dejaron que don Vicente viajara al frente con Mister George mientras Tomás y Jaime compartían el reducido asiento de atrás. Mister George hablaba sin parar en inglés de su nuevo nieto mientras don Vicente respondía en español. Ambos entendían perfectamente lo que el otro decía pero rehusaban hablar en el idioma del otro. Viejos testarudos.

Jaime se despertó de súbito cuando la camioneta disminuyó la velocidad y Mister George habló con su voz de trueno.

—Mira, ¿qué es lo que tenemos aquí?

Jaime se inclinó hacia el frente. Doblaron en el camino

del rancho y Mister George paró completamente la camioneta. Ahí estaba Ángela con Vida luciendo un poco insegura mientras sostenía las riendas de Pimiento y Picasso.

—Ay, piedad, hay un Dios. —Don Vicente usó el manillar encima de la puerta para ayudarse a bajar de la alta camioneta. El caballo de manchas grises relinchó desde la profundidad de su barriga. Las riendas se soltaron de las manos de Ángela y el *appaloosa* trotó hacia su amigo humano. Don Vicente se desplomó contra el cuello de Pimiento y lo abrazó fuertemente.

Jaime lo siguió y le dio a su prima, que aún sostenía las riendas de Picasso, un fuerte abrazo.

—Sos increíble. Ojalá que a mí se me hubiera ocurrido esto.

Ángela se encogió de hombros aunque parecía muy satisfecha consigo misma.

—No fuí a la escuela y le mandé un mensaje de texto a Tomás para saber a qué hora regresaban. Mel los ensilló.

—¿Vos no fuiste a la escuela?

—Hoy la familia era más importante —dijo, sonriendo.

Don Vicente se separó del cuello de Pimiento y también le dio un abrazo a Ángela. Entonces, sin usar el estribo, agarró el pico de la montura y balanceó su pierna por encima con la gracia de una bailarina, aterrizando perfectamente en el centro de la silla.

—Ahora estoy en casa.

Respiró profundamente dos veces y se viró hacia Jaime en su ruda manera de ser.

—¿Bueno, te vas a quedar ahí mirando a Picasso?

Jaime sonrió y montó el caballo usando el estribo. Pasitos pequeños.

—Ven, Ángela, te podés sentar detrás de mí.

—Vos sabés que yo nunca he montado a caballo —respondió media asustada, media sorprendida.

—Pues es hora de aprender. —Jaime sacó su pie del estribo y sostuvo las riendas con su mano derecha. Ángela miró hacia la camioneta que se alejaba con Mister George y Tomás regresando al rancho.

—¿Es lo mismo que montarse en un tren, verdad? —dijo mientras se agarraba de la parte de atrás de la montura y de la mano izquierda de Jaime. Por accidente pateó a Picasso al balancear su pierna por encima de él, lo que ocasionó que se moviera de lado. Aún así ella logró subirse y sentarse derecha detrás de la montura de Jaime y sujetarse de su cintura.

—Lo siento, Picasso —dijo, excusándose por haberlo pateado.

Don Vicente asintió y se alejó con Pimiento. Vida trotaba delante de los caballos con la nariz en la tierra, la barriga que le llenaban las costillas y la cola levantada en el aire.

—Parece que vamos a tener nuevas vidas dentro de poco —dijo don Vicente.

—Tomás dijo que ya había terminado la época de la parición de las vacas. —A Jaime le sorprendió que don Vicente no se hubiera dado cuenta de esto.

—Ángela sabe de qué estoy hablando.

—¡Qué! —Jaime trató de virarse y mirar a su prima.

Ángela se rió y le dio en la pierna.

—Está hablando de Vida, bobo. Yo no estaba segura, pero su barriga está creciendo.

—¿Va a tener perritos? ¿Cómo sucedió eso? —trató de virarse otra vez.

Ángela suspiró. La podía escuchar torciendo sus ojos.

—¿De verdad necesitas que te lo explique?

—No, quiero decir que la encontramos media muerta, con las tripas saliéndose de su barriga. Yo no pensaba que iba a poder tener perritos.

—Obviamente tuvo una buena veterinaria que la cosió.

Sí, la tuvo.

—Me alegro de que la hayas salvado. Me alegro de que estés ahora conmigo —dijo Jaime con voz suave.

—Fue un esfuerzo mutuo. —Ángela apretó sus brazos alrededor de su cintura y puso su barbilla en su hombro—. ¿No es tan malo aquí, verdad?

Los caballos subieron una loma. Con los arbustos esparcidos y el panorama abierto, casi se podía ver hasta el hogar de ambos.

—Está bien, por ahora —dijo Jaime.

Vieron a Vida correr de un lado al otro persiguiendo lagartijas y siguiendo el olor de animales más grandes. Con su única oreja parada y alerta, lucía contenta y llena de vida.

EPÍLOGO

—Ay, qué nerviosa estoy. ¿Y si se me olvidan mis líneas? —Ángela se retorcía mientras se ajustaba el hábito de monja antes de su escena de apertura.

—Vas a estar bien —le aseguró Jaime. Después de todo, sólo tenía dos líneas que decir y si se le olvidaban probablemente otra persona las diría. Aún así dejó que ella le apretara la mano, orgulloso de que cuando ella comenzó a sentir pánico de escena, mandó a uno de sus amigos a buscarlo entre el público.

—¿Te vas a quedar entre bastidores aunque no estés supuesto a estar ahí? —preguntó.

—Yo voy a ver toda la obra desde donde vos querés que esté.

Ella asintió y le apretó aún más la mano. Las luces

disminuyeron, la orquesta tocó unas notas y las luces del escenario se encendieron. A diferencia de la película que Ángela hizo que él viera cuatro veces esa semana, la obra empezaba con las monjas en la abadía. Jaime estaba seguro de que tendría que empujar a su prima al escenario, pero en cuanto la música cambió ella caminó junto a las otras monjas con más orgullo y arrogancia del que una monja con humildad debía de tener. Al público le encantó.

Sus expresiones faciales, su más que santa actitud, su postura, todo resultó perfecto, como si estuviera actuando en el papel principal en vez de la Monja Número Tres de la Abadía. Cuando Ángela dijo sus dos líneas, el público rompió a reír.

La escena terminó con una gran ovación del público y las monjas salieron del escenario antes de romper en chillidos silenciosos al estar fuera del escenario.

—Podés volver dónde está Tomás, gracias —susurró Ángela.

—¿Esto es todo? ¿Ya terminaste? —¿Después de toda la conmoción en las semanas antes de la presentación, había sido esto sus dos segundos de fama?

—Shh. Claro que no. Estoy en muchas más escenas pero ésta es la única en la que tenía que hablar. Vete ahora.

No discutió. Salió por la puerta que llevaba al auditorio y encontró su lugar al lado de Tomás.

—¿Cómo está? —preguntó su hermano.

Jaime no sabía qué decir. Ella era Ángela y esto significaba cambios cada momento. Pero había demostrado que no importaba cuánto cambiara, la realidad era que siempre sabía dónde encontrarlo a él. Estaba contento con esto.

Al frente del escenario y hacia un lado una luz alumbraba a Mister Mike mientras hacía los signos con gestos elaborados del brazo y expresiones faciales. Su interpretación, que era como una danza, cautivó a Jaime tanto como la obra. Jaime buscó entre el público a Sean, pero a quién encontró fue a Carla cantando junto con miembros de su familia. Freddie estaba muy interesado observando la obra, no como Diego detrás de él, que hacía comentarios groseros haciendo que la mujer sentada al lado de él lo mandara a callar constantemente. Cuándo un acomodador al fin les dijo que se fueran, Jaime vitoreó en silencio.

Siete muchachos marcharon en el escenario y Jaime enseguida reconoció a Tristan del ómnibus como el muchacho mayor. Con el pecho muy derecho, hizo la introducción de su personaje con un desafío importantísimo. Un muchacho rubio sentado unas filas delante de Jaime se viró y retorció los ojos cuando Jaime se fijó en él. Jaime retorció sus ojos de acuerdo y saludó a Sean con la mano. Ahora que Jaime sabía que Tristan no estaba interresado en Ángela, pues no le parecía tan malo.

La próxima vez que Ángela salió al escenario, Sean se viró de nuevo y señaló a Ángela antes de mover sus dos manos cerca de su rostro, la señal de aclamación. Jaime sonrió y aplaudió. Él también estaba orgulloso de ella.

Ángela apareció varias veces más en la obra, cada una de las veces haciendo el papel de una persona diferente con diferente vestuario, interpretando a una sirvienta, una señora de la alta sociedad, un Nazi y al final su papel original de monja.

Mientras la familia von Trapp simulaba escalar las montañas de los Alpes hechas de cartón, el resto del reparto salió al escenario cantando la última canción, y la letra animaba a todos a seguir adelante hasta realizar sus sueños.

El público se paró y vitoreó. Tomás soltó un silbido ranchero que se podía oír en Guatemala. Jaime tenía que aceptar que, aunque había visto la película demasiadas veces esa semana, habían hecho una gran labor con la obra.

Con flores en la mano, se fueron al frente del escenario para esperar a Ángela. En el camino, Tomás se inclinó sobre el hoyo de la orquesta con un pequeño ramo de claveles rosados, amarillos y blancos y se los entregó a la dama que tocaba el alpenhorn.

—Tuve suerte en conseguir su autógrafo antes de que se haga famosa.

Miz Macálista se rió. (Quizás para el próximo otoño, Jaime podría decir su nombre correctamente. Pero de todas maneras a él le gustaba como lo decía).

—Con la música, el tiempo siempre cambia. Hoy soy famosa, mañana estoy de vuelta calificando.

—Pues entonces es mejor comer mientras pueda —dijo Tomás sabiamente.

Miz se estremeció.

—¿Vas a cocinar otra vez?

Tomás lució ofendido.

—¿Y volver a cometer el mismo error dos veces? ¡De ninguna manera! Doña Cici está haciendo una comida de celebración para Ángela y ella sabe cómo usar la estufa.

—¿Va a haber suficiente?

Jaime y Tomás se rieron. Desde que regresó don Vicente, doña Cici no había cocinado una sola comida que no hubiera sido suficiente para dar de comer a todo Nuevo México.

—No se va a morir de hambre —le aseguró Jaime. Notó que Ángela salía de detrás del escenario y agarró el ramo de rosas rosadas de la mano de Tomás. Tomás alzó en un apretado abrazo que casi la levanta del piso.

—Estuviste genial. Definitivamente la mejor Monja Número Tres de la Abadía.

—¿No creés que estaba un poco insufrible?

—Pues ...Funcionó bien con el personaje.

Ángela engurruñó los ojos mientras miraba a Jaime. Olió sus rosas y suspiró con el perfume. Señaló hacia Tomás, que continuaba bromeando y riéndose con Miz.

—¿Bueno, la ha invitado ya a salir?

—Sólo a comer con nosotros en el rancho. Doña Cici cocina tánta comida. Sólo está siendo amable.

Ángela sacudió la cabeza y giró sus ojos.

—No te das cuenta de nada. Acordáte de que puede que necesitemos una casa más grande.

Jaime se encogió de hombros. El remolque era sólo un recipiente. No era lo que hacía un hogar.

—No es una cosa mala, ¿verdad?

Le puso el brazo por encima a Jaime, medio apretándolo, medio pinchándolo.

—No, siempre y cuando esté ahí nuestra familia.

NOTA DE LA AUTORA

Cuando empecé el preescolar, yo no hablaba inglés y los únicos otros niños que tampoco hablaban inglés eran gemelos de la India. Siendo hija de refugiados cubanos, mi primer idioma es el español. Aunque aprendí inglés rápidamente, tuve momentos de frustración y malentendidos. Como Jaime, pasé mucho trabajo con el sonido de la «th» en palabras como *three* y *thank you.* Aún hoy en día a veces digo «sanguich» en vez de «*sandwich*».

Mi familia se mudó varias veces cuando era niña. Cuando empezaba en un colegio nuevo intentaba de todas las maneras que sabía de decir que necesitaba ir al baño y no entendía lo que la maestra quería decir con «*Sign out*». En otra escuela recibí una carta de odio solamente porque era diferente.

Jaime se adaptó a su nuevo ambiente más rápido de lo que yo me pude adaptar. Teniendo una maestra que chequeaba cómo él estaba y un amigo en el ómnibus, él tuvo mucha más ayuda de la que yo tuve. Deseo que cada niño que entra en un nuevo sistema escolar pueda tener esas amistades.

Todos los niños en los Estados Unidos, independiente de su estado de inmigración, tienen derecho legal a recibir una educación. Nuevo México es el estado bilingüe inglés/español con el más alto porcentaje (29%) de personas que hablan español per capita en los Estados Unidos, pero desgraciadamente es uno de los estados en los que la calidad de la educación pública es la más baja.

Las leyes con respecto a la inmigración en los Estados Unidos están cambiando a diario, pero no para mejor. Una persona en Guatemala que solicita estado legal en los Estados Unidos quizás tenga que esperar más de diez años para que sus papeles sean procesados. Eso es mucho tiempo para alguien cuya vida está en peligro o cuyos hijos están pasando hambre. Oportunidades durante la administración de Obama que estaban disponibles para inmigrantes indocumentados no existen ahora y se les hace más difícil permanecer en los Estados Unidos legalmente, aunque no es imposible.

En el momento de escribir esto, muchachos como Jaime y Ángela pueden aplicar para la visa para Jóvenes

Inmigrantes Especiales (https://www.uscis.gov/es/tarjeta-verde/sij).

Si un abogado puede probar que la vida del menor está en peligro si regresa a su país de origen, o que no hay ningún familiar que se pueda ocupar del menor en su país, entonces la posibilidad de que el menor se pueda quedar en los Estados Unidos es mayor. Pero los abogados buenos de inmigración cuestan mucho y muchas veces ni un buen abogado es suficiente.

Una de las mejores maneras en que la gente puede mostrar su apoyo hacia los immigrantes es leyendo y estando al tanto de lo que está sucediendo. Si hay inmigrantes en tu comunidad, hazlos sentir bienvenidos y conócelos como personas y no como inmigrantes. Hay programas para adultos para poder acoger a un niño mientras el sistema legal determina si el menor se puede quedar o no en los Estados Unidos. Esto es una alternativa para no tener que permanecer en un centro de detención. Juntos, como comunidad, se puede crear consciencia.

Somos una nación de inmigrantes. Si no fuera por los inmigrantes, la mayoría de nosotros no estaríamos aquí. Aunque las cosas sigan cambiando para peor, necesitamos mantener la esperanza. Esperanza de que hay una forma, esperanza de que las cosas van a mejorar. Cuando perdemos la esperanza, perdemos el deseo de vivir.

Glosario

El inglés es un idioma difícil del leer. Aunque la gramática en si es más simple que la del español, la ortografía tiene muchas reglas y una letra puede tener un sonido una vez y otro sonido diferente la próxima vez. Cuando yo era chiquita se me hacia muy difícil leer en inglés porque hay muchas palabras que no se pronuncian como se escriben, y todavía como adulta hay palabras que no sé de verdad cómo se dicen. Pero de todas maneras, ¡sigue tratando y ya verás que las palabras empiezan a tener sentido!

A movie: Una película.

Alpenhorn: Un cuerno musical usado tradicionalmente en Austria y Suiza.

American Sign Language: El idioma oficial de los signos en Estados Unidos.

And how old are you?: ¿Y que edad tú tienes?

And what do you like to do? What do you like?: ¿Y qué es lo que te gusta hacer? ¿Qué te gusta?

Appaloosa: Un tipo o color de caballo que tiene manchitas por algunas partes o por todo su cuerpo.

Art: Arte.

At last! Food: ¡Al fin! Comida.

Babe/Baby: Un o una bebé, pero también se usa para mostrar cariño o interés a una persona del sexo opuesto.

Bake sale: Una venta de galletas y pasteles, generalmente para recaudar fondos para un grupo o una actividad.

Bird: Un pájaro.

Bye/Bye loser: La primera parte es «adios» pero la segunda parte es un insulto que significa «perdedor».

Cajeta: Un dulce de leche hecho con leche de cabra.

Can you please?: Una pregunta a la que le faltan palabras para estar completa. «¿Puedes tú por favor?»

Capulín: Una baya roja y agria.

Cente never would learn English, no matter how hard my father and I tried. And now look where it got him. Old bastard: Cente nunca aprendió inglés, aunque mi padre y yo lo intentamos. Y ahora mira dónde está. Viejo bastardo.

Cienci: La palabra que Jaime piensa que es ciencia, pero de verdad la palabra en inglés es *science*.

Come back: Regresa o regresar.

Come in: Entra o pasa.

Cool. I'm not normal either: Chévere, yo tampoco soy normal.

Cow babies good: Inglés incorrecto que literalmente significa «bebé de vaca buenos».

Cows nice: Más inglés incorrecto. Esto quiere decir «vacas buenas».

Deaf: Sordo o sorda. No se confundan con la palabra que le sigue, que suena parecida.

Death: Muerte.

Diary of a Pee-Pee Kid: Literalmente significa «Diario de un niño orinando» y es un juego de palabras de los libros *Diario de Greg* (*Diary of a Wimpy Kid*).

Didgeridoo: Un instrumento que los aborígenes australianos tocan hecho de la rama de un árbol hueco.

Diego is such a jerk. I know it's not the same, but I got you this: Diego es un jodón. Sé que no es lo mismo, pero te conseguí esto.

Do you have a name?: ¿Tienes tú un nombre?

Do you like drawing, painting, sculpture, pottery?: ¿Te gusta dibujar, pintar, la escultura, la alfarería?

Don't be sorry, just learn what's right: No te disculpes, sencillamente aprende lo que es correcto.

Don't look: No mires.

Doofus: Imbécil o idiota.

Dr. No: La primera película de James Bond con el actor Sean Connery.

Dude: Una expresión para una persona como «hombre, mano o guey».

DWB: Driving While Brown: Manejando siendo marrón, un dicho para explicar cuando la policía pone presas a las personas de color con más frecuencia que a las blancas.

Eight: El número ocho.

Flute: Una flauta, generalmente la flauta transversal.

Fly: Volar.

For what do I need money when I have everything I desire?: ¿Para qué necesito dinero si tengo todo lo que quiero?

Friends: Amigos.

Gang members: Pandilleros.

God: Dios. Igual como en español, se puede usar como exclamación de desesperación.

Harness: Arnés.

Hello, Hi, Hey: Diferentes maneras de decir «hola», cada cual siendo más informal.

Hey, babe: Una expresión igual como decir «hola, mamita o cariño».

Hi there, son: Hola hijo.

Hi, I'm Ms. McAllister. Do you speak English?: Hola, soy la Señorita McAllister. ¿Hablas inglés?

Him: La forma de decir «él» cuando él no es el sujeto.

Histori: La palabra que Jaime piensa que significa historia, pero de verdad la palabra en inglés es *history*.

Horse: Caballo.

I am refugee: Inglés incorrecto que dice «Yo soy refugiado».

I don't know: Yo no sé.

I don't understand: Yo no entiendo.

I don ... sorry, I am don Vicente's friend and family: El intento de Jaime para decir «Yo no . . . perdón, yo soy amigo y familia de don Vicente».

I go bat rum: Inglés incorrecto y escrito como Jaime lo dijo. Quiere preguntar «¿Puedo ir al baño?» (correctamente debe ser «May I go to the bathroom?»).

I go see don Vicente?: Inglés incorrecto que dice «¿Yo voy ver a don Vicente?».

I go toilet?: En este inglés incorrecto Jaime literalmente está preguntando «¿Yo voy inodoro?» La manera correcta sería «*May I go to the bathroom/toilet?*».

I help don Vicente: Inglés incorrecto que dice «Yo ayudo don Vicente» .

I leave Guatemala to live. Bad people with drugs: Inglés que no es completamente correcto que dice «Yo salí de Guatemala para vivir. Personas malas con drogas».

I like: A mí me gusta (y la razón por la cual Carla pensó que era correcto decir «Yo gusto gatos»).

I no understand: Manera incorrecta de decir, «Yo no entiendo». Lo correcto sería «I don't understand».

I think he'd like that: Creo que a él le gustaría eso.

I write he: Inglés incorrecto diciendo «Yo escribo él».

I write him . . . paper: Inglés incorrecto diciendo «Yo escribo . . . papel».

I'd like you to . . . : Me gustaría que tú . . .

I'm his brother, Tom: Yo soy su hermano, Tom.

I'm not in a bad mood: Yo no estoy de mal humor.

I'm perfect: Soy perfecto.

I'm so hungry! There's nothing to eat: ¡Yo tengo mucha hambre! No hay nada que comer.

If I visit your country, I'll try to speak to you in your language. But here, I want you to speak mine. Understand?: Si yo visito tu país, yo intentaré hablar contigo en tu idioma. Pero aquí quiero que tú hables en el mío. ¿Entendido?

Indentured servant/Intent servant: La primera es la manera correcta para decir «trabajador sin renumeración». La segunda es el intento de Jaime para decir la primera.

Is good: Jaime está diciendo «es bien» cuando estaba tratando de preguntar «¿esto está correcto?».

Is my friend: Es mi amigo/amiga (para ser inglés correcto necesita un sujeto, «He/she is my friend»).

It bad. He bad boy: Inglés incorrecto diciendo, «Es mal. Él niño malo».

Javelina: Un animal que se parece a un cerdo y que en algunos lugares se llama «pecarí de collar».

Judge: Juez o jueza (en inglés muchas palabras son de género neutral).

Keep Calm and Rock On: La primera parte es un dicho que se hizo famoso hace unos años y la segunda se cambia para cualquier cosa que sea importante para una persona. En este caso significa «Manténganse calmado y siga tocando rock y siendo chévere».

Letter: Una carta o también una letra del alfabeto.

Like this: Como pregunta significa «¿así?» pero también puede ser «parecido».

Listen and the world sings: Si escuchas el mundo canta.

Look, it's Dumb and Dumber: Un insulto tremendo. Antes se decía que una persona que no podía hablar (que era mudo) era dumb (bruto). Esto está diciendo «Mira, son Bruto y más Bruto».

Matematic: La palabra que Jaime piensa que es «matemática» pero de verdad la palabra en inglés es *mathematics*.

Me not normal: Inglés incorrecto que significa «Yo no normal».

Mr. Mike told me what happened: El señor Mike me dijo lo que pasó.

Mr./Mister: El título para los hombres.

Mrs./Misus: El título para una mujer casada.

Ms./Miz: Un título moderno que muchas mujeres prefieren porque no indica si están casadas o no.

Music: Música.

Mustangs: Caballos salvajes que todavía existen en áreas rurales.

My name is . . . : Mi nombre es . . .

No months. Saturday: No meses. Sábado.

No news is good news: Un dicho en inglés que quiere decir que si no hay noticias (sobre algo) eso es buena noticia.

No sign of evolution, no sign of intelligent life forms: No hay ningún signo de evolución ni tampoco signos de formas inteligentes de vida.

Nothing: Nada.

Oh, come on: Una expresión como «Deja de fregar» que significa, «Deja de ser tan majadero» o «no seas así».

Ooh, you're in trouble: Ay, estás en problemas.

Ouch, it hurts! Save me, Mommy: ¡Ay eso duele! Sálvame mami.

Pepián: Un guisado guatemalteco.

Perfect: Perfecto (¿Ya tu inglés está perfecto? ¡Espero que sí!).

Please sign out: Por favor firma cuando salgas.

Ranch hand wanted: Se busca ranchero/peón.

Ranchers leave when Don Vicente come back?: Inglés incorrecto que significa «Rancheros se van cuando don Vicente regrese?».

Ranchers no stay. Leave. Don Vicente come: El primer intento de Jaime para decir lo que al fin logró decir arriba. Sus palabras no hacen mucho sentido: «Ranchero no quedan. Van. Don Vicente viene».

Reality shows: Programas en la tele que se supone que sean reales en vez de con actores.

Recorder: En este caso es una «flauta dulce», pero también puede ser una «grabadora».

Ring, ring: El sonido que hace el teléfono cuando da timbre.

Say your name: Di tu nombre.

Sean: Un nombre irlandés que se pronuncia Shaun pero siempre se pronuncia mal si nunca se ha visto escrito.

Search and Rescue: Un grupo de personas a cargo de encontrar a las personas que se pierden cuando están caminando en bosques o montañas. A veces van con caballos o perros para rescatar a los perdidos.

She likes you too: Tú le gustas a ella también.

She's pretty: Ella es bonita.

Six: El número seis.

Sorry: Perdóna o con permiso.

Stapler: La grapadora.

Tank you: La manera de Jaime de decir «gracias» porque no puede pronunciar *thank you* correctamente.

Telv: El intento de Jaime para decir «doce» cuando de verdad se dice twelve.

Thanks/Thank you: Una de las palabras más importantes en cualquier idioma: «gracias».

That is us: Inglés incorrecto que significa, «Eso es nosotros».

That won't fly: Una expresión parecida a «Eso no se puede llevar a cabo». Literalmente significa «Eso no vuelará».

The aventurs ov Seme / The Adventures of Seme: Seme Rolls Again: El primero es el intento de Jaime para escribir el título de la tira cómica que ha hecho con Sean, «Las aventuras de Seme». El segundo está bien escrito, «Las aventuras de Seme: Seme sigue viaje».

The best: Lo mejor.

***The Magic School Bus*:** Una seria de libros sobre niños teniendo aventuras cuando se montan en un ómnibus.

The Sound of Music: La obra y película de *La novicia rebelde.*

Three: El número tres.

Three minutes: Tres minutos.

Treble maker: Un juego de palabras que no tiene sentido traducido. «Treble» es una referencia musical, pero suena como la palabra «trouble», que significa «problemas» yeste juego se refiere a una persona que se mete en problemas musicales.

Understand?: ¿Entiendes? o ¿Entendido?

We've missed you: Nosotros te hemos echado de menos.

Well, Jaime, when someone says hi to you, the polite thing is to say hi back: Bueno, Jaime, cuando alguien te saluda, es buena educación saludar de regreso.

What did he say?: ¿Qué dijo él?

What do you want to call our story?: ¿Qué nombre le quieres poner a nuestro cuento?

What is Seme?: ¿Qué es Seme? (recuérdense que Seme es la combinación de Sean y Jaime).

What is your name?: ¿Cuál es tu nombre? o ¿Cómo te llamas?

What musical instruments do you play? ¿Cuáles instrumentos musicales toca usted?

Where are you from? ¿De donde vienes?

Yes: Sí.

Yes really weird: Sí, muy extraño.

Yes, gang members. They say unir with them or die: Si, pandilleros. Ellos dicen unir con ellos o morir. (Jaime usa la palabra en español «unir» en ves de *join*).

Yes, I hit him: Sí, yo le pegué.

Yo: Una forma informal para saludar un amigo.

You: Tú o usted. En inglés no se hace diferencia entre informal y formal.

You don't know anything: No sabes nada.

You know: Tú sabes o Ya sabes.

You know that: Ya sabes eso.

You mean a letter: Quieres decir una carta.

You're in the United States, son. Speak English here: Estás en los Estados Unidos, hijo. Habla inglés aquí.

Your sister is acting really weird: Tu hermana se está comportando de una manera muy extraña.

Fuentes

American Immigration Council. "Immigrants in New Mexico." October 13, 2017. https://www.americanimmigrationcouncil.org/research/immigrants-in-new-mexico.

Butterworth, Rod R. *Signing Made Easy (A Complete Program for Learning Sign Language. Includes Sentence Drills and Exercises for Increased Comprehension and Signing Skill).* Nueva York: Perigee Books, 1989.

Florence Immigrant & Refugee Rights Project. "Getting a Bond: Your Keys to Release from Detention." May 2013. http://firrp.org/media/Bond-Guide-2013.pdf.

Gómez, Grace. Abogada de inmigración con Gómez Immigration. http://www.gomezimmigration.com/. Comunicación personal.

Love, Allegra. Immigration lawyer at Santa Fe Dreamers Project http://www.santafedreamersproject.org/. Comunicación personal, June 20, 2017.

New Mexico Voices for Children. "Immigration Matters in New Mexico: How Kids Count." June 2012. http://www.nmvoices.org/wp-content/uploads/2012/07/KC-immigrant-full-report-web.pdf.

Rice, Cathy. *Sign Language for Everyone: A Basic Course in Communication with the Deaf.* Nashville, TN: Thomas Nelson Inc., 1977.

Santa Fe Dreamer's Project. "New Americans: New Mexico Immigrants Make Us Stronger." 2017.

Shaw, Jerry. "Illegal Immigration Figures in New Mexico." *Newsmax*. September 24, 2015. http://www.newsmax.com/FastFeatures/illegal-immigration-New-Mexico/2015/09/24/id/693112/.

The Young Center for Immigrant Children's Rights, https://www.theyoungcenter.org/.

U.S. Citizenship and Immigration Services. "Green Card Through Registry." https://www.uscis.gov/greencard/through-registry. (Este programa es para personas como don Vicente que han estado en los Estados Unidos por mucho tiempo.)

U.S. Citizenship and Immigration Services. "Jóvenes Inmigrantes Especiales." https://www.uscis.gov/es/tarjeta-verde/sij. (Este es el programa para niños como Jaime y Ángela.)

U.S. Customs and Border Protection. "Border Patrol Sectors." https://www.cbp.gov/border-security/along-us-borders/border-patrol-sectors.

U.S. Customs and Border Protection. "Detention Facility Locator." https://www.ice.gov/detention-facilities.

Otros libros para niños de todas las edades

Libros de cuentos ilustrados

Colato Laínez, René. *Mamá the Alien/Mamá la extraterrestre.* Nueva York: Children's Book Press, 2016.

McCarney, Rosemary. *Where Will I Live?* Toronto, Canada: Second Story Press, 2017.

Phi, Bao. *A Different Pond.* North Mankato, MN: Capstone Young Readers, 2017.

Sanna, Francesca. *The Journey.* London: Flying Eye Books, 2016.

Poesía

Argueta, Jorge. *Somos como las nubes/We Are Like the Clouds.* Toronto, Canada: Groundwood Books, 2016.

Engle, Margarita. *Lion's Island: Cuba's Warrior of Words.* Nueva York: Atheneum Books for Young Readers, 2016.

Libros para jóvenes

Agosín, Marjorie. *I Lived on Butterfly Hill.* Nueva York: Atheneum Books for Young Readers, 2014.

Freeman, Ruth. *One Good Thing About America.* Nueva York: Holiday House, 2017.

Gratz, Alan. *Refugee.* Nueva York: Scholastic Press, 2017.

McGee, Alison. *Pablo and Birdie.* Nueva York: Atheneum Books for Young Readers, 2017.

Medina, Juana. *Juana & Lucas*. Somerville, MA: Candlewick Press, 2016.

Osborne, Linda Barrett. *This Land is Our Land: A History of American Immigration*. Nueva York: Abrams Books for Young Readers, 2016.

Libros para adolescentes

Abdel-Fattah, Randa. *The Lines We Cross*. Nueva York: Scholastic, 2017.

Andreu, Maria E. *The Secret Side of Empty*. Philadelphia: Running Press Teens, 2014.

Fraillon, Zana. *The Bone Sparrow*. Nueva York: Disney Hyperion, 2016.

Grande, Reyna. *The Distance Between Us: Young Reader's Edition*. Nueva York: Aladdin, 2016.

Película

The Walt Disney Company. *The Girl Who Spelled Freedom*. 1986.